榜样大概是处理任何事物的准则，

并一准则你画的对象当然也已够你。

美丽的中国女孩儿。

斯马无疆

野马无疆
Ye Ma
Wu Jiang
著

江苏凤凰文艺出版社
JIANGSU PHOENIX LITERATURE AND ART PUBLISHING

图书在版编目（CIP）数据

卿心陷落 / 野马无疆著. -- 南京：江苏凤凰文艺出版社, 2024.5
ISBN 978-7-5594-8633-2

Ⅰ.①卿… Ⅱ.①野… Ⅲ.①长篇小说–中国–当代 Ⅳ.①I247.5

中国国家版本馆 CIP 数据核字 (2024) 第 090270 号

卿心陷落

野马无疆 著

责任编辑	周颖若
出版统筹	曾英姿
特约编辑	黄 欢　江佩仪
装帧设计	刘芳英
出版发行	江苏凤凰文艺出版社
	南京市中央路 165 号，邮编：210009
网　　址	http://www.jswenyi.com
印　　刷	长沙金鹰印务有限公司
开　　本	880mm×1230mm　1/32
印　　张	9
字　　数	202 千字
版　　次	2024 年 5 月第 1 版
印　　次	2024 年 5 月第 1 次印刷
书　　号	ISBN 978-7-5594-8633-2
定　　价	46.80 元

江苏凤凰文艺版图书凡印刷、装订错误，可向出版社调换，联系电话 025-83280257

目录

Contents

第一章 你还好吗？ 001

第二章 提议无效 024

第三章 疯子 049

第四章 保护 071

第五章 倾心 101

第六章 痊愈 128

第七章 救世主之吻 165

第八章 臣服于你 206

第九章 坚定的选择 256

出版番外 新年风波 277

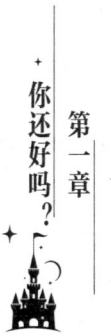

第一章 你还好吗?

深夜十二点左右,这间开在德国慕尼黑某街角的小店总算是准备打烊了。

整整一天没有一个客人。

沈慕卿轻轻叹了一口气,手紧紧捏着一个已经被包好的信封,朝正在擦拭橱柜的女孩招了招手:"小嫣,快别忙活了,过来歇一歇。"

话音落下,那正在忙活的女孩便转头娇俏一笑:"好嘞,卿姐。"

女孩说着,便将抹布放在柜台上,朝穿着白色旗袍的女人走去。

即使已经在这里工作了一年,小嫣还是每一次都会被沈慕卿的美貌震慑,她从来没见过像沈慕卿这么美的女人。

今晚的沈慕卿只着一身淡雅的白色旗袍,盘扣精致,旗袍的袖口边缘绣着一道浅浅的白边,接近小腿边的布料绣着一只栩栩如生的鸾鸟,振翅欲飞。她的墨发被一支玉钗盘在脑后,留出那白皙如玉的天鹅颈。

乍看上去,她整个人像是一株被从江南移栽到德国的雏菊。

小嫣晃了晃脑袋，赶快坐到了沈慕卿身边，笑意盈盈地说道："卿姐，今天在城中心有一场拍卖会，各方能人都来了，隔壁的贝琳达女士都跑去看热闹了。"

　　小嫣兴致勃勃，本想拉着沈慕卿也去见见世面，奈何沈慕卿只爱在这一方旗袍店中休憩。

　　看着小嫣兴奋的模样，沈慕卿内心挣扎，她柔软的眉头轻蹙，终于将手中的信封推到了小嫣面前。

　　"小嫣，这是这个月的工资和一封介绍信，我这间小店应该是开不下去了。"

　　沈慕卿美丽的脸上划过一丝无奈。

　　当年初至陌生的德国，她也不过十九岁。那时她看着为了学费发愁的同为东方人的小嫣，便果断给了她一个在旗袍店工作的机会。

　　如今生意惨淡，高昂的房屋租赁费用和生活中的琐碎事件几乎压得她喘不过气，她的一腔热血也逐渐被消磨殆尽。

　　想了许久，沈慕卿还是准备将店铺关闭，另寻出路。

　　小嫣呆愣地看了看朝着自己推来的信封，眼中瞬间含了一丝热泪："卿姐，我不想离开，这钱我可以不要，我要是走了，你怎么办？"

　　沈慕卿见状，当即伸手将号啕大哭的小嫣搂进怀里："小嫣，你还有学业要完成，我这里的工资实在是太低了。我一向与贝琳达女士交好，你凭着这封介绍信，应当可以在她那里谋得一份好差事。"

　　沈慕卿不知道是怎么送走的小嫣，再回过神时，只有她一个人坐在旗袍店中。

　　她也想哭，可是她不能。

　　她恍惚地扫视了一圈四周。

她设计的十多件旗袍似乎都落了一层灰,在灯光的照射下多了几分陈旧的意味。

她缓缓站了起来,将灯光关闭,锁上了门,而后独自走进了夜色之中。

这里不是慕尼黑主要的街区,那里的繁华和欢乐从来不属于她。

冷风划过她白皙的脸庞,她一个人行走在回家的路上。

忽然,几个喝得醉醺醺的德国男人从她的对面走来。

冲天的酒气让她屏住了呼吸,脚步也加快了几分。

离开!

她心中只有这一个念头。

沈慕卿将双手抱在胸前,紧紧摩挲着自己有些发冷的手臂。

即便已经加快了速度,身后凌乱的脚步声依然没有散去,一直跟在她身后。

沈慕卿紧咬着下唇,在察觉到他们的距离更近之时,瞬间拔腿就跑。

"她跑了!"

"赶紧追!"

穿着高跟鞋的女人怎么可能跑得过几个健硕的德国男人。

沈慕卿终究还是被堵在了一盏路灯下,紧贴着街边冰冷的建筑,惊恐地看着眼前将她团团围住的几个德国男人。

"你们不要过来,我虽然不是德国人,但仍然受德国法律的保护!"沈慕卿没有办法,只得用德语声嘶力竭地朝着他们吼叫,眼前的几个男人却完全不受威慑。

沈慕卿终于失望了,身子靠着墙缓缓下滑。

忽然,她闭上的眼睛感受到了一阵强烈的光。

她下意识地抬手遮挡,却在指缝间看见一个身材高大的男人正逆着光朝她走来。

原本臭气熏天的酒味似乎瞬间消失不见，一股浓浓的木质香气顿时袭来，将她包裹。

沈慕卿收回了遮在眼睛上的手，愣愣地看着眼前的男人。

这一刻，她终于看清了他的脸。

他有着一头金发和独属于德国人的立体脸庞，十分英俊，鼻梁上架着金丝眼镜，浅绿色的眸子在阴影之中十分瞩目。

他的眼神如同暗夜里的狼王，正在看着自己的猎物。

沈慕卿没有说话，正想低头躲开那目的性极强的眼神，一只戴着白手套的手突然朝她伸过来。

一道好听的男声从她的正上方传来："小姐，你还好吗？"

纯正的德语，沉稳的嗓音，正常的关怀。

沈慕卿顿时绷不住了，眼泪瞬间从那双湿漉漉的杏眼中缓缓流出，在她白皙的脸上留下泪痕。

沈慕卿颤颤巍巍地伸出手，轻轻搭在了男人伸出的手上，源源不断的暖意瞬间从手掌相接处传来。

沈慕卿就这么大哭了起来，娇俏的声音蓦地放大，在这片冰冷的街道中显得尤为可怜。

凯斯·弗雷德还是第一次遇到这种情况，只得缓缓蹲下身，将她搂进了自己温暖宽大的怀中。

"一切都会好起来的，甜心。"

沈慕卿从来到德国以后就没有睡过这么安稳的觉。

醒来时，窗外耀眼的阳光已经透过玻璃倾洒在了她白皙的脸颊之上。

她手中捏着盖在身上的鹅绒被，软软的触感和周围陌生的一切让她不禁有些恍惚。

这是……哪儿？

沈慕卿轻轻掀开被子，发现身上原本穿着的白色旗袍被换成了一条白色的棉质睡裙。

她心中警铃大作，轻手轻脚地打开了房门。

随着视野逐渐扩大，沈慕卿惊了。

她的面前是一条长长的走廊，连接着最中间的一处楼梯，繁杂的灯饰在高高的墙壁上投下暗沉的阴影。

一贫如洗的沈慕卿第一次知道了真正的"金碧辉煌"到底是什么样的。

她顺着走廊缓缓走向楼梯。

一阵明显是由留声机播放的优美音乐传来，曲子颇有质感，沈慕卿一听便知道了曲子的名字——Gramophone Waltz（《留声机圆舞曲》），是欧根·杜加的曲子。

走到大理石楼梯的中间时，她终于隐隐看见了那坐在别墅中央沙发上的一道身影。

一阵熟悉感袭来，一双浅绿色的眼睛在她的眼前浮现。

"先生？"

沈慕卿朝着那道身影轻轻唤了一声，软糯的声音瞬间隐匿在正播放到激昂处的音乐中。

但那个人依然精准地捕捉到了沈慕卿的轻呼。

他微微转头，看着沈慕卿苍白的脸，淡绿色的眼睛里突然浮现出一抹达不到眼底的笑意："睡得还好吗？小姐。"

沈慕卿还是第一次在德国见到这样英俊的一张脸，她下意识地移开了自己的视线，加快脚步来到他的面前。

"睡得很好，多谢先生昨晚出手相救。"

凯斯·弗雷德重新拿起了摆放在桌上的金丝眼镜，架在自己挺立的鼻梁上，薄薄的镜片将那双眼睛中透出的冷冽阻挡。

"遇到麻烦了？"面对沈慕卿，凯斯·弗雷德的语气也轻柔了几分。

甘醇如同红酒的低沉嗓音让沈慕卿有些沉醉。

沈慕卿摆了摆手："没有的事，先生。"说着又朝四周望了望，找到了离开这栋别墅的大门。

她的视线落回到了凯斯·弗雷德的身上，自然而然地被他的一头金发吸引。

在离开这栋建筑之前，她想：那头金色的头发，一定很好摸。

沈慕卿是被凯斯·弗雷德的司机送回去的。

旗袍店的位置很好找，那条街上只有沈慕卿一个亚洲人老板。

看见突然被豪车接送的沈慕卿，附近的店主都跑到了店铺门口观望起来。

沈慕卿下车，还没向司机道谢，他已经开着车扬长而去，没给她机会。

"卿，这是什么情况？"

隔壁蛋糕店的贝琳达太太素来十分关照沈慕卿，自然而然地上前拉住她的手，不断询问。

那双有些浑浊的蓝色眼睛不断地在她的身上打量。

沈慕卿这才发现，自己的旗袍似乎还在那个德国男人的家里。

"没事，贝琳达太太，只是我的店铺已经到期，我不准备再支付接下来的租金。"沈慕卿避开了她的问题。

躲开了四周看热闹的人群后，沈慕卿将贝琳达太太带到了旗袍店的门口。

这么久的时间，贝琳达太太自然知道她的生意惨淡。

在这么偏僻的街角开旗袍店，想要有生意基本不可能。

贝琳达太太深深地叹了一口气，惋惜地说道："真是太可惜了，卿，希望我们之后还能再见面。"

沈慕卿莞尔一笑："当然。"

送走了贝琳达太太，沈慕卿总算是有时间来收拾这间旗袍店了。

里面的东西没几样，大多是店铺中自带的，除了那几件旗袍。

她的手艺极好，这些陈列出来展示的旗袍每一件都是她亲手缝制而成的。

旗袍不能折叠，沈慕卿便随意在店里找了几个塑料口袋，将其撕开，平整地包裹在这几件旗袍上。

沈慕卿打理好一切，锁上门，将店铺的钥匙交给了贝琳达太太，拜托她转交给房东。

看见贝琳达太太点头，沈慕卿这才松了一口气，抱着自己的旗袍转身离去。

她住的地方，同样是在一条十分不起眼的小巷子里。

昏暗的灯光，吱吱呀呀的扶手，脏乱的楼道。

这里对于沈慕卿来说只有一点好处，那就是便宜。

沈慕卿从门口的脚垫下顺利取出了钥匙，打开房门，里面的一切又是另一番天地。

小小的屋子被她打理得十分干净温馨，与门外的一切格格不入。

沈慕卿躺在沙发上，听着楼上苏迪雅太太又在教训她青春期叛逆的孩子。

沈慕卿忍不住小声地骂了一句脏话，这还是她活了二十年以来第一次说脏话，白皙的脸蛋似乎也因此而变得通红。

这么一干，心中的怨气似乎也散去了不少。

这样的生活什么时候才能到头？

旗袍店关掉后，她就没了收入来源，这房子也租不了几天，她就又得搬走。

这一刻沈慕卿心情烦闷，但也清楚地知道一件事，她必须得再找到一份工作。

她侧头看了一眼安静地躺在身旁的旗袍，眼睛中水波流转，似乎有了主意。

她随意从中选出一件淡黄色的旗袍换上，又将凌乱的发丝盘好。

这一次，她用的同样是一支玉制簪子，藏在墨发之间倒是生出几分温婉。

虽没化一点妆，但她杏眼含春，面容如桃花般娇嫩，只需一眼，浓浓的东方婉约之色便彻底流露。

做足了准备，沈慕卿便拿起桌上的零钱直接下楼，奢侈地搭了一辆出租车。

看着车窗外从老旧房屋不断变化成繁华都市的景色，沈慕卿闭上了双眼。

"卿卿，爸爸妈妈会在天上保佑你的。"

在慕尼黑，不触碰自己的原则且来钱快的就那么几个地方。

沈慕卿从来没去过，这些全是从小嫣的口中得知。

城中心的莱伊拍卖会和一个叫作深海遗珠的高端会所。

沈慕卿下了车，一阵冷风袭来，她忍不住瑟缩了一下，摸了摸双臂，接着硬着头皮朝着莱伊拍卖会走去。

这两天全城震动，几乎全世界的知名商人都来到慕尼黑参加这一场举世瞩目的拍卖会。

沈慕卿心中有着一丝期许，也许自己能为某个没带翻译的倒霉老板充当临时翻译。

亚洲女孩独特的韵味吸引着街道旁无数人的目光。

沈慕卿微微低下了头，她一向不喜欢暴露在这么多人的面前，他们打量的目光就像是一根根细小的银针，让她心底发麻。

她一言不发，加快了前往莱伊拍卖会的脚步。

只是，在穿过那名为深海遗珠的会所之时，里面透出的光亮让她忍不住停下了脚步。

"该死！这么重要的场合，你告诉我珊莉无法到达？"

这时，一位穿着深蓝色西服的德国男人怒气冲冲地从深海遗珠中走出，同时骂骂咧咧地对着他手中的手机不断吼叫。

"全会所就她一个钢琴手，要是得罪了那位大人物，你告诉珊莉，让她等着被解雇吧。"

男人怒气冲冲地挂掉电话，转身准备回会所，寻找解决的方法。

只是他刚转过身，一道娇柔的女声便从身后传来："先生，如果您没有办法的话，或许我可以为您提供帮助。"

科林·杰弗里蓦地回头，便看见沈慕卿站在风中。

沈慕卿脸上露出一抹温柔的笑容，活像一朵迎风绽放的雏菊。

一个穿着旗袍的东方女孩站在外国车马喧嚣的街头，本就让人有些恍惚。

科林·杰弗里一愣，接着慌忙晃了晃头，问道："你会弹钢琴吗？"

沈慕卿浅浅点头："曾经学过。"

科林·杰弗里得到答案，兴奋地双手合十道："感谢上帝。"说完，他便将沈慕卿邀请了进去，"东方女孩，你只需要在屏风后一直弹奏便好，客人不叫停就一定不能停。"

沈慕卿点了点头，示意自己都明白。

沈慕卿就这样跟着这个名叫科林·杰弗里的管事走到了一间位于顶楼的房间门口。

"好好弹。"

科林·杰弗里抬手看了看时间，急急忙忙替沈慕卿打开了房门,将她推了进去。

房间有两扇门,一扇是供客人进入的正门,而沈慕卿是从屏风之后的小门进的屋内。

房间很大,中间有一扇巨大的琉璃屏风,将另一边完完全全地遮挡住。

在沈慕卿的眼前,只有一架黑色的钢琴。

沈慕卿连呼吸都开始变得小心翼翼,她走进屋里,轻手轻脚地走到了那架钢琴旁缓缓坐下。

杏眼打量着眼前的钢琴,在看到那刻在钢琴之上的标识时,沈慕卿那颗心便变得更加忐忑——佩卓夫钢琴,五大帝王钢琴品牌之一。

想必,这间包厢所招待的客人相当尊贵。

在琉璃屏风的另一边,凯斯·弗雷德正靠在沙发上,品尝着手中的红酒。

而他的对面还坐着一个正瑟瑟发抖的男人。

"弗雷德先生,的确是我的决策有问题,这批货的钱我可以分毫不差地赔偿,但……"

约瑟夫先生满脸为难,双手握在一起,使劲地捏出红痕,最后还是忍不住说了出来:"但还请您能够再相信我一次,我绝不会再犯错。"

话音落下,琉璃屏风之后突然传来了一阵美妙的钢琴声。

凯斯·弗雷德摇晃着红酒杯的手忽地一滞。

Gramophone Waltz。

他薄薄的唇弯了弯,眼底却是一片骇人的凉意。

深海遗珠竟然连他最近听的曲子都知道了吗?

还以为凯斯·弗雷德是同意了自己的说法,约瑟夫先生满脸堆笑,赶紧拿起了桌上的红酒,跑到凯斯·弗雷德的身边为他斟酒。

曲子突然变得十分激烈，进入高潮。

那拿着高脚杯的大手突然松开，酒杯便从约瑟夫先生的眼前直直地坠落在地上。

铺满整个地板的地毯被红酒染红了一片。

约瑟夫先生惊恐地后退了一步，看着眼前这个桀骜到了极点的男人："弗雷德先生……"

只见凯斯·弗雷德伸出了手，接过助理递来的手帕，轻轻擦了擦手，随后取下了自己的眼镜，直直地朝着沙发的靠背上一倒，那双浅绿色的眼睛赫然闭上。

身旁的助理同样不苟言笑，在看到凯斯·弗雷德取下眼镜后，便径直朝着约瑟夫先生走去，推着他离开了这间包厢。

大门一关，整个房间中就只剩下沈慕卿和凯斯·弗雷德两个人。

琴音没有间断，沈慕卿紧接着弹奏了一首她最喜欢的 *Luv Letter*（《情书》）。

这是她父母在世之时，教她弹奏的第一首曲子。

琴声悲鸣，沈慕卿缓缓闭上那双湿漉漉的杏眼，几近忘乎所以，连琉璃屏风那一头的人什么时候过来的都不知道。

凯斯·弗雷德倚靠在屏风旁，手中已经重新拿着一杯酒，那双幽深的眼睛蕴含着未知的风暴。

一曲终，沈慕卿总算是回归到了现实。她缓缓睁开眼睛，眼前突然出现的男人吓得她从座位上跳了起来。

这张熟悉的脸让她有些不知所措，她双手交缠在一起，轻轻地唤了一声："先生。"

第二次见面，连凯斯·弗雷德自己都有些唏嘘。

他抬步朝着这只惊慌失措的小兔子走去，语气中有着一丝不易察觉的笑意："又见面了，小姐。"

距离越来越近,沈慕卿完全不敢抬头,只得看着自己高跟鞋的鞋尖。

红酒的醇香伴随着男人特有的木质香将她团团包围。

此时的沈慕卿就像是一只溺水的动物,完全无法逃脱。

一双戴着白手套的大手缓缓将她的脸抬起,逼迫得沈慕卿不得不再次将目光落到他那张英俊的脸上。

摘掉了金丝眼镜的他多了几分邪气,沈慕卿直直对上了那双浅绿色的眸子,紧咬住下唇,让自己镇定下来。

"为什么不说话?"

见沈慕卿依然没有要开口的意思,凯斯·弗雷德忽然一笑。

"甜心,不必紧张。"他直接坐在了钢琴前,接着将沈慕卿一把拉进了怀里。

她的力量太小,根本无法躲开,只能认命。

"再为我弹奏一曲,东方女孩。"话音落下,凯斯·弗雷德完全安静了下来,似乎是真的想要聆听沈慕卿的独奏。

沈慕卿咬牙,伸出了手,硬着头皮将手指落在琴键上,还是那首 *Luv Letter*。

"甜心,这听起来很悲伤,要怎么办才好?"一直安静闭目的凯斯·弗雷德突然开口,吓了沈慕卿一大跳。

那双杏眼突然又再度蕴起了热泪,沈慕卿的声音像小猫轻吟一般惹人怜爱:"先……先生,我不知道。"

凯斯·弗雷德看着这双杏眼,浅绿色的瞳光芒闪烁,最后还是抬手将她的眼睛蒙上。

"甜心,别这么看我。"男人顿了顿,再度开口,"我会很饿,很想进食。"

他……他还想把她吃掉?!

沈慕卿回想起凯斯·弗雷德嘴唇沾满红酒的一幕,不禁联想到吸食人血的吸血鬼。这么想着,似乎有利齿戳破肌肤的感觉传来。

此时,沈慕卿脑中只有鲁迅先生的一句话——不在沉默中爆发,就在沉默中灭亡!

沈慕卿双手使出最大的力气,一把便将这个男人推开,然后跟兔子一样,慌慌张张地夺门而逃。

手中的温热消失,凯斯·弗雷德并没有做出任何动作。

沈慕卿紧咬着下唇,委屈巴巴地朝着楼下跑去,却在半路遇上了巡视的科林·杰弗里。

"东方女孩,工作做完了吗?你这是……"

"杰弗里先生,我的报酬呢?我的报酬什么时候给我?"她几乎声嘶力竭,但娇软的嗓音没有任何的震慑之感。

"好,好的。"科林·杰弗里也被她的模样吓了一大跳,赶紧开口,"你想要现金还是转账。"

"现金!我要现金,一分也不能少!"

还好科林·杰弗里有随身携带现金的习惯,结算完报酬,沈慕卿也逐渐平静下来。

科林·杰弗里好意地开口:"需要我为你叫辆出租车吗?"

天色已经很晚,这片区域根本不安全,沈慕卿此时只得点了点头,小声地开口:"多谢你,杰弗里先生。"

"美丽的女孩,人生中不如意的事情很多,别总丧气。"科林·杰弗里一撇嘴,翻了个白眼,"今天因为钢琴手的事情被上司扣了薪水,但我还得笑着恭维他。"

看着他故意做出的鬼脸,沈慕卿心中一暖,忍不住笑出了声。

杏眼弯弯,巧笑嫣然。

科林·杰弗里只觉如沐春风,因着她这一抹笑,一切都变得美好了起来。

两人所处的位置是正厅，斜上方刚好是凯斯·弗雷德所在的包厢。

那包厢中有着一整面的玻璃墙，从那一处向下看，可以看见楼下的所有画面，沈慕卿与科林·杰弗里站在一起讲话的一幕也被他看在了眼里。

此时的凯斯·弗雷德已经将那副金丝眼镜戴了起来，原本危险的气质也像是被封印，又恢复了一副优雅绅士的模样。

他朝着一旁的助理招了招手。

"先生。"助理走上前来。

凯斯·弗雷德指了指科林·杰弗里："巴赫，一会儿请这位先生来包厢坐坐。"

"是。"

巴赫·文森顺着凯斯·弗雷德的手指，深深地看了一眼同样笑得十分开心的科林·杰弗里。

架不住科林·杰弗里的热情，沈慕卿就这么身怀巨款坐上了出租车。

在上车之前，沈慕卿却将准备转身离去的科林·杰弗里叫住："杰弗里先生。"

"还有什么事需要我帮忙的吗？"科林·杰弗里转身，笑容依旧。

沈慕卿不好意思地点了点头："杰弗里先生，我为我之前的行为道歉。"

说出了这句话，沈慕卿心里总算是好受了一些。

"放心，我不在意。"

看着这么暖心的科林·杰弗里，沈慕卿小脸一红，紧接着又说道："我能否留下你的联系方式？杰弗里先生，我觉得你是一个好人。"

看着这个天真懵懂的女孩,在深海遗珠工作了这么多年的老滑头科林·杰弗里都忍不住心中一软。

他抬步走到了车窗边:"号码可以留,但不是每个人都是好人,记住了。"

科林·杰弗里从口袋中拿出自己的名片递到了她的手里。

沈慕卿咬了咬下唇,还是忍不住说道:"杰弗里先生,我们东方有一句古话,来而不往非礼也,今日承了你的恩情,我也愿意帮助你。"

她看见科林·杰弗里口袋中的钢笔,便伸手讨要。

科林·杰弗里疑惑不已,但还是不假思索地将自己的钢笔递了过去。

沈慕卿从刚拿到的现金中抽出了一张,在上面写下了自己的电话号码和名字。

她再抬头时,杏眸中星光闪烁:"我是做旗袍生意的,对中山装虽然不如旗袍精通,但手艺还算不错,如果杰弗里先生有需要的话,就拨通上面的号码,我随时都能为你提供服务。"

科林·杰弗里伸手接过了那张写着沈慕卿信息的欧元,朝她比了一个"OK(好的)"的手势,接着便拍了拍前排的窗户,示意司机开车离去。

看着不断远去的出租车,科林·杰弗里只当这是一场美丽的邂逅。

他眨了眨眼,将那张欧元顺手塞进了自己口袋中,便朝着深海遗珠内走去。

刚一进门,守在门口的所有服务员便瞬间将科林·杰弗里团团围住。

"怎么回事?见鬼,你们是不认识我了吗?我是这里的主管科林·杰弗里!"

这样的阵势,他还是第一次遇见。

周围的服务员皆是与他一起工作了许久的同事,如今被团团包围,连他自己都不知道发生了什么。

忽然,一个熟悉的身影缓缓从远处走了过来,停在科林·杰弗里面前:"弗雷德先生有请。"

巴赫·文森完全没有多说一句,说完便直接转身朝着电梯走去。

简直五雷轰顶,科林·杰弗里这时脑袋飞转,连自己昨天晚上吃了什么东西都在脑子里想了一遍。

"文森先生,弗雷德先生是因为什么事情找我,能告诉我吗?"科林·杰弗里站在电梯中,看着不断变化的数字,总算是忍不住问了出来。

巴赫·文森只是冷冷地睨了他一眼:"先生的事情,不是我能去揣测的。"

"叮!"

到达顶楼。

科林·杰弗里跟在巴赫·文森身后缓缓到达了凯斯·弗雷德所在的包厢。

科林·杰弗里屏住呼吸,看着巴赫·文森当着他的面,将身前那厚重的大门打开。

"先生,科林·杰弗里来了。"

话音落下,科林·杰弗里便被巴赫·文森一把推进了这扇大门之中。

"弗雷德先生。"看着坐在沙发上喝酒的凯斯·弗雷德,科林·杰弗里恭敬地唤了一声。

"不用紧张,杰弗里先生,只是有些问题想要你来解答。"

凯斯·弗雷德嘴角一弯,那邪肆的笑容在虚晃的光影之下更显鬼魅。

沈慕卿回到家里，收拾好一切，便躺在了床上。

楼上的苏迪雅太太似乎心情不错，打骂孩子的声音没有出现。

整个屋子安静到了极致。

这样的环境，让她几乎一闭眼就陷入沉睡。

她做了一个梦——

自己躺在一张柔软的大床上，浑身酥软不能动弹，只有一双眼睛能够睁开。

"吱呀——"

房间的门被打开，沈慕卿的目光迅速汇集在了那道从门口进来的人影上。

金发入眼，浅绿色的眸子正闪着凶光。

冷硬俊美的脸在看到沈慕卿时出现了松动，一个让她浑身发抖的微笑突然漾起。

"啊！！"

沈慕卿从床上惊醒，额头布满了细密的冷汗，胸口不断起伏，大口喘着气。

她抬头看了看周围的一切，确认还是自己那个温馨的小家，心中的惊恐才散去。

"沈慕卿，只是梦。"

沈慕卿还在发愣，手机突然响了。

自从她来到德国后，手机就一直跟摆设一样，这个时间点有人打来电话还真是奇迹。

她拿起手机一看，居然是一串陌生的号码。

"您好，这里是卿。"

"你好，我是科林·杰弗里。"

声音刚从听筒中传出来，沈慕卿就辨认出了这个幽默的德国男人，心情似乎都变得美妙了起来。

"杰弗里先生，您是想要定做中山装吗？"

却不料电话那头的声音顿了一顿，而后有些苦涩地笑了几声："卿，我还记得昨天你说过，你是设计旗袍的，刚好有一场旗袍展，你看今天有时间吗？我来接你。"

"德国居然有旗袍展？！"沈慕卿大喜。

她忙不迭地点头，语气也比之前兴奋了不少："好啊！杰弗里先生，我现在就有时间！"

报了自己的地址后，沈慕卿激动得心脏都快跳出来了。

她赶紧下床换上了一身淡粉色的旗袍，将头发盘起，用对应颜色的钗子绾好。

收拾好一切后，她才急匆匆跑下了楼，在小巷的入口处等待。

像是早就打算来接她一般，没等多久，科林·杰弗里的车已经从一处十字路口缓缓驶出。

站在路边的沈慕卿挥了挥手。

科林·杰弗里看到她时，阳光刚好倾洒在她白皙娇嫩的脸上，她杏眼弯弯，眼波流转，简直就像来自东方的天使。

科林·杰弗里将车稳稳停在沈慕卿的面前，转头朝着打开车门准备坐进来的沈慕卿看去。

"卿，今天很漂亮，粉色很衬你。"

闻言，沈慕卿关上了车门，礼貌地朝着科林·杰弗里点了点头："杰弗里先生，你也很帅气。"

车子刚行驶，沈慕卿便激动地开口："杰弗里先生，今天的展览是哪位大师开的？有新中式的旗袍展出吗？我最近想要学习这种手法。"

"哪位大师我就不知道了，毕竟我不太了解这方面的知识。"

见科林·杰弗里目视前方专心开车，沈慕卿赶紧闭上了嘴巴，不再打扰他。

路边的街景逐渐变化，像是驶入了某个庄园。

沈慕卿还十分奇怪，为什么旗袍展要在这种隐秘的庄园中举行，在城中心不是更好吗？

但越来越熟悉的景色映入眼帘，沈慕卿终于察觉到了不对劲。

远处的喷泉、漂亮的花园，无一不提醒着她，这是那个男人的家。

"杰弗里先生，你为什么要带我到这儿？"沈慕卿不解。

"实际上，是弗雷德先生邀请你一同观展，我只是负责传话和带你前来。"

沈慕卿心下仍有疑惑，然而最终还是对旗袍展的憧憬占了上风。她不疑有他，打开车门下了车。

门口的守卫将门打开，科林·杰弗里向沈慕卿微微点头致意，看着那道倩影逐渐消失在视线中，直到再也看不见，才开车离去。

进了门，屋内的陈设还是同之前一样，只是从这个角度看去，周围的一切变得更加华丽和奢侈。

屋内的灯全被点亮，光线从头顶的水晶吊灯中徐徐投落。

在这样明亮的环境之下，她一眼就看到了正靠在沙发上闭目养神的男人。

现在的他只穿了一件白色的衬衫，胸口的纽扣被松开了几颗，衣服敞开，露出了健硕的胸膛，衬衫的衣袖也被挽到了手臂处，完美的肌肉线条清晰地呈现在沈慕卿的眼前。

沈慕卿的脚似乎被粘在了地上，寸步难行，只是在门口处看着他。

那副金丝眼镜摆放在桌上，白手套也脱了下来。

他的手指修长，骨节分明，指间还夹着一根香烟。

烟雾缭绕中，浅绿色的眼睛眸开，精准将沈慕卿锁定，神态慵懒，目光却冷冽地将她从上到下扫视了个遍。

在这么热烈的目光下，她那双美丽的杏眼微垂，让人看不清她此刻的神色。

凯斯·弗雷德的喉结轻轻一动，他吐出嘴里的烟，坐直了身体，接着将手中的香烟放在烟灰缸里碾灭，就这么静静地看着对面的女子。

不知道过了多久，在看到她的腿因为穿着高跟鞋站太久而微微打战后，凯斯·弗雷德才开口："过来。"

沈慕卿这才抬脚走了过去，强迫自己冷静地与他对话："弗雷德先生，请问旗袍展什么时候开始？"

凯斯·弗雷德轻笑一声："抱歉，没有旗袍展，我只是想见你而已。"

"你……"沈慕卿眉头一皱，但良好的教养阻止了她出言不逊，最终，她只是深呼吸一口气，朝凯斯·弗雷德点了点头，"那么，我就先告辞了。"

说罢，她转身便准备离去。

"别急，甜心。"凯斯·弗雷德看着沈慕卿的背影，嘴角勾起一个微笑，"我想你现在很需要一个稳定的住处。"

沈慕卿准备开门的手停在了半空，她回过头来，正好捕捉到凯斯·弗雷德胜券在握的表情。

"我可不忍见你这般美丽的小姐流落街头，若你有需要，不妨在我的庄园小住。"

沈慕卿抿唇。他说得没错，虽然刚从科林·杰弗里那里得到了一笔收入，但这笔钱总有花完的一天，她也不可能每次都这么好运，刚好碰上需要她救急的场面。

她独在异乡，人脉寥寥，想马上找到一份稳定的新工作并非易事，万一钱花完了工作也没着落，房东可不见得会大发善心允许她白住。

在未来的不确定性面前，这个男人又一次朝她伸出了援手。

俗话说得好，天下没有免费的午餐。

沈慕卿仍理智地发问："弗雷德先生，我能问问您为什么要帮我吗？"

"刚才不是说过了吗？因为我不忍见你落魄，甜心。"

他似乎永远这么游刃有余，话中虚虚实实，又总能让人信服。

沈慕卿知道就算跟他死磕到底也问不出什么有用的信息了，最终，她毕恭毕敬地朝凯斯·弗雷德鞠了一躬："弗雷德先生，感谢您。"

虽然留在这里不见得是最好的选择，但以她目前的境况，凯斯·弗雷德的收留的确是救她于水火。

凯斯·弗雷德的笑容依旧让人捉摸不透："现在已经很晚了，去休息吧。"

早晨，沈慕卿在陌生的房间中醒来，缓了好一会儿才想起，自己已经不在那个小出租屋了。

她从床上爬起来，简单收拾了一下便打开了房门。

"小姐，是有什么需要吗？"

突然出现的声音把沈慕卿吓了一跳，一个穿着正装面色严肃的德国妇人正站在她的面前。

"您……您好，请问您是？"

眼前的德国妇人微微颔首，朝着她点了点头："我是别墅的管家莎洛特·戴维斯，很高兴见到你，小姐。"

没等回答，沈慕卿的肚子先叫了。

莎洛特·戴维斯礼貌一笑，像是没有看见沈慕卿脸上泛起的红晕,朝着餐厅的方向抬了抬手:"小姐,刚好已经准备了早餐,您要现在用餐吗?"

沈慕卿不好意思地点了点头:"麻烦您了。"

"小姐客气了。"

说着,莎洛特·戴维斯便带着沈慕卿穿过大厅,朝着餐厅走去。

因为大厅与餐厅之间做了隔断,所以从外面看完全无法看清餐厅的景象。

到餐厅时,沈慕卿脑海中只有一句话,真是好大一张餐桌!足足可以容纳二十个人一起吃饭。

在餐桌的一头,摆放着热气腾腾的粥,以及一些东方常见的早餐美食。

沈慕卿回头,惊讶地望着身后的莎洛特·戴维斯。

她那张脸上还是一副职业微笑,见沈慕卿看她,便解释了一句:"这是先生嘱咐的,小姐可以用餐了。"

莎洛特·戴维斯说完,将餐桌一头的凳子拉开,等待沈慕卿就座。

沈慕卿深深地看了一眼面前的各种菜品,埋在心底的记忆一瞬间便被唤起。

来德国整整一年了,她始终思念着自己的家乡。

想要在德国吃上一顿好的东方菜,简直太难得了。

沈慕卿抹了抹有些湿润的眼睛,侧头朝着一旁的莎洛特·戴维斯露出了今天的第一个微笑:"谢谢你,莎洛特。"

莎洛特·戴维斯只是微微躬身往后退了一步:"小姐还是等先生回来,亲自谢他吧。"

看着沈慕卿开始安静地吃饭,莎洛特·戴维斯离开了餐厅,拿出手机拨通了一个电话:"先生,小姐已经在就餐了,您放心。"

话音落下,电话里便传来一声轻笑:"让她待在别墅,记住了吗?莎洛特。"

"是,先生。"

汇报完后,莎洛特·戴维斯便直接关闭了手机,也不知道去了哪个房间,又如同昨日一般,在这栋别墅中失去了踪影。

沈慕卿饭量很小,没吃多少便已经饱了。

离开了餐厅,看着空无一人的别墅,她细细地打量了起来。

屋子内装潢奢华,却又不显土气。

她视线一转,突然发现别墅背后居然是一处花园,透过玻璃窗依然能够真切地感受到花园中肆意生长的美丽花朵。

她杏眼一亮,慢慢走向通向花园的小门。

微风拂过,阳光暖人。

所有的花香在顷刻之间扑面而来,沈慕卿顿时心情大好。

她轻轻踩在了松软的草坪上,缓缓朝着花园中走去。

第二章 提议无效

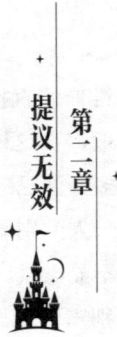

沈慕卿一走进屋内就明显地感觉到屋中的气压低到离谱，似乎比门外的气温还要低。

看清了沙发上的身影，她小声地喊了一句："弗雷德先生？"娇俏的声音虽小，但落在空旷安静的大厅中依然足够清晰。

原本在沙发上闭目养神的凯斯·弗雷德蓦地睁开了双眼，坐起身朝着沈慕卿看去，缓缓开口："为什么在花园一直待到晚上，是莎洛特招待不周，还是别墅中的一切不入你的眼？"

不知为何，沈慕卿总觉得他话里有话，连忙摇头："不是，莎洛特很好，只是……只是我想出去。"

凯斯·弗雷德看着沈慕卿强装镇定的样子，嘴角微微上扬："甜心，这种事直接跟我说不就好了。你想去哪儿？明早让巴赫送你过去。"

第二天一早，沈慕卿刚醒，门外便传来了莎洛特·戴维斯公式化一般标准的声音："小姐，您醒了吗？"

沈慕卿应道："我醒了！"

话音落下，门才被打开，莎洛特·戴维斯端着一个长方形的瓷盘走了进来。

她将瓷盘放在了大床旁边乳白色的床头柜上，又将一双毛绒拖鞋摆在地上。

做完这些，她又转身朝着沈慕卿微微鞠躬，垂着眼说道："小姐，这是先生让我送来的衣服，需要我服侍您穿吗？"

这话吓了沈慕卿一跳，她赶忙摇了摇头："莎洛特，我自己来就好，你先出去吧。"

"是。"

得到指令的莎洛特·戴维斯连眼睛都没抬一下，径直转身离开。

门被轻轻地关上了，沈慕卿从瓷盘中拿出了莎洛特·戴维斯准备的衣服。

不是旗袍，而是一条白色蕾丝小裙子，通体纯白，只在腰部做了收腰的设计，除此之外没有任何特别之处。

沈慕卿其实非常喜欢这种简单的衣服。

平常她只有在一些重要的场合才穿旗袍，自己独处时倒不会那么精致，随意的穿搭反倒多几分小女人的可爱。

每每小嫣看到她这副模样时，都抱着她不松手，疯狂撒娇。

也不知道这几天小嫣在贝琳达太太的甜品店中过得怎么样了呢……

沈慕卿心头一动，手中的动作加快了些许。

她将裙子换上，又稍微打理了一下发型，才出门往外走。

走到餐厅门口时，沈慕卿脚步一顿，惊讶地看着正坐在餐桌前安静用餐的男人。

"弗雷德先生，你……你怎么还没走？"

凯斯·弗雷德抬头，朝她露出了一抹微笑："我在等你。"

他说完便直接起身，将对面的椅子拉开，示意沈慕卿坐下。

待他重新落座后,莎洛特·戴维斯便端着一盘精致的东方早餐摆放在沈慕卿的面前。

"小姐,请用餐。"

沈慕卿垂眼看着面前的蟹黄小笼包、水晶虾饺、海鲜粥……馋虫全都被勾了出来,下意识朝对面望了过去。

凯斯·弗雷德面前只摆了一杯黑咖啡和一盘牛排。

他修长的双手拿起桌上的刀叉,刚切开一块肉,便看到一只白皙的手夹着一个蟹黄小笼包放在了他的盘子里。

抬眼一看,女子脸颊红红,杏眼中水光盈盈,嘴硬地说道:"我就是看你吃得不太好,过意不去,才给你的。"

凯斯·弗雷德低头轻笑了一声,用刀叉将她夹来的蟹黄小笼包切开,喂到了嘴里。

他其实不喜欢这种有些发腻的味道,只是这是沈慕卿递来的,他愿意违抗自己的味觉。

"好吃吗?"沈慕卿双手交握放在胸前,杏眼亮晶晶地盯着凯斯·弗雷德。

凯斯·弗雷德拿起桌上的餐巾擦了擦嘴角,淡淡地点了点头。

"我就知道,我们的美食绝对能俘获人心!"沈慕卿脸上的笑容更浓,眉眼弯弯,唇瓣晶莹。

凯斯·弗雷德喉结滚动,双眼中的危险之色越来越明显。

还没意识到危险的女孩,心情变得更加不错,晃了晃小脑袋,埋头吃着桌上剩下的食物。

餐桌安静,只有刀叉划破肉类食物发出的声音。

凯斯·弗雷德眉头一抬,看着正吃虾饺吃得不亦乐乎的沈慕卿,口中咀嚼的牛肉似乎都变得难吃了几分。

因为有更美味的东西让他觊觎。

沈慕卿吃得不多，这顿早餐很快就结束了。她一出门，便看到停在庄园中的那辆豪车，而巴赫·文森已经站在车旁等待。

见沈慕卿出来，巴赫·文森率先鞠躬："小姐。"

车门被打开，沈慕卿坐了进去。

"文森先生，直接去上次你送我到的地方吧。"

在关闭店铺之前，小嫣和沈慕卿几乎每天都见面，没有一天是分开的。异国他乡，两个孤身的东方女孩似乎在以另一种方式陪伴着对方。

不是亲人，也胜似亲人了。

沈慕卿脸上的表情逐渐变得有些悲哀，侧头望着窗外划过的美丽风景，思绪却飘向了远方。

"小姐想听音乐吗？"巴赫·文森突然出声，抬眼看了看后视镜中沈慕卿怅然的模样。

"当然。"面对他的好意，沈慕卿欣然接受。

如沐春风的笑容浮现，似乎刚刚那个满脸愁绪的女子只是巴赫·文森的幻觉。

音乐响起，又是那首欧根·杜加的曲子 *Gramophone Waltz*。

沈慕卿忍不住开口："弗雷德先生很喜欢这首曲子吗？"

巴赫·文森眸光不移，神情漠然地开口答道："先生是否喜欢这首曲子我不知道，但有一件事我可以肯定。"

"什么？"见巴赫·文森停顿，沈慕卿下意识地追问。

巴赫·文森的话音依旧冷漠，像是一台冰冷的机器："先生很喜欢小姐。"

沈慕卿失语，扭头不去看他，抬手摸着发烫的脸颊，想要抑制血液上涌的速度。

车子缓缓驶入了那远离慕尼黑主城区的一处偏僻地界。

身旁的车门被打开，冷风透了进来，沈慕卿才回过神，朝着车外望去，还是那个她生活了许久的熟悉的地方。

　　下了车后，她发现这附近所有的店铺都如往常一般开着，只有她那才关闭的旗袍店铺冷清又孤独。

　　豪车驶入，众人八卦的心被勾起，各个店铺的门口都三三两两地冒出了几个人头，朝着沈慕卿所在的位置投来目光。

　　沈慕卿最不喜欢被人肆意打量，她快步朝着贝琳达太太的甜品店走去。

　　"贝琳达太太！"

　　玻璃门被推开，沈慕卿轻声呼唤了一声。

　　没有人回应，直到沈慕卿举步进入，再次放大音量呼喊了一声，一个人才慌慌张张地从店里跑了出来。

　　身材低矮，有些发福，沈慕卿一眼便看出是贝琳达太太。

　　她似乎有些着急，胖胖的身子有些气喘吁吁。

　　见来人是沈慕卿，她蓝色的眼睛中闪过一丝慌乱。

　　"卿，是你啊，你怎么突然来了？"

　　贝琳达太太抬手随意擦了擦额头的汗珠，朝着沈慕卿快步走来，挡在了她的身前。

　　沈慕卿唇瓣一弯，笑着开口："我来看看你和小嫣，今天怎么只有你一个人在店里，小嫣呢？"

　　也不知道是不是她听错了，一声细密的呜咽声从贝琳达太太的身后响起。

　　像是为了掩饰什么，贝琳达太太慌张地开口，想要用自己的声音掩盖刚刚那道小声的呜咽："啊，小嫣啊，她今天学校里有事，就跟我请了一天假，只有我一个人在店里。"

　　如果在以前，贝琳达太太这么说，沈慕卿还会信。但现在她的举动太过奇怪，沈慕卿只觉得心一紧，狐疑地盯着贝琳达太太的脸。

"可我记得,小嫣今天没课,学校里怎么会有事?"

"呃……我,我不知道!反正她的确在我这儿请过一天假。"贝琳达太太找不到其他的话来堵沈慕卿,只能硬着头皮吼道。

似乎是听到店里有人来了,屋内那道呜咽声变得更大,像是在求救。

沈慕卿眉头一皱,脸上的笑容逐渐消失,只剩冷漠的神情。

她怎么可能认不出小嫣的声音!

"贝琳达太太,请你让开!"

沈慕卿怒火中烧,虽然不知道她把小嫣怎么了,但那声悲怆的哀嚎让她听得心都快碎了。

沈慕卿声音颤抖,抬手想要将贝琳达太太推开,但她的力气太小,根本推不动身形与她相差甚大的贝琳达太太。

贝琳达太太没有说话,只是一直挡在沈慕卿身前,不让她通过。

没等沈慕卿再度开口,一只手臂从她身边伸出,当场将贝琳达太太压得无法动弹。

贝琳达太太的手被巴赫·文森折在身后,当场便发出了一声凄厉的惨叫。

她一直在店内忙着应付沈慕卿,根本就没发现门口还站着一个身形高大的男人。

沈慕卿来不及对巴赫·文森说什么,直接快步朝着甜品店后厨跑去。

推开门,看见里面的场景,她瞬间愤怒到了极点!

小嫣正被绑在地上,那张一直都扬着笑容的脸,只剩下恐惧和绝望,地上全是一些破碎的餐盘和用来做蛋糕的刀具。

而她旁边正蹲着一个德国男人,他的手狠狠地捂住小嫣的嘴,想要阻止她叫出声。

大门打开的声音响起,那男人似乎被吓了一跳。

他转头去看时,才发现这不就是隔壁开旗袍店那个东方女人吗?

而沈慕卿也确认了,这个男人就是贝琳达太太的混混儿子。

她心中一狠,直接拿起靠在墙上的擀面杖,朝着那男人狠狠砸去。

"给我滚!!"

沈慕卿也不知道自己哪里来的力量,大吼出声。

可那男人凭借着自己强壮上许多的身躯,硬生生地挨了沈慕卿一棍。

"该死!"那男人大声怒骂,抬手想要从沈慕卿的手中抢过那根擀面杖。

拉扯之间,沈慕卿被他绝对强大的力量甩到了地上。

锋利的瓷片瞬间划破她裸露在外的皮肤,血液汩汩流出。

伴随着小嫣撕心裂肺的吼叫,场面一度不受控制。

"死女人,居然敢打我!"

那男人朝着沈慕卿伸出手,想要将她拉起来。

在男人的手碰到她之前,巴赫·文森及时出现,将男人推开。

"小姐。"

巴赫·文森蹲在地上,拿出一块手帕朝沈慕卿递去。

接过手帕,沈慕卿才回过神,猛地扑过去一把抱住了小嫣。

随着悲伤的啜泣声越来越大,眼泪一串串地从女子的眼眶流出,把沈慕卿肩膀处的布料尽数浸湿。

"卿姐,我好害怕!"

不知过了多久,小嫣总算在控制不住的哭泣声中说出了一句完整的话。

沈慕卿也忍不住流下了眼泪。

一切都怪她，都怪她写了来这里工作的推荐信，都怪她无能力经营店铺而把小嫣辞退。

　　沈慕卿抬手摸了摸小嫣的头发，忍着声音中的颤抖，柔声安慰："没事了，小嫣，卿姐在这里。"

　　巴赫·文森在二人相拥而泣时已经离开了后厨。

　　门外站了好几个黑衣保镖，贝琳达太太被绑住，眼泪鼻涕流了一脸。

　　在这不大的地方，这么大的动静瞬间引起了周围店铺主人和过往行人的关注。

　　巴赫·文森掏出手机，放在了耳边："我是巴赫·文森，自己处理好今天的事情。"

　　在挂掉电话前，巴赫·文森顿了顿，一向寡言的他突然加上了一句："如果处理不好，下一次打电话的就是先生。"

　　对方恭维的话一顿，正想求饶，电话已经被巴赫·文森挂断。

　　店里，沈慕卿已经扶着小嫣出来，小嫣似乎还没有回过神来，身体不断颤抖，瑟缩着靠在沈慕卿流血的手上。

　　巴赫·文森走了过去，还是提醒道："小姐，还是先回庄园处理一下伤口，先生回来看见会不高兴。"

　　可此时沈慕卿哪里还有处理伤口的心思，只想把小嫣安顿好，安抚她的情绪。

　　"巴赫，能麻烦你送我们去我家吗？离这里不远，我可以为你指路。"沈慕卿声音带着哀求，抬眼可怜地看着巴赫·文森。

　　巴赫·文森抬手揉了揉眼角，沉默了片刻，还是妥协了。

　　他朝着沈慕卿点了点头，顺手打开了车门："小姐，请。"

　　沈慕卿租的房子和这条街的距离并不远，每天沈慕卿都是步行来开店。

　　只是她住的地方太偏僻，车子只能停在小巷外。

这么破旧的地方突然停放了一辆豪车，显得格格不入。

望着沈慕卿和小嫣上楼的背影，巴赫·文森还是拨通了凯斯·弗雷德的电话："先生，小姐受伤了。"

"回庄园了吗？"

巴赫·文森一愣，还是一五一十地说道："没有，小姐想回她以前住的地方。"

话音落下，对面突然陷入了沉默。

而后，从手机中传来凯斯·弗雷德冷到了极点的声音："巴赫，最近你总让我失望，你说我该怎么办才好？"

巴赫·文森没有犹豫，虽然不在凯斯·弗雷德面前，但他仍然恭敬地俯首："我会自己去领罚的，先生。"

电话挂断，他从兜里摸出了一包烟，在这破到了极点的地方点燃了一根香烟。

烟雾缭绕间，他抬头朝着眼前这栋楼的上方看去。

小嫣已经被沈慕卿带进了房中，沈慕卿将她扶到沙发上坐下，去衣柜里拿了一条裙子递到小嫣手里。

"卿姐，我没错，我也不知道他们为什么要那么对我。"

小嫣像是一个做错事的孩子，对着沈慕卿疯狂摇头。

此刻的她极其渴望得到别人的安慰，这些年数不清的委屈似乎都在这一刻爆发。

沈慕卿没有说话，只是安静地抱着她，不断地抚摸着她的脊背。

直到小嫣的啜泣减小，沈慕卿才微微松开了手，杏眼中满是坚定："你一点也没错，你放心，他们会受到惩罚的，以后别去那里工作了。"

看着哭花了脸的小嫣走进浴室，沈慕卿顿感无力。

她抬头，看着白花花一片的天花板，思索了片刻后，还是拿定了主意,将从科林·杰弗里那里得到的报酬都拿了出来。

她现在住在弗雷德先生的庄园,而小嫣举目无亲,还在上着大学。

但……要是钱都给了小嫣,那她简直一点后路都没有,只能完全倚靠弗雷德先生。

良久,浴室的门被打开,小嫣双眼红红,一步一步走得十分缓慢,似乎还心有余悸。

等她坐到沈慕卿身边时,一只沾了不少血迹的手拿着一沓钱递了过来。

小嫣猛地抬头:"卿姐,你这是什么意思?!"

沈慕卿笑着答道:"我关闭店铺后谋得了一份钢琴手的工作,老板对我很爽快,第一个月就给了我这么多。"

谁知小嫣不肯罢休,接着沈慕卿的话继续发问:"哪个地方?为什么现在才跟我说?卿姐,你不要骗我。"

小嫣话里全是担忧,她早就把沈慕卿当作她的亲姐姐。

沈慕卿眸光闪烁,似乎不想再继续和她讨论这个问题,伸手将那沓钱全都塞进了小嫣手里,轻轻捏了捏她的脸颊,语气放松:"你呀,就别担心我啦,这些钱应该够你生活一段时间了。"

沈慕卿躲开小嫣疑惑的眼神,站起身端起放在柜子上的水壶,冲她笑:"我去烧壶水,你坐会儿。"

她说完,便抬脚朝着狭窄的厨房走去。

进了厨房,她才偷偷拿出手机,给在楼下守着的巴赫·文森打电话。

她的声音本就极柔,这时候又故意放低了音量,细微的说话声被水流声遮掩,房间里的小嫣完全没注意到。

沈慕卿将手攥紧放在胸口处,朝着手机里说道:"文森先生,能麻烦你一件事吗?"

天色渐渐灰暗，不出所料，楼上又响起了女人与男人争吵的声音。

说实在的，几天没有听见，沈慕卿还有些怀念。

两个女子同时转头，刚好对上了视线，在对方局促的目光中，忍不住一起笑出了声。

"这么久了，每天夜晚的苏迪雅太太依然中气十足。"沈慕卿调侃完，忽然想起了什么，"小嫣，已经很晚了，你该回学校了。"

小嫣跟沈慕卿待了一下午，什么事都抛在了脑后。

被提醒后，小嫣顿时满脸难色，吓得跳了起来："糟了！我的论文还没写，教授会'杀'了我的！卿姐，我先走了。"

女子风风火火地就要往楼下跑，还没打开门，手就被沈慕卿一把抓住。

小嫣回头一看，沈慕卿微笑着轻轻捏了捏她的手："一起下去吧，我让我同事送你回去。"

"同事？"小嫣眨了眨眼，突然想起了那个送她和沈慕卿到这里的外国男人。

刚刚她一直窝在沈慕卿的怀里哭，根本没有什么心思去关注其他的事情。

将屋内的灯光、电器关好，沈慕卿便带着还有些发愣的小嫣朝楼下走去。

那原本低调奢华的豪车不知道什么时候已经换成了一辆极其普通的德国牌汽车。

沈慕卿朝着巴赫·文森点了点头，便打开了车门："小嫣，快来吧。"

上车后，小嫣将车窗摇了下来，趴在窗框上可怜兮兮地望着沈慕卿："卿姐，我们下次什么时候才能再见面啊？"

现在沈慕卿有了工作，那能自由支配的时间肯定也变得更少了,不知道之后什么时候能够再见。

沈慕卿摇了摇头,红唇弯起,抬手摸了摸小嫣的脑袋:"最近我很忙,等以后有时间了我再来看你。"

"好吧。"小嫣虽有些丧气,但还是点了点头,手伸进衣服口袋里紧紧攥着沈慕卿给她的钱。

车窗被关上,汽车缓缓驶离。

车轮碾磨马路的声音响起,沈慕卿抬头,朝着灯光射来的方向看去。

之前坐的那辆豪车从街角的转弯处开了过来,稳稳地停在沈慕卿面前。

车门被打开,她坐了上去,车里全是凯斯·弗雷德身上的木质香味,司机是一个她没见过的新面孔。

她没多问,今天经历了这么多,她简直疲惫到了极点。

在这样的环境中,眼前的一切渐渐变得模糊了起来,她的意识也随之消失,整个人就这么靠着车窗睡着了。她的两条手臂交叉着抱在胸前,白皙的手臂衬着已经凝固的鲜血,有些骇人。

睡梦中的沈慕卿只觉得一阵凉风灌入,自己的身体也随之一轻。

意识逐渐回笼,沈慕卿缓缓睁眼,发现自己正安安静静地被凯斯·弗雷德抱着走回别墅,就算没有抓住他,也能感觉到十足的安全感。

敏锐如凯斯·弗雷德,在沈慕卿睁眼之时,已经察觉到她醒了。

但此时,他的脸上没有一丝表情,就像是冷到了极点的冰,连一点融化的可能都没有。

"先生。"沈慕卿伸手抓住他胸前的衬衫,柔柔地喊了一句。

凯斯·弗雷德却没有回应她,走进别墅后,将她放在了正厅的沙发上,便转身自顾自地离开。

沈慕卿有些恍然，忍不住失落地低下了头。

她还从来没见过凯斯·弗雷德这个样子，此刻开着空调，本该十分温暖的别墅，却莫名有一丝寒意。

她浑身发冷，孤零零地坐在沙发上，一袭白裙皱皱巴巴，有些地方还染着星星点点的血迹，整个人像是个被人抛弃的布娃娃。

沈慕卿眼中慢慢蓄上了热泪，缓缓垂下头颅，死死地盯着自己的手看。

良久，高大的人影挡住了屋内的光线，将她整个人笼罩在其中。

沈慕卿抬头，这道身影的主人已经在她面前蹲了下来。

凯斯·弗雷德打开药箱，取出酒精和棉花，在她被碎片划伤的地方轻轻擦拭。

本来没有感觉的伤口突然被药物涂抹，钻心的疼袭来。

"咝……"沈慕卿咬着下唇，忍不住倒吸一口凉气。

疼痛之间，她一直盯着凯斯·弗雷德的侧脸。

不知道为什么，沈慕卿越来越觉得自己是混蛋，让他担心。

处理完伤口，凯斯·弗雷德直接站起了身，拿起放在桌上的药箱就要离开。可还没走出半步，衣袖就被沈慕卿抓住。

"对不起……"

她眼中似是装了一池春水，凯斯·弗雷德只怕自己再不把她拥入怀中，那一池泛滥的春水便会满溢而出，他一直坚守的原则还是败给她了。

凯斯·弗雷德抬手握住了她的手轻轻揉弄，目光森然地看着她："甜心，以后别再做让我生气的事情了。"

窗帘没有拉严实，微微有一些缝隙，月光缓缓流泻。

不知道是什么缘故，沈慕卿总觉得德国的夜景很美，在夜晚极其有存在感。而今晚的月光刚好照在了她的身上，白皙的肌肤在月光的映射下格外显眼。

凯斯·弗雷德兴致大发,突然凑了过去,一口咬在了她脸颊处的软肉上。

"你干吗?"沈慕卿只觉脸颊一阵湿润,下意识地惊呼出声。

而身后的男人却不打算放过她,反倒加了几分力气,用牙齿碾过,在她白皙的脸上留下了两道齿印。

他退开后,还恶劣地打量了一番才放过沈慕卿。

"惩罚。"

只是两个字,沈慕卿却能察觉到凯斯·弗雷德现在的心情很不错。

喜怒无常的他总是让沈慕卿感到害怕,而现在的沈慕卿胆子却变得大了许多,在他心情不错的情况下,得寸进尺应该不过分吧?

女子紧咬着下唇,杏眼无辜地看着他,眼里水波流转,盈盈发亮:"我还能去深海遗珠弹钢琴吗?"

凯斯·弗雷德闻言,眼神更加幽深:"你觉得呢?"

这样的反问无疑是赤裸裸的拒绝。

不过沈慕卿的重点也不是弹钢琴,而是赚钱,但现在这一想法被凯斯·弗雷德驳回。

沈慕卿也不知道哪里来的胆子,居然就这么轻哼了一声,手握成拳在他的胸膛凶狠地捶了一拳。

凯斯·弗雷德轻而易举地挡下了这一拳,轻笑一声,顺势将她的手托起来,在手背上落下一吻,接着放开她转身离去:"休息吧。"

徒留沈慕卿自己在原地生闷气。

第二日,沈慕卿醒来时,一个人坐在床上发蒙。

与昨天同样的时间，卧室的大门被敲响。

沈慕卿理了理自己的头发，大声地喊："进！"

门被打开，莎洛特·戴维斯独有的职场气息瞬间扑面而来，她手中端着一个瓷盘，里面照旧是衣服和首饰。

莎洛特·戴维斯朝沈慕卿稳稳鞠了一躬，将瓷盘放下后才离开。

"现在就连衣服也不能自己选择了吗？"

本就有些烦闷的沈慕卿看着瓷盘，如鲠在喉。

她摇了摇头，可怜巴巴地拿起瓷盘中淡黄色的小裙子，打量了片刻后，才终于认命地将其套在身上，去浴室打理好一切后，直接出了门。

沈慕卿刚离开卧室，楼下大厅处瞬间传来了一阵搬东西的声音。几十双脚踩在光滑的地板上所发出的声音，让沈慕卿当即肯定这是一个大工程。

她抬步缓缓走到楼梯处，朝下方望去。

一架水晶钢琴被一群身强力壮的男人搬了进来，摆放在了侧厅处，与凯斯·弗雷德爱用来播放音乐的留声机放在一起。

沈慕卿目瞪口呆，愣了一秒后，直接朝着楼下跑去。

她什么都没管，径直跑到那架钢琴前，抬手轻轻抚上钢琴侧面银色的标识。

她认得这架钢琴，她这种钢琴爱好者当然有着自己最喜欢的乐器。

"KAWAI（卡瓦依）的透明三角钢琴CR-40A。"她眼里带着惊喜，脱口而出这架钢琴的名字。

没有女孩子不喜欢美的事物，更何况这架钢琴不仅十分漂亮，音准也极好。

沈慕卿欣喜若狂，直接在这架水晶钢琴前坐下，连凯斯·弗雷德从身后靠近了也没发现。

还没反应过来,沈慕卿娇小的身体便被凯斯·弗雷德圈在了怀里。

沈慕卿下意识转头,入眼的是凯斯·弗雷德棱角分明的侧脸,她的手被他抬起,轻轻放在了钢琴的琴键上。

"喜欢吗?"

随着凯斯·弗雷德缓缓转过头来,沈慕卿赶紧收回了自己的目光,重新看向了眼前的钢琴。

"谢谢,很喜欢。"沈慕卿压抑住心头那股极大的喜悦,浅笑着点头。

感觉到女子语气中的开心和喜悦,凯斯·弗雷德轻轻捏了捏她搭在琴键上的手。

"只为我一个人弹奏,可以吗?甜心。"

凯斯·弗雷德早在深海遗珠中就已经听过她的琴音,手法有些生疏,但琴音流转出一种独特的婉约温柔,和她本人一样。

被这样一双幽深的碧瞳盯着,沈慕卿有些不知所措,她抿了抿唇,朝前方坐了坐,想要躲开他侵略感十足的怀抱。

凯斯·弗雷德见沈慕卿细白的手抬了起来,便适时地退开。

他接过莎洛特·戴维斯递来的咖啡,靠在钢琴的另一侧,安静地等待沈慕卿的开始。

随着第一根手指落下,琴音响起,沈慕卿沉醉在了其中,她睫毛轻颤,然后缓缓闭上了双眼。

即便不看,她也能完美地弹奏出这首父母在世时亲手教她弹奏的曲子。

除开上一次在深海遗珠中的弹奏,她已经不知道自己到底有多久没有弹奏钢琴了。

沈慕卿沉浸在美妙的音乐之中,直到最后一个琴音落下,声音戛然而止,她才缓缓睁开眼睛,眼眶微微发红。

"怎么了?"凯斯·弗雷德低沉的声音似是蛊惑,引诱她暴露脆弱。

沈慕卿摇了摇头:"只是想起了一些以前的事。"

"甜心。"凯斯·弗雷德叹了一口气,伸出手用温暖的指腹擦拭她湿润的眼角,"我实在不忍见你落泪。"

沈慕卿撇了撇嘴,刚张开嘴想控诉他总说些暧昧不清的话,然而还没来得及发出一个音节,一只大手已经揽过她的腰肢,将她从钢琴前一捞,紧紧抱在怀里。

"你干吗?!"

突如其来的动作,让沈慕卿发出一声惊呼,而后将手抵在了他的胸口处,抬眼看他。

凯斯·弗雷德没有多言,就这么抱着沈慕卿朝餐厅走去:"先吃饭,然后带你出门。"

沈慕卿红着一张脸在他肌肉流畅的手臂上拍了拍:"我自己走。"

她挣扎着,但还没从他怀里逃出来,他的手就直接在她的身上一拍:"老实点。"

怀里挣扎的小姑娘身体明显一僵,不敢再动弹。

总算是乖了。凯斯·弗雷德挑着眉,眼里笑意浮现。

在餐桌前坐好后,看着莎洛特·戴维斯摆好的食物,沈慕卿那一丝丝局促终于彻底消散。

沈慕卿埋头吃完饭,看着对面正优雅地享用早餐的凯斯·弗雷德,还是忍不住心中的疑惑,抬眸好奇地问道:"我们去哪儿呀?"

凯斯·弗雷德却没有回答她的问题,而是伸手朝着沈慕卿前面的餐桌上指了指。

站在一旁的莎洛特·戴维斯当即便明白了他的意思，转身离开，回来时手里已经端了一杯牛奶。

沈慕卿疑惑地看了她一眼，还是接过了牛奶，在他的注视下一口喝掉。

"你快说呀！"她的语气有些着急，撒娇的意味明显。

最受不了她用这么温婉的模样耍小脾气，凯斯·弗雷德放下手中的餐具，擦了擦嘴角："深海遗珠。"

"去那里干吗？"

话刚问出口，沈慕卿突然想起了昨天晚上她对凯斯·弗雷德说的话，一时无语，没想到凯斯·弗雷德会理解成这个意思。

但沈慕卿实在不愿再解释，只能点了点头。

车内异常安静，窗外冷硬的德国建筑不断地变化，车中女子的思绪也跟着逐渐飘远。

那双浸满水光的剪水美眸放空，整个人都仿佛游离在世界之外。凯斯·弗雷德一侧目，看见的便是这样一番景象。

沈慕卿眉头轻蹙，如柳的眉目间含着几丝淡淡的愁绪，白皙的双手规规矩矩地交叠放在大腿上，淡黄色的长裙更衬得她如同画中人，一头长发温温顺顺地披散在肩头，一股独有的女子芳香侵袭他的鼻尖。

因为家族生意，凯斯·弗雷德曾经多次前往东方，许多东方文化自然也耳濡目染，他颇有钻研的便是诗词。

如今看到这幅景象，他心中便无端生出一句——琼窗春断双蛾皱，回首边头。

这种脱离自己掌控的感觉让凯斯·弗雷德莫名心生一股怒火。

一声惊呼打破车内的宁静，沈慕卿还没反应过来，人就已经倒在了男人宽大滚烫的怀抱之中。

感觉到了怀中的充实，凯斯·弗雷德那原本即将点燃的情绪顿时按捺了下来。

凯斯·弗雷德的动作突然，男女的力气差距甚大，沈慕卿双手不断地推搡也无济于事，只能任由他抱着，小心翼翼地出声询问："你……怎么了？"

凯斯·弗雷德一愣，刚刚的思绪来得突然，但以他的性子又怎么可能告诉沈慕卿。

恶劣的男人缓缓侧头，耳语道："甜心，你确定要在这种时候撩拨我？"

不同于强势的动作，凯斯·弗雷德说出的话十分轻柔，话中似乎还能捕捉到隐隐的笑意。

沈慕卿的脸蓦地变得通红，娇气地睨了凯斯·弗雷德一眼，闭上嘴，安安静静地靠在他的怀里。

直到车子进入闹市区，周围的一切才开始变得鲜活了起来。

白天的深海遗珠同样辉煌，即便是站在门口朝里望都能感觉到纸醉金迷。

沈慕卿脸颊贴着凯斯·弗雷德的胸膛，眼睛却一直看着窗外。

她忽然想起了那个偏僻的街角，还有楼梯吱吱呀呀的声音，以及楼上苏迪亚太太的谩骂声，似乎一切都在变化。

截然不同的生活区域，截然不同的人。

这一切的一切全都因为正抱着自己的这个男人。

沈慕卿说不上来对于凯斯·弗雷德是一种什么样的感觉，她只知道，独处异国的她似乎只能抱紧这一根救命的浮木。

如今只能走一步，看一步。

"先生，到了。"

坐在驾驶座的人下了车，将靠近沈慕卿一侧的车门打开。

看着车门外在两旁恭敬站着的服务员，沈慕卿脸颊通红，逃也似的从凯斯·弗雷德的怀里离开,冲下了车。

沈慕卿站定,身后的男人也从车中走出,一把揽过她的纤腰,一个多余的眼神也没有,抬步带着沈慕卿径直走进其中。

第二次踏入深海遗珠,沈慕卿的身份已然发生了变化。

上一次还未好好观察深海遗珠中的布局,此刻耐不住好奇,沈慕卿开始细细打量周围的一切。

富丽堂皇,如同一座水晶宫殿。

沈慕卿只觉得灯光如同珠宝的光辉,有些晃眼。

目光流转之间,最右侧的电梯突然打开,其中走出的人让她一愣。

那人目光一抬,显然也发现了站在门口处的两人。

科林·杰弗里瞳孔微缩。

沈慕卿眸光一闪,暗自移开了目光,但身体朝着身旁的凯斯·弗雷德靠近了几分。

这道灼热的目光当然引起了凯斯·弗雷德的注意。

只见他原本舒缓的眉头蓦地轻皱,如狼一般的凛冽眼神瞬间刺得科林·杰弗里恭敬地弯腰。

"弗雷德先生,还是同以往一般,安排顶楼的房间吗?"科林·杰弗里双手微微缩紧,恰到好处的过问是深海遗珠的主管科林·杰弗里分内的事情。

凯斯·弗雷德不言,转头抬手轻轻拍了拍沈慕卿毛茸茸的发顶,灼灼目光看得沈慕卿心尖发颤,他轻笑道:"今天就不带你去弹琴了。"

凯斯·弗雷德揪了揪她柔嫩的脸颊,而后才抬脚朝着电梯走去。

一直鞠着躬的科林·杰弗里此刻身体发凉,汗水涔涔,耐心地等待着这尊大佛离去。

然而凯斯·弗雷德走到一半,低沉的声音便再次响起:"一号会客厅,稍后劳烦杰弗里先生带格莱斯特先生到这里。"

"叮。"

电梯到达目标楼层,镂空浮雕的大门被服务员打开,由白色大理石打造的巨大会客厅展现在眼前。

繁复奢华的灯饰坠在顶空,入眼是两张巨大的白色绒毛沙发,中间是一张透明的水晶长桌。

一面墙壁上还有着一整墙的红酒,虽然看不清上面的文字,但沈慕卿依然能猜到这些红酒必定价格不菲。

似乎是为了满足红酒的贮存条件,会客厅的温度恒定且舒适。

沈慕卿刚进入其中,脚底便传来一种似乎踩在云端的飘忽感,她低头一看,一块巨大的、蔓延至门口的白色地毯正被她踩在脚底。

"发什么愣?"

后背突然抚上了一只温柔的大手,凯斯·弗雷德贴近沈慕卿,轻轻带着她朝房间中走去。

看着沈慕卿在沙发上坐定,他才抬脚朝那面红酒墙走去。

"咔嗒。"玻璃柜被打开,凯斯·弗雷德面色如常。

他娴熟地取出一瓶红酒,又拿起两个杯子,回到了沈慕卿身边。

看着透明的杯子中红酒的液面逐渐上升,沈慕卿抬眼,朝着专注的凯斯·弗雷德说道:"弗雷德先生,这是……"

凯斯·弗雷德修长的双手仍未停下,那双锐利的眼眸依旧紧紧盯着杯中的液体。

直到戴着白手套的手将那杯红酒递到沈慕卿的面前,男人才抬眸,开口道:"这是今天才送到的酒,带你尝尝鲜。"

看着沈慕卿有些呆愣的脸,凯斯·弗雷德抬手将高脚杯凑到她嘴边,作势要亲自喂她。

动作来得突然,沈慕卿也下意识地抬头,就着男人的手饮下了一口。

浓厚的醇香在口中荡开,男人另一只手则趁机落到了她的下巴处逗弄。

"刚好格莱斯特先生念叨许久想要尝尝这批红酒,算是借了你的光。"凯斯·弗雷德看着沈慕卿唇上的酒渍,眸光暗了暗。

男人健硕的身体刚朝沈慕卿的方向靠近几分,大门便被服务员从外面打开,一道带着笑意的男声响起:"谁借了谁的光?"

有人来了!

沈慕卿赶紧将近在咫尺的凯斯·弗雷德推开,身体往后挪了挪。

美人在身前消失,凯斯·弗雷德面色一沉,坐直了身体,朝着进来的男人望去。

他面色冷沉,即便是隔着眼镜也能让人感觉到他眼中的暗潮汹涌。

好巧不巧,亚恒·格莱斯特算是凯斯·弗雷德所有合作伙伴中最了解他的人,见他这模样心中暗道不好。

亚恒·格莱斯特眼神一偏,看了看一旁低着头的沈慕卿,顿时明白了这"暴君"为何心情不好。

狐狸一般的笑容浮现在亚恒·格莱斯特的脸上:"没想到就连大名鼎鼎的弗雷德先生也逃不开美人娇啊。"

他的声音满是戏谑,沈慕卿从这一句简单的调侃中将他和凯斯·弗雷德的关系猜了个八九不离十。

因为喝了些红酒,沈慕卿两边脸颊浮出了丝丝粉红,眼中流光溢彩,如同水波一般含情脉脉。

此刻，这双杏眼直直地打量着亚恒·格莱斯特。

亚恒·格莱斯特有着一头褐色的头发，容貌俊朗，瞳孔是如同大海一般的蓝色。

她盯着别的男人歪头发愣的模样，使得凯斯·弗雷德的面色再度一黑。

"美丽的亚洲女孩，你这么看着我，难道我们在某个街角见过？"亚恒·格莱斯特当然发现了沈慕卿的打量，眉眼一弯，朝正看着自己发愣的美人笑道。

沈慕卿因为这一句话终于回了神，讪讪一笑，摇着头说道："未曾，先生长得英俊不凡，旁人自然是会多看两眼。"

亚恒·格莱斯特开怀大笑，点了点头："抱歉了小姐，我这么英俊的人早已经芳心暗许。"

亚恒·格莱斯特手臂一收，站在他身旁的棕发美人便顺势整个人靠在了他身上。

此刻沈慕卿才注意到，从大门处进来的不仅仅是亚恒·格莱斯特，还有一个漂亮的德国女人。

女人身材高挑，目测身高有一米七以上，柔顺的棕发被烫成了大波浪，披散在肩头，身材曼妙，格外迷人。

似乎没想到亚恒·格莱斯特会突然提到自己，那女人娇媚一笑，涂着红色指甲油的手握拳，轻轻在他胸口处一捶："弗雷德先生还在，您总是爱开玩笑。"

亚恒·格莱斯特不置可否地笑了笑，带着这女人直接坐在了凯斯·弗雷德对面的沙发上。

风雨欲来，沈慕卿明显察觉到了凯斯·弗雷德此刻的低气压。

沈慕卿生怕他突然做出什么动作，慢慢伸出手捏住凯斯·弗雷德西装的袖口，轻轻扯了扯。

她示弱的意味明显，凯斯·弗雷德脸色稍缓，握住酒杯凑到薄唇边轻抿了一口。

"你舍得拿出来了？！"亚恒·格莱斯特那双蓝色的眸子顿时睁大，语气中是藏不住的喜悦。

看着凯斯·弗雷德不语的模样，亚恒·格莱斯特嘴角的笑意更浓，转头对着沈慕卿举了举空着的酒杯："看来今日，是我借了小姐的光，这酒抠门的弗雷德先生之前死活都不肯拿出来，今天我的运气颇好。"

听着连续不断的调侃，凯斯·弗雷德低垂眼睑："亚恒……"

警告的声音刚出，身旁的女子却骤然笑出了声，眉眼弯弯，杏眼中晶光闪闪。

沈慕卿还是第一次听到有人用抠门这个词形容凯斯·弗雷德，再看看凯斯·弗雷德的黑脸，当即便忍不住笑出了声。

凯斯·弗雷德定定地望了一眼沈慕卿，大手覆住她放在沙发上的手，吓唬似的低声道："甜心，看来你今天的胆子很大。"

不愧是好酒，酿造和在酒窖中储存的手法格外高明，沈慕卿不过轻饮了两口，便也觉得有些飘飘然。

看着凯斯·弗雷德威胁的模样，沈慕卿杏眼瞪大，冲着凯斯·弗雷德噘了噘嘴："我才不怕你！"

机械的德语被女子用恶狠狠的语气说出，偏偏生出了几丝娇柔的意味。

凯斯·弗雷德失笑，嘴角噙着一抹笑意，亲昵地揉了揉沈慕卿的脑袋："好。"

亚恒·格莱斯特还从未见凯斯·弗雷德身边有过女人，即便是女伴也未曾有过。

如今突然冒出个亚洲面孔，他还心疼得紧，想起弗雷德家族那蠢蠢欲动的老二，亚恒·格莱斯特笑着摇了摇头，也不知道现在这情况到底是好还是不好。

无人注意的角落，那个德国女人漂亮的眼睛一眯，看向沈慕卿的目光染上了几丝寒意。

大门被敲响，而后几个身着制服的男人拿着资料走了进来，将东西整整齐齐地摆放在面前的长桌之上后就离开，将门关紧。

眼见两人要开始谈工作，那德国女人忽地一笑，抬手指了指这房间最里面的露台："小姐可愿同我一起去那里看看？"

"去吧，别喝太多。"未等沈慕卿开口，凯斯·弗雷德已经轻轻拍了拍她的后背，示意她跟着女人过去。

跟第一次见面的陌生人独处，自然是十分尴尬。

但沈慕卿知道两人有要事要谈，便缓缓起身，端着红酒跟在女人的身后，齐齐走向了透满阳光的露台。

第三章 疯子

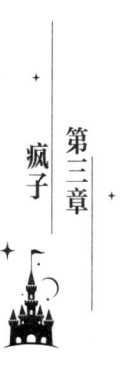

如狼一般的绿瞳一直跟随着女子的背影，久久不移。

"弗雷德先生？"

直到亚恒·格莱斯特出声提醒，凯斯·弗雷德才收回视线。

他抬手捏了捏自己眉心，这才望向对面的亚恒·格莱斯特："五百万美金，拿下尼克·弗雷德手中所有港口的代理权。"

亚恒·格莱斯特的狐狸眼一弯，随手拿起了桌上的几张资料，随意看了几眼后，才缓缓回复道："弗雷德先生依旧雷厉风行。"

两人各怀心思，气氛却比露台之上的两个人要好一些。

沈慕卿有些不知所措，眼神一直游离在窗外的景色之上。

太阳有些耀眼，偏是垂爱这一处露台，阳光毫不吝啬地倾洒而下。

大概是因为饮了酒，此时又被阳光照着，沈慕卿感觉整个人暖洋洋的，不由得舒服地哼叹了一声，像小猫一样。

"你好，我叫露西妮·康斯坦斯。"

沈慕卿微微睁开杏眼，恍惚地转身，一只纤细的手伸到了她面前。

沈慕卿愣了一瞬，随即露出一个微笑，温柔地握住了眼前女人伸出的手:"你好,我姓沈,你可以叫我卿。"

"沈"这个字眼似乎有些拗口,露西妮·康斯坦斯听后,红唇微启:"东方人?"

沈慕卿点了点头,对于自己的国家,她一向自豪,每每有人过问,都是毫不犹豫地坦然承认。

露西妮·康斯坦斯眉头一挑,点了点头,不着痕迹地收回了手,将额边落下的几缕发丝拨弄到了耳后。那双浅褐色的眼睛朝着露台外看去,看上去是不想再继续这场聊天。

沈慕卿眨了眨眼,也不在意,转身自顾自地享受着这独属于自己的美好正午。

兴许是上了头,起初沈慕卿还是小口小口地尝杯中的红酒,在尝到其中的醇香之后,便逐渐失了节制,早已把凯斯·弗雷德交代的话忘在了脑后。

这一番动作看上去有种别样的可爱,但落在露西妮·康斯坦斯的眼中却跟刘姥姥进大观园一般。

露西妮·康斯坦斯睨了她一眼,而后轻蔑一笑:"沈小姐,有没有人说过,你很单纯?"

没想到露西妮·康斯坦斯会在这一刻再次开口,沈慕卿抿唇,轻轻将沾染在唇瓣上的酒渍舔去:"为什么这样问?"

"一些奇怪的问题而已,沈小姐无需在意。"露西妮·康斯坦斯并未正面回答,只是居高临下地看着沈慕卿,"但我的确是有一些问题需要沈小姐来为我解惑。"

"嗯?"沈慕卿微微偏头,不解地看着眼前明媚的女人,阳光透过毛茸茸的发丝,在她的头顶落下一层阴影。

越是不经意流露出的可爱,越是让露西妮·康斯坦斯嗤之以鼻。

面对这样的女人,她也索性不再装友善,在阳光之下摇晃着手中的酒杯："你知道弗雷德家族吗？"

沈慕卿虽然喝得脸颊酡红，但也不至于醉到连女人眼中的嘲笑和戏谑都看不出来。

她粲然一笑，歪头直视着露西妮·康斯坦斯："对我来说，只要知道凯斯·弗雷德先生就好，其他的并不重要，你说呢？康斯坦斯小姐。"

"沈小姐很是通透。"露西妮·康斯坦斯脸上的表情一僵，她没想到沈慕卿会这般反驳自己，"弗雷德家族掌权之位未定，还有不少隐患，弗雷德先生所需要的，是另一个大家族的帮助，而不是一个什么也没有的东方女人。"

话都说到这分上了，沈慕卿脸上的笑意却未散，反倒变得更浓。

这时，她也总算是明白了，这德国女人醉翁之意不在酒，而在山水。

这山水自然便是高雅矜贵的凯斯·弗雷德。

沈慕卿心中无端生出几丝怒意，她无辜地眨了眨眼睛，像是赞同露西妮·康斯坦斯的话一般，重重地点了点头："你说得对。"

露西妮·康斯坦斯闻言，脸上浮现笑意，然而还不等她高兴，沈慕卿便再度开口："康斯坦斯家族？没听说过。"

本来是带着十足攻击性的话，被她以一副人畜无害的模样说出来，倒是让露西妮·康斯坦斯的怒意堵在了喉咙处。

"你……"

"识趣就赶紧离开，到时候连自己是怎么死的都不知道。"露西妮·康斯坦斯气结，端起酒杯，只留下这一句话，就想要回到房中。

"康斯坦斯小姐！"沈慕卿却看着她的背影清脆地喊了一声。

沈慕卿故意放大了音量，房中正在交谈的两个人都被这一声呼唤吸引了注意力，齐齐向露台处投来目光。

两个男人的视线同时汇聚在露西妮·康斯坦斯身上，露西妮·康斯坦斯身躯一僵，握着酒杯的手微微收紧，皮肤紧绷。

沈慕卿浅笑道："我也觉得，你和格莱斯特先生都很单纯呢。"

最后一个字眼声调上扬，似乎真的只是女子纯真之言。

露西妮·康斯坦斯强迫自己露出一抹得体的微笑，转头朝着沈慕卿点了点头："谢谢沈小姐夸赞。"

她说完，便优雅转身朝着凯斯·弗雷德浅浅一笑，走到亚恒·格莱斯特身边坐下。

两个人的交谈已经完成，这时候露西妮·康斯坦斯过来也没什么可避讳的。

不过亚恒·格莱斯特被沈慕卿那一句话搞得若有所思，狐狸眼眯了眯，看向露西妮·康斯坦斯的眼神越发深沉。

沈慕卿刚才虽然争了一口气，但现在心中却十分憋屈。

她就只是在露台上喝点小酒、晒晒太阳，无端被人讽刺一番，任谁被这样对待都会生气。

这都什么年代了，居然还有人会认同家族联姻这一说，她开始对露西妮·康斯坦斯嗤之以鼻。

她犟着这口气，愣是一直站在露台上，不回到屋内。

也不知道过了多久，一双大手突然从她身后伸出，健硕宽大的身体瞬间将她拥在怀中。

他走来时没发出一点声音，被他突然抱住时，沈慕卿身体一颤，吓了一跳。

但当反应过来来人是凯斯·弗雷德时，她反倒头也不回，兀自看着远处的云朵。

"怎么了？"

沈慕卿只觉肩膀一沉，凯斯·弗雷德棱角分明的下巴已经靠在了她的肩头。

凯斯·弗雷德脑袋一偏，爱怜地亲了亲她的侧脸。

谁料沈慕卿头猛地一偏，躲开了他的亲吻，还是一句话也没说。

凯斯·弗雷德那双绿眸一暗，抬手捏住她的下巴，将她的脸朝自己的方向扳过来。

他的动作有些粗暴，沈慕卿下巴处明显留下了一道红印。

她双目中水波流转，那双眸子仍是不愿望向凯斯·弗雷德，转向了另一边。

凯斯·弗雷德细细地打量着她这一副委屈的小模样，压抑住心中快要控制不住的躁动，轻声哄道："到底怎么了？甜心，你可以向我倾诉任何事。"

沈慕卿轻哼一声："都怪你，我讨厌你！"

她抬手，作势要捶凯斯·弗雷德的胸膛，然而纤细的手腕被瞬间捉住。

凯斯·弗雷德目光灼灼，薄唇弯起，在夕阳的映衬下显得格外邪肆。

他捉住沈慕卿的手，缓缓移到自己的唇边，柔软的唇瓣轻轻落在了沈慕卿的手腕处。

他一直睁着眼，即便是在做这般亲密的动作时，也没有一刻将目光从沈慕卿的那双杏眼中移开。

"这是你第二次说这种话了，甜心，我不希望再听见。"

话音落下，眼前的女子突然一愣，而后便像是泄了气的气球，整个人都软了下来。

沈慕卿低着头，脸上露出的自嘲微笑没有被凯斯·弗雷德看到。

凯斯·弗雷德怎会猜不到她闹脾气的缘由，当即微笑着保证道:"放心,今天冒犯你的人,一个都跑不了。"

沈慕卿已经习惯了在柔软的大床上醒来,等待莎洛特·戴维斯送来衣服。因此这一天,门照常被打开时,她并未掀开盖住脑袋的被子,只露出翘着几根发丝的发顶,闷闷地说道:"莎洛特,麻烦你把衣服放在旁边就好。"

料想中的莎洛特·戴维斯的回答没有出现,等了半晌后,沈慕卿有些奇怪,刚准备掀开被子起来查看,男人浓烈的气息就已经将她包围:"睡得好吗?甜心。"

背对着凯斯·弗雷德的沈慕卿嘴角抽了抽,心里的小人早已经飞出来把凯斯·弗雷德暴揍了一顿。

而现实却是,沈慕卿这个小鹌鹑,只能违心地点点头:"睡得很好,先生。"

不知道是因为他的心情不错,还是因为沈慕卿非常温顺,凯斯·弗雷德竟没再逗弄她,只是轻轻吻了吻她的脸颊:"我为你准备了一份礼物,我认为你应该会喜欢。"

沈慕卿回头,看着正站在床边浅笑的男人,心头疑惑,暗自嘀咕:"礼物?"

沈慕卿摇了摇头,换好了衣服,凯斯·弗雷德立刻走近,牵起她的手离开了卧室。

此刻凯斯·弗雷德的脚步有些快,似乎迫不及待想要为她献上这份礼物。

面对他的反常,沈慕卿未作他想,只是睁大眼睛认真地打量着别墅内的一切。

扫视了一圈四周后,她发现一点变化都没有,心中的疑惑越来越大。

直到两个人一起走下楼梯,坐在了沙发上,凯斯·弗雷德才兴奋地朝着门口招了招手。

这两天一直没有出现的巴赫·文森突然进入了沈慕卿的视线中。

凯斯·弗雷德嘴角一直噙着一抹淡笑，开口道："让他们进来吧。"

"是，先生。"

巴赫·文森应了一声，转身将门推开，接着便不见了踪影。

沈慕卿转头看了一眼凯斯·弗雷德此刻舒心的模样，心中忽然开始惴惴不安。

凯斯·弗雷德捕捉到沈慕卿打量的眼神，笑容放大，将她搂进了怀中："放心，是你喜欢的。"

他越这么说，沈慕卿便越紧张，心脏怦怦跳，最终还是忍不住拽了拽他胸前的衣料："到底是什么？我现在就想知道。"

没料到，凯斯·弗雷德居然朝她比了一个嘘声的动作。

没有白手套包裹的修长手指格外好看，骨节分明，指甲修剪得极其整齐。但此刻的沈慕卿没有心情去欣赏这样一双好看的手，仍然固执地望着他的眼睛。

凯斯·弗雷德捏了捏她的脸颊，目光却移向了大门口："他们来了。"

沈慕卿顺着他兴奋的眼神，朝门口处望去。

巴赫·文森率先走进来，跟在他身后的却是几个她完全不认识的德国人。

直到所有人都进入别墅，每个人的面孔都清晰地展现在她的面前，看清其中一个人时，她的瞳孔骤然缩紧。

露西妮·康斯坦斯。

才短短一日的时间，原本高高在上的女人此刻已经变得颓废不堪。

凯斯·弗雷德的大手缩紧,带着沈慕卿坐了起来。

昨日亚恒·格莱斯特和露西妮·康斯坦斯离开之后,沈慕卿的心情便一直不好。

昨天在露台上发生的一切不得而知,但细心如凯斯·弗雷德,很容易便能猜到沈慕卿对他发小脾气的缘由。

想起沈慕卿在露西妮·康斯坦斯离开时说的话,凯斯·弗雷德便邪恶地扬起了一个笑。

他喜欢猎物被围剿,逃无可逃,最后匍匐在脚下的画面。

这是他认为最开心的事情,同样也想让沈慕卿共享这种快乐。

此刻,整栋别墅中一片死寂,只有露西妮·康斯坦斯因为害怕而发出的啜泣声。

站在最前面的男人开口道:"弗雷德先生,都是我康斯坦斯家族管教不严,今天带这狂妄的家伙来道歉,还希望先生您能够放过康斯坦斯家族所有的工厂。"

利益,高过了一切,甚至是这个康斯坦斯家族光鲜亮丽的小姐露西妮·康斯坦斯。

沈慕卿抬头,惊恐地望向了凯斯·弗雷德。

在他的脸上,没有一点其他的表情,只有淡漠。

沈慕卿痛苦地闭上了眼睛,酸涩之感瞬间袭来,她身体一软,无力地倒回了凯斯·弗雷德的怀抱。

怀里被填满,凯斯·弗雷德并未急着回答康斯坦斯家族掌权人的话,而是凑到了沈慕卿的耳边,开口询问:"还喜欢这个礼物吗?"

沈慕卿捏紧了拳头,身体止不住地颤抖,眼睛中逐渐布满血丝,失神地望着眼前的局面,这一切全是因为昨日她的一点小情绪。

沈慕卿忽然觉得手臂一热,她下意识地低头,就见凯斯·弗雷德的大手落在了她的手臂上，如同吐着芯子的蛇蜿蜒而下，最后捏住了她纤细又柔软的手腕。

修长的手在她的葱指之间穿梭，最后握住了她的食指，朝着那康斯坦斯家族的掌权人指去。

"凯斯·弗雷德！"

沈慕卿再也忍不住了，在这一瞬间怒吼出声。

她的声音有些嘶哑，然而软糯的腔调显得这声怒吼毫无威慑力。

话音落下，沈慕卿只觉身后的男人蓦地一愣。

半晌后，肩头一沉，男人冷冽的气息贴近。

凯斯·弗雷德开始专注地把玩沈慕卿的手，晾着康斯坦斯家族的所有人。

"弗雷德先生。"

沈慕卿突然发声，凯斯·弗雷德想也没想便转头，盯着她的侧脸。

沈慕卿用力将自己的手收了回来，这才开口："我很累，不想再看见他们任何人。"

这"任何人"意有所指，自然包括站在屋中冷眼旁观的巴赫·文森和莎洛特·戴维斯。

凯斯·弗雷德挑了挑眉，当然知道她的意思。

沈慕卿的任何要求，他都能满足。

轻笑声传来，凯斯·弗雷德摇了摇头，忍不住感叹了一声："你还是太善良了，甜心。"

凯斯·弗雷德唤了一声巴赫·文森，这乌泱泱的一行人终于被全部赶了出去。

"砰！"

沉重的大门被关上，这栋大到离谱的别墅中，便只剩下坐在沙发上的两个人。

凯斯·弗雷德在沈慕卿的沉默中突然生出了不舒服的感觉。

他的大手伸了过去,想要捏住沈慕卿的下巴将她的脸移过来面向自己,手却落了空。

沈慕卿下意识地躲开了那只好看修长的手,身体也不自觉地前倾,从各个方面抗拒着身后的男人。

任何细小的动作都被放大,最后落入凯斯·弗雷德的眼中。

那双绿色的眸子泛着寒光,周围明亮的灯光直直射入这双眼睛中,有一种潜藏在光明之中的幽暗感。

那只原本想要扣住沈慕卿下巴的手突然用力,直接落在了她的脸庞上,带着一种沈慕卿完全无法抵抗的力道,将她的脸扳了过来。

那双如同小鹿一般受惊的杏眼就这么对上了他冷如冰窖的绿眸。

"先生?"沈慕卿咬了咬唇,"弗雷德先生,该吃早餐了,我们去餐厅好吗?我很饿。"

"你不喜欢。"

"没错,我很不喜欢。"

这是沈慕卿第一次直接说出这句话。

凯斯·弗雷德还以为她会说些别的,完全没想到女子会突然表达自己的情绪,他还是第一次从沈慕卿脸上见到这样的表情。

新的情绪破土而出,这样生动的表情激起了凯斯·弗雷德难以拒绝的兴奋。

突然鲜活起来的情绪让他倍感新奇,那一点阴郁瞬间被她扫去。

手中的力道退去,凯斯·弗雷德看着沈慕卿脸上的红印,格外疼惜地低头吻了吻,声音缠绵:"好,以后的礼物一定让你喜欢。"

沈慕卿:"……"

她心里郁结,居然在他亲她的这一刻,大着胆子气愤地一拳捶在他背上。

"不要再这样了,她没对我做什么。"

冷静下来后,沈慕卿靠在他的怀里,抬手戳了戳他的胸膛,好声好气地跟他谈判。

一个家族的百年基业突然毁于一旦,带来的不仅仅是家族的覆灭,还有无数工人的失业。

沈慕卿不迷信,但仍然相信因果循环。

娇软的语气使得凯斯·弗雷德心猿意马,但他还是点头,笑着道:"当然,我会听取你的一切建议。"

没等沈慕卿开口回答,这个男人便直接起身,坐在他怀里的沈慕卿也跟着被一起抱了起来。

凯斯·弗雷德将她带到了餐厅。

莎洛特·戴维斯早已经准备好了早餐,此刻被摆放在桌上,进餐厅便能闻见食物的香气。

悬空的身体从凯斯·弗雷德的怀里落到了冰凉的椅子上。

座位同往常一样,凯斯·弗雷德坐在她的对面。

她的面前是每天都在变化的菜色,而凯斯·弗雷德的面前一如既往摆放着一盘带着血丝的牛排。

沈慕卿忽然觉得自己有些看不懂他,除了喜怒无常、权势滔天之外,还有她完全不理解的执着。

她无权无势,举目无亲,只身一人在德国,没有家族的扶持,什么也没有。

但这样的她居然入了这男人的眼。

不只是沈慕卿,这是谁都没有料想到的结果。

一向只在乎自己的商业版图、性情乖张的男人，居然也有娇养美人的一天。

从昨日到现在，整个德国商界已经知道了弗雷德家族掌权人凯斯·弗雷德的身边突然多了一张东方面孔。

权势滔天的男人还因为美人的小情绪，几乎让康斯坦斯家族覆灭。

但当有心人想要调查凯斯·弗雷德身边的这个女子时，却完全没有一点头绪，如同一颗石子投进大海，只是开始时激起一点涟漪，之后便什么也没有了。

这下，各方势力更加坚定了自己内心的想法。

凯斯·弗雷德这一手笔显然是为了这个女人，这样大动干戈的出气和小心翼翼的守护无一不提醒着众人，这个女人在凯斯·弗雷德的心里不一般。

所有人都明白的道理，眼前这个正埋头苦吃的女子却什么都不明白。

庄园里的厨师手艺格外好，也怪不得每一次沈慕卿都吃得津津有味。

"我可以回去一趟吗？"

以往凯斯·弗雷德在饭桌上只是吃饭，现在多了一项兴趣，就是看沈慕卿吃饭。

他绿眸含笑，却突然看见埋头吃饭的女子抬头，冷不丁地冒出这一句。

又要去哪儿？

凯斯·弗雷德眉头一皱，还没开口，沈慕卿便先发制人，直接解释道："我租的房子已经到期了，想去把东西拿走。"

一想起那些放置在简陋屋子里的旗袍，沈慕卿就一阵心疼，这些东西本来该被展示在橱窗里、展览上，如今却跟着她一起跌落尘埃。

一抹怅然浮上她的心头,眼神里也多了一些怅惘。

刚想拒绝的凯斯·弗雷德看着她这副表情,原本打算说出的话堵在了喉头。

见凯斯·弗雷德不说话,沈慕卿就睁着一双水瞳期待地看着他,撒娇道:"我的旗袍都在那里,我拿了东西就走,一秒钟也不多待。"

似乎是害怕凯斯·弗雷德不答应,沈慕卿手抓着那双筷子,软软地喊他:"好不好呀?"

要命。

凯斯·弗雷德喉结上下滚动了一番,这才淡淡点头:"可以,让巴赫陪同。"

沈慕卿闻言,当即点了点头:"好呀好呀,你好好工作,不用管我。"

语气里的那一点小雀跃藏不住,目光也开始有神起来。

她想拿的不仅仅是旗袍,包括她从东方带来的布料、丝线。

旗袍的优雅、高贵格外受国外友人的喜欢,她说不定还能重操旧业。

现在没了租房的压力,沈慕卿只需要考虑重新开店的资金。

沈慕卿越想越兴奋,那双杏眼里笑意盈盈,充满了生机。

她的这个神态格外生动,看得凯斯·弗雷德也不由自主地挂上了一抹浅笑,似乎这样也不错。

得到凯斯·弗雷德准信的沈慕卿心情变得异常好,早上发生的一切似乎都被她抛在了脑后。

女子没有那么多的心思,只因为眼前的事情而开心。

在凯斯·弗雷德离开时,她还奖励似的踮脚,在他的侧脸上亲了一口。最后,还是在他幽深的目光下红了一张脸,害羞地低下了头。

终于将男人送走，沈慕卿立刻坐上了巴赫·文森停在庄园中的车。

车窗外的风景飞速掠过，破旧的房子、脏乱的街区很快出现在沈慕卿眼前。

沈慕卿眼尖地看见了站在出租屋楼下的女人。

她心头一跳，好巧不巧，这人正是她的房东莉迪亚·谢里登太太。

房东此时出现在这里，很容易就能猜到她是为了处理房子的事情。

沈慕卿抬手拍了拍车窗，朝着驾驶座的巴赫·文森喊道："巴赫，就在这里停下。"

豪车在街角处缓缓停靠，远处正站在楼下的谢里登太太自然也注意到了这边的情况。

她转头，眯起眼睛，不断地朝着沈慕卿所在的位置打量。

车门被打开，看着从车中下来的女子，谢里登太太那双浑浊的眼睛逐渐瞪大。

她的视线转移到沈慕卿身后的巴赫·文森身上，突然眉头轻挑，露出了一个意味不明的笑。

"抱歉，谢里登太太。"沈慕卿面色酡红，不好意思地朝谢里登太太点了点头，"我不打算再续租了，不过我可以将我的衣物带走吗？"

"当然。"谢里登太太的眼神闪了闪，抬手拍了拍沈慕卿柔软的臂膀，"上去吧，我正想着将你那些东西处理了，没想到刚好你回来了。"

沈慕卿并没注意到她态度的变化，只心心念念那些被她亲手创造出来的旗袍。

沈慕卿弯唇含着笑，再度朝着莉迪亚·谢里登点了点头，葱白的手一弯，便将自己的裙摆提了起来，朝着面前这破旧不堪的小楼跑去。

"嗒嗒嗒"的清脆响声充斥整个楼道。

楼下这片脏乱的巷口处，只剩下巴赫·文森和谢里登太太两人。

正当巴赫·文森准备从谢里登太太面前走过时，她却突然出声："巴赫·文森，在凯斯·弗雷德少爷手下过得还好吗？"

巴赫·文森脚步一顿，稍稍侧头，抬眼冷漠地睨了一眼这个正笑得开心的女人。

"看来也不过如此。"谢里登太太暗自点了点头。

"请称呼他为族长，谢里登女士，现在的凯斯·弗雷德再也不是当初那个手无缚鸡之力的小少爷了。"巴赫·文森眸光幽暗，冷冷地盯着眼前这个不知收敛的女人。

"哈哈哈……"谢里登太太闻言，第一反应居然是大笑出声，"巴赫·文森，你太固执了，就凭我任劳任怨服侍了弗雷德家族两代人这一功劳，你有什么资格对我呼来喝去？"

谢里登太太脸上的皱纹随着她夸张而狂妄的表情都挤在了一起。

巴赫·文森的手紧握成拳，青筋暴起，却不得不承认她说得没错。

不仅是他，就是凯斯·弗雷德在这里，也不能拿她怎么样。

这是死去的老族长的命令，是弗雷德家族唯一支持凯斯·弗雷德的人所下达的命令。

谢里登太太堪称上一任家主的心腹，然而，她却讨厌极了家主的第一个儿子——凯斯·弗雷德。

一开始，她对凯斯·弗雷德只是若有似无的审视，到了后来，凯斯·弗雷德长大，家主去世时，她对他已经是毫不掩饰的厌恶。

凯斯·弗雷德眼界不在此，自然对这样一个无关紧要的人毫不关心，但仍然遵守着他对父亲的承诺，给予她应有的尊重。

然而这个女人却一直帮二少爷，那条毒蛇——尼克·弗雷德，想要将凯斯·弗雷德从家主之位上拉下来。

面对这样的情况，凯斯·弗雷德并未多言，直接将尼克·弗雷德赶出了家族。

而这女人也在尼克·弗雷德离开之后，从弗雷德家族里消失了。

直到今日，巴赫·文森才重新见到这如同蛇蝎一般的女人。

谢里登太太一笑，抬手将落下的银白发丝拨弄到耳后，不在意地说道："没想到这么久了，会以这种方式见面。族长这个位置，现在就定下来，对于任何人来说都太早了。"她脚步轻动，厚重的裙摆跟着她的步伐一起摇曳。

在巴赫·文森淬着寒光的眼神之下，谢里登太太抬头，如毒蛇一般迫人的眼神与巴赫·文森对视，勾唇继续说道："尼克·弗雷德少爷一定会卷土重来。当他坐上那个位置时，整个弗雷德家族的人就能知道，到底谁才是真正的族长。"

剑拔弩张之际，没等巴赫·文森出声警告，一道冷冽的男声先一步响起："五年时间，被赶出家门的野狗居然还觊觎着这块我扔在地上的骨头，果然短视。"

谢里登太太波澜不惊的脸上终于泛起了涟漪。

她脸上的笑容逐渐龟裂，转头直直望向正从车上下来的男人。无可否认，他的字字句句几乎刺穿了她的心。

"家主。"巴赫·文森开口，朝着凯斯·弗雷德恭敬地鞠躬。

这一次，他不再喊他先生，而是家主。

凯斯·弗雷德淡淡颔首，西裤包裹着健硕的腿一步一步走近，他浑身那种与生俱来的气场是任何人都偷不走的。

谢里登太太强迫自己镇定,但当对上这个男人冰冷的绿瞳时,还是下意识地开始腿部发抖。

"少爷慎言,在地下的家主还尸骨未寒。"

凯斯·弗雷德嗤笑了一声,压根没有再理会她的意思,只是慢条斯理地抬手,将手上戴着的白手套取了下来,放在巴赫·文森早已经伸出的手心,接着抬步直接朝着那栋危楼走去。

在房中仔细收拾旗袍的沈慕卿对楼下发生的一切毫不知情,只是哼着小曲,重新欣赏了一遍她制作的旗袍。

但当她收拾到一半时,一道轻笑声在耳畔响起。

她蓦然抬头,在门口处看到了一道熟悉的身影。他的身形太过高大,门框低矮,阻拦了他进入。

因此,凯斯·弗雷德只是站在门口处,看着房间内的沈慕卿。

沈慕卿今天的脾气大得厉害,她秀气的眉头一皱,杏眼中多了几丝恼怒:"你笑什么?"

凯斯·弗雷德没有回答她,只是微笑,沈慕卿怒气冲冲地睨了他一眼,转身继续专心收拾旗袍。

她将怀里的旗袍摊开放在床上,手轻轻压平上方的褶皱。

凯斯·弗雷德见状,直接进去坐到了这间小房子中唯一一把椅子上,靠着椅背,不加掩饰地打量着这间温馨十足的女子闺房。

即使沈慕卿这么多天没回来,屋子里依然充斥着一股属于女子的馨香。

房间内干干净净,与门外的脏乱形成了鲜明对比。

凯斯·弗雷德自然也对沈慕卿心生怜悯,绿眸闪烁之间,他想起了初见时,她瘫坐在地上泪眼婆娑的杏眼。

他自己也不知道当时为何会鬼使神差地喊停车子,下车将一群醉酒的男人制服,救下了她——一个可怜又美丽的东方女人。

凯斯·弗雷德闭了闭眼，心中是从未有过的庆幸。

这股庆幸，比他当年通过父亲考核时还要强烈。

看着面前的一大堆东西，沈慕卿自然是搬不动的。

她抬手摸了摸自己的后脑勺，然后转头望向正在闭目休憩的凯斯·弗雷德，"嗒嗒嗒"地跑了过去。

在凯斯·弗雷德睁眼后，她朝他"嘿嘿"一笑，撒娇似的捏住他西服的衣角，轻轻晃动："我抬不动，你帮我好不好？"

沈慕卿现在已经摸清凯斯·弗雷德的脾气了，只要朝他撒娇，他就会有求必应，这一招屡试不爽。

她一开始还以为凯斯·弗雷德这野兽一般的男人，是任何美色都无法撼动的狠角色，没想到还是逃不开撒娇这一关。

看着那捏住自己衣角的葱白纤手，凯斯·弗雷德淡淡抬眼，透过金丝眼镜对上沈慕卿期待的杏眼："不好。"

"啊？"

沈慕卿傻眼，万万没想到这男人会说出这样的话。她愣了好几秒，最后小脸通红地哼了一声，甩开了捏住的衣角，转身兀自朝着那堆东西走去。

才这么几天，她也没料想到自己会变得娇气。

她伸手，刚摸到旗袍，一只大手就从她的腰侧穿过，将她搂住。

肩头一沉，男人的气息袭来。

"这就生气了？"

这时的凯斯·弗雷德似乎很好说话，愿意哄着她。

沈慕卿不说话，只是低头死死盯着旗袍上精致的花纹，飞鸟展翅欲飞，倒是与她现在的心境相同。被男人戏耍后，她整个人羞愤不已，却只能被他箍在怀里，无处可躲。

凯斯·弗雷德光是从她通红的耳朵就能判断出此刻她脸上必定红霞尽染。

他盯着她羞涩的娇俏模样，一只手将那堆东西全都拿了起来，另一只手则牵住沈慕卿的手，还有意无意地捏了捏，柔若无骨，倒是颇有一番滋味。

但当力道越来越大时，凯斯·弗雷德只好在沈慕卿控诉的眼神下不再作乱，牵着她朝门口走去。

沈慕卿最后看了几眼她来到德国之后居住的房子，心中酸涩顿出。

她挣开凯斯·弗雷德的手，将这扇小门关上。

随着钥匙转动门锁的"咔嗒"声，沈慕卿算是对以往的自己告别了。

她转身，看着一向矜贵的凯斯·弗雷德正提着一大堆东西站在狭窄的楼道，还是忍不住"扑哧"一声笑了出来，心中无端生出几丝柔软。

这样的人，居然也会陪她到这里来。

未等凯斯·弗雷德开口，笑容满面的女子便轻快地朝他靠近，牵起了他的手。

沈慕卿脸上的红润还未消散，她抬眼，轻声开口："我们回去好不好？"

这一次，凯斯·弗雷德的声音在楼道间响起，只有两个人听见。

"好。"

说罢，高大的男人便任由女子牵着他的手，朝楼下走去。

他看着她毛茸茸的后脑勺，心中无端生出了一种名为满足的情绪。

"响尾蛇长官，你看现在如何？"

楼下，一个长相英俊的外国男人手中拿着一把军刀，朝着被他称作"响尾蛇"的女子走去。

此刻他正痞痞地笑着,耳朵上的耳钉在阳光之下闪烁着诡谲的光。

此人代号叫作幽灵,身手敏捷,行踪神秘。

他原本不隶属于响尾蛇的小队,但今日却无缘无故地向指挥官请求,自愿加入响尾蛇小队此次的行动。

但所有人都知道,这大名鼎鼎的幽灵目的可没那么简单。

想来,是为了这朵"死亡之花"。

眼前的女人只是瞪了他一眼,便抬手招呼众人上车,而后转头朝着巴赫·文森笑道:"文森先生,弗雷德先生拜托的事已经解决了。"

巴赫·文森点了点头:"麻烦了,响尾蛇长官。"

响尾蛇礼貌地回以一笑,转身准备上车,身后却突然传来了动静。

巷口处的几人同时回头,除了巴赫·文森之外,其余人皆是睁大了双眼。

这一幕,比幽灵成功"泡"到响尾蛇还要恐怖——一个娇俏的东方女子正牵着那一直与他们合作、不苟言笑的弗雷德先生朝着这边走来。

"见鬼。"

幽灵率先低喃出声。他与凯斯·弗雷德打交道最频繁,知道这一位是从来不近女色的,他的眼中只有不断扩张的商业版图和操持整个家族,没想到他此刻居然也被一个女人折服。

要是将这件事传回HX总部,想必连他们的指挥官也会愣住,一向与凯斯·弗雷德交好的指挥官指不定还会嘲笑他一番。

牵着凯斯·弗雷德的沈慕卿一下楼就看到了在巷口站着的三人,那三道目光还不约而同地锁定了她和凯斯·弗雷德。

一股羞涩之意袭来,沈慕卿赶紧松手,还离远了凯斯·弗雷德几步。

这动作一出,凯斯·弗雷德的眉头顿时皱起,站在沈慕卿的身后不善地盯着眼前的三人。

他碧绿的眸子如狼一般,即便是在战场上身经百战的响尾蛇也忍不住一颤。

最后还是她发现了沈慕卿的窘迫,笑着朝这软糯的女子走去,操着一口不太流利的中文说道:"你好,小姐。"

在异国他乡突然听见中文,沈慕卿一惊,抬头朝响尾蛇望去:"你好呀,你中文说得真好。"这是诚心的夸赞。

面对沈慕卿眼中的激动,响尾蛇笑了笑:"我顶头上司的夫人刚好也是东方人,学习中文是我们的荣幸。"

响尾蛇所言非虚,HX 的指挥官同样"栽"在了一位东方女子身上。

凯斯·弗雷德如今的模样,倒与他们的指挥官别无二致。

巴赫·文森抬步,从凯斯·弗雷德的手中接过了那一堆东西,转身将其放到车上。

沈慕卿兴致勃勃地还想与响尾蛇说什么,凯斯·弗雷德却突然伸出手将她的手握住,兀自朝着响尾蛇说道:"响尾蛇长官,你做得很不错,我会在你们指挥官那里对你进行褒奖。"

说罢,便直接带着沈慕卿离开。

"原来身居高位的人都喜欢这一款。"幽灵幽幽吐出一句。

在看到响尾蛇脸上若有似无的微笑之后,他依旧不怀好意地朝响尾蛇说道:"我不一样,我只喜欢你这一款。"

响尾蛇只是睨了他一眼,就从他身前走过。

车门被打开,其中一个雇佣兵朝响尾蛇扔来一支香烟。

烟雾缭绕之间,幽灵注视着这车跟着凯斯·弗雷德的豪车开走。

幽灵一个人站在原地，半晌后才笑出了声，朝着那远远开去的车屁股咂了咂舌。

身旁忽然响起口哨声，幽灵恹恹地转头，朝着声源所在地看去。

最后一辆车还停在原地，车上的人目睹了全过程。

坐在驾驶座的男人靠着车窗歪头取笑道："没想到，在HX中颇受女雇佣兵喜欢的幽灵长官也有碰壁的一天。"

此人长相乖巧，身形相较于其他雇佣兵来说矮了一些，不过听他对幽灵说话的语气，也能听出他的地位不低。

幽灵倒没有生气，痞气地走了过去："北极熊，你别幸灾乐祸，美杜莎那家伙最近也没少折腾你吧？"

一提到这个名字，北极熊皱眉摇了摇头："赶紧上车，不然让你自己徒步前往弗雷德先生的庄园。"

幽灵轻嗤了一声，这才不紧不慢打开车门坐上了副驾驶座。

第四章 保护

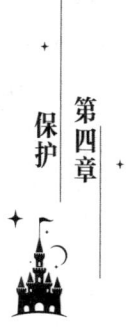

"他们是谁？"好奇了一路的沈慕卿还是忍不住，抬头看着正在把玩她手指的凯斯·弗雷德问。

凯斯·弗雷德眼睛都没抬一下，只顾着揉弄她的手。

他似乎对手有着别样的钟情，自从上车到现在就一直将她的手放在手心把玩。她的指甲粉白，是极其健康的颜色，小小的月牙也十分可爱。

见凯斯·弗雷德不理自己，沈慕卿便伸出另一只手想戳戳他的下巴，不料刚伸到一半就被凯斯·弗雷德拦下。

这时，那双绿色的眸子才从她的手上移到了怀中的女子脸上。

他眸子低垂，幽幽的绿光似一潭没有波澜的湖。

他薄唇微张，低头亲了亲沈慕卿的发顶，这才回答她："HX的雇佣兵，今天刚抵达德国，之后很长一段时间，他们都会在我们的庄园。"

他用了"我们"这个字眼，但傻乎乎的沈慕卿却丝毫没有注意到，反倒对他所说的雇佣兵来了兴趣。

"雇佣兵？！"

沈慕卿一惊，这样的群体，她以前只在电视新闻上看到过。

只要支付丰厚的报酬，骁勇善战的他们能为你执行任何任务。

但"雇佣兵"这三个字也代表着冷血和漠然。

沈慕卿觉得新奇，拉着凯斯·弗雷德问了好多关于他们的问题。

一开始凯斯·弗雷德还耐心回答，但看着女子越来越兴奋的模样，索性低头含住了那张喋喋不休的嘴。

沈慕卿当即便失了声音，紧张地抓着凯斯·弗雷德的手，手指用力，指甲都开始泛白。

感受到怀中女子的抵触，凯斯·弗雷德恋恋不舍地结束了这一吻，最后还爱怜地亲了亲她红润的脸。

"甜心，你的眼中应该只有我，而不是这些只与你有过一面之缘的雇佣兵。"

原本就憋红了脸的沈慕卿余光突然瞟到了开车的巴赫·文森，羞涩之意直冲天灵盖。

她抽回手，一拳捶在了凯斯·弗雷德的胸膛，小声地控诉："巴赫还在！"

这男人怎么回事？知道她害羞，还总在有人在的情况下与她亲热。

此话一出，没等凯斯·弗雷德说话，驾驶座上的巴赫·文森就已经先一步开口："小姐，这里是闹市区，车流量很大，我只能专心开车。"

此地无银三百两！

沈慕卿脸上又多了几丝羞愤，什么话也说不出来了，但在看到凯斯·弗雷德脸上的笑意之后，她还是忍不住一头撞进他的怀里："都怪你，哼！"

凯斯·弗雷德顺势揽过她的腰肢，侧头亲了亲她泛红的耳朵。

这时，沈慕卿又发现了一件事情——凯斯·弗雷德真的很喜欢亲她。

四辆车前前后后开进了庄园，沈慕卿蓦地从凯斯·弗雷德怀里跳了出去，打开车门就招呼站在门口迎接他们的莎洛特·戴维斯："莎洛特！能帮我拿拿东西吗？我一个人提不动。"

那一堆布料和旗袍还放在车里，沈慕卿想着法子要将它们弄进别墅。

这些东西一日不安置好，她心里就总是不舒服。

看着沈慕卿站在车下指挥着他的手下的模样，靠在车后座的凯斯·弗雷德眸光一深，而后轻笑出声："倒是颇有弗雷德家族女主人的样子。"

此话一出，坐在驾驶座的巴赫·文森身体一震，而后控制语气中的惊异，朝凯斯·弗雷德望去："先生？您这是……"

凯斯·弗雷德收回了目光，疲惫地捏了捏自己的眉心："是或不是又能怎么样？那个位子总是要有人来坐的。"

巴赫·文森本以为凯斯·弗雷德只是对沈慕卿一时兴起，毕竟这个胆小软弱的东方女人对于弗雷德家族而言帮不上任何忙。

"收起你的表情，巴赫。"凯斯·弗雷德的眼睛已经睁开，此刻那双如狼一般的绿眸正审视着他，"弗雷德家族的荣耀是我一手促成，并不需要依靠一个女人。"

"当然，先生，任何人都无法质疑你的能力。"巴赫·文森低头，仍然恭敬地面对着凯斯·弗雷德。

其实他的顾虑并非只有弗雷德家族的荣耀这一个因素，还有那在暗中蠢蠢欲动的毒蛇——尼克·弗雷德。

被凯斯·弗雷德拔去爪牙后，这家伙这么多年还是不肯放弃与凯斯·弗雷德争斗。

突然多出的沈慕卿自然成了他最好的下手机会。

似乎是明白巴赫·文森心中所想，凯斯·弗雷德岿然不动，只是透过车窗望着那站在庄园中的女子。

微风拂过，此刻女子的发丝被吹拂起来，粉色的裙摆也跟着摇曳。她脸上的红润已褪去，剩下的是一层浅浅的淡粉色。

沈慕卿那双杏眼中全是喜色，转身时蓦然看见了注视着她的凯斯·弗雷德，兴奋地抬手朝着他挥了挥。

凯斯·弗雷德眼中的笑意加深，没有移开视线，就这么开口："除了我，还有那群雇佣兵，不是吗？"

巴赫·文森一愣，顺从地点头："当然，HX雇佣兵是国际上出了名的骁勇善战，有先生和他们的保护，小姐自然不会有任何危险。"

眼前的女子收回了手，转身朝屋内跑去。

她心中那点狡黠是凯斯·弗雷德看不见的，既然打过了招呼，那二楼紧挨着他书房的房间应该可以被改造成她的工作室吧？

她先斩后奏，大不了再忍受一次凯斯·弗雷德的低气压就好了。

沈慕卿只路过过凯斯·弗雷德的书房，但紧挨着书房的一间房间她从来都没有进去过，如今她终于大着胆子推开了这扇门。

她的旗袍自然有莎洛特·戴维斯为她打理，当务之急是收拾出一间工作室。

她的手落在门把手上，"咔嗒"一声，门被推开。

里面黑漆漆的，没有一扇窗户。

沈慕卿伸出手，在墙上摸索着开关，还没摸到，一只大手便从身后伸了出来，将她搂进怀里。

"甜心，未经同意就乱闯，我可要罚你了。"

不等沈慕卿有何反应，凯斯·弗雷德的吻已经落了下来。

凯斯·弗雷德正吻得忘情，突然传来"咚咚咚"的敲门声，还有巴赫·文森提醒的声音："先生，响尾蛇长官想要和你商量一下酬金的事宜。"

"让他们等。"

凯斯·弗雷德只说了这一句，便再度俯身。

沈慕卿推了一下凯斯·弗雷德："你快去，别让人家等。"

对凯斯·弗雷德来说，沈慕卿的话比什么都有用。听她这么说，他才恋恋不舍地直起身，抬手摸了摸她滚烫的脸："知道了。"

他说完，这才转身朝门外走去，出去后还不忘将门关上。

这个房间此刻只剩下沈慕卿一个人，望着那扇大门眨了眨眼。

沈慕卿也没了把这里改造成工作室的打算，听见凯斯·弗雷德的脚步声远去后，她才赶紧打开门，老老实实地原路返回。

沈慕卿朝二楼的扶手靠去，踮脚望着下方大厅。

大厅中，凯斯·弗雷德正坐在中央的位置上，而巴赫·文森则站在他的后方，右侧的沙发上坐着三个人——响尾蛇、幽灵和北极熊，他们身后则站着那群身形高大的雇佣兵。

只见响尾蛇接过身旁一人递来的电脑，确认了上面的数字之后，就将电脑放在了桌上，朝着凯斯·弗雷德推去。

"弗雷德先生，这里是您吩咐的任务所要支付的所有酬金。"

凯斯·弗雷德靠在沙发上，垂眸朝着那电脑上看了看，勾唇一笑："我相信 HX 的业务能力，这酬金自然也很合适，不过在这之外我还有一个要求。"

"什么要求？"

响尾蛇眉头一挑，朝着凯斯·弗雷德看去，他那双绿眸深邃，叫人望不到底。

凯斯·弗雷德直起身，单手在桌面上点了点："在这所有酬金之外，我再加一百万美金。"

方才敲桌子的手突然抬起，指向了响尾蛇："而你，响尾蛇长官，不需要执行这次的任务，你有别的事情要做。"

响尾蛇这下更蒙了,等待着凯斯·弗雷德的下一句话。

"我要你在我不在时,贴身保护我的女人。"

凯斯·弗雷德的眼镜泛着光,灯光映射之下,响尾蛇也无法看清他的神色。

"我非常认可响尾蛇长官的工作效率,就看你愿不愿意接下这个任务了。"

此刻响尾蛇脑中只有一个单词——爽!

真是太爽了,只需要保护一个女人,这无异于给她放假。

那些需要拼命的任务都去见鬼吧!

响尾蛇按捺住心中的激动,红唇弯起,朝着凯斯·弗雷德恭敬地点了点头:"当然,弗雷德先生,我们HX将会无条件遵从您下达的任何命令。"

响尾蛇脸上的笑意几乎快要藏不住。

要是凯斯·弗雷德不在场,她还真的想大笑出声。

短发女人转头朝着身旁的两个男人说道:"接下来的一切行动就辛苦两位了,作为HX中优秀的雇佣兵,我相信幽灵长官和北极熊长官能够完美完成任务。"

"巴赫。"

凯斯·弗雷德唤了一声,身后的巴赫·文森就从桌上拿过电脑,打开了一个秘密的网址,在里面的账户上输入一个庞大的数字后,才将其放了回去。

这一切都被在二楼的沈慕卿听了个大概。

所以……为什么要保护她?

沈慕卿想不明白凯斯·弗雷德这一做法到底是何意。

她正准备转身去卧室换一套衣服,脑中突然一闪而过当时在露台上露西妮·康斯坦斯对她说过的话。

"别到时候,连自己是怎么死的都不知道。"

这一句话配上露西妮·康斯坦斯凶恶的表情，突然间就变了味道。

她根本就不了解这些贵族之间的争斗何其凶险，以至于要让凯斯·弗雷德派雇佣兵来保护她。

未知的一切犹如一张巨大的网瞬间将她包裹住，这种被扼住咽喉的感觉很窒息。

"小姐？"

还没待沈慕卿反应过来，莎洛特·戴维斯不知何时已经出现在了二楼，此刻正看着她。

这声音不大不小，但在楼下的凯斯·弗雷德刚好能够听到。

所有人都抬头朝着二楼的方向看去，这里的人个个训练有素，这一道声音自然逃不过他们的耳朵。

"那我们就不打扰先生了，还有许多装备需要安置。"

响尾蛇见凯斯·弗雷德眉头一皱，当即便站了起来，身旁的幽灵和北极熊同样站起了身，朝着他恭敬地鞠了一躬。

"巴赫，带长官们去庄园内另一处住处。"

巴赫·文森闻言，便从凯斯·弗雷德身旁走了过去，朝着响尾蛇等人点了点头，带着这一群人离开。

整个大厅恢复了安静，凯斯·弗雷德抬手取下架在鼻梁上的金丝眼镜，稳稳放在桌上后，才起身朝二楼走去。

沈慕卿朝莎洛特·戴维斯狼狈地笑了笑："莎洛特，我的旗袍你放好了吗？"

沈慕卿将恐惧掩藏在心底，强迫自己露出镇定的表情。

"小姐，我已经将旗袍完整地放进您和先生的卧室里。"

莎洛特·戴维斯朝着沈慕卿微微俯首，再抬头时，凯斯·弗雷德已经走到了沈慕卿的身后。

"先生。"莎洛特·戴维斯轻唤了一声后，便径自离开，越过两人朝楼下走去。

整个二楼只剩凯斯·弗雷德和沈慕卿。

男人站在沈慕卿的身后,她不禁后背一凉,整个人一动也不敢动。

沉默良久,沈慕卿才哂笑一声,慌张地开口:"我先去换个衣服,这衣服的裙摆已经皱了。"

她刚走出一步,手腕就被一只大手给牢牢握住,力道之大令她完全无法挣脱。

沈慕卿骤然回头,目光上移。

此刻的凯斯·弗雷德已经摘下了遮挡他眼里凶光的眼镜,那双碧色之眸淡淡地盯着她。

沈慕卿心底一跳,缓缓挤出一抹微笑:"衣服皱了,我想要去换,你也要一起吗?"

这只是一句让凯斯·弗雷德放她离开的客套话,却不想这男人从来不按套路出牌,她的话音落下,凯斯·弗雷德当即颔首表示同意。

他松开了她的手,接着那只手顺势一伸,将她整个人揽进了怀里。

"很乐意为你效劳,甜心。"

沈慕卿一惊,抬头惊异地望着凯斯·弗雷德。

效劳?效什么劳?!

注意到怀中女子的目光,凯斯·弗雷德直接带着沈慕卿朝卧室走去:"我以为,刚刚你说的话是在请求我亲手为你换衣。"

"我……我……"

这一句话堵得沈慕卿连话都说不完整,脸颊涨红,只能靠在他怀里小声地说道:"才不是。"

而这一句自然被凯斯·弗雷德忽略。

二人很快到了卧室，凯斯·弗雷德先是将她安放在衣帽间，待她乖顺地坐在沙发后，自己径直走到衣柜前。

他的目光从一排排衣裙上划过，蓦地，他眼睛一亮，嘴唇也在此刻勾起。那双修长的大手将玻璃门打开，取出了一件莹白色的旗袍。

沈慕卿在一旁看着，在看到他将自己的旗袍取出后，心头一跳。

凯斯·弗雷德眼中的亮光一闪而过，又重新将那件旗袍放了回去，转而拿出其他的衣裙。

沈慕卿那一口憋在心头的气顿时消散，垂眸，后怕地抬手顺了顺自己的胸口。

沈慕卿暗骂了自己一声没出息，手轻轻打在另一只手背上。

这一小动作也被拿着衣裙的凯斯·弗雷德看在了眼里，凯斯·弗雷德好笑，拿着那件淡黄色的长裙朝她走去。

沈慕卿察觉到自己被一层黑色的影子笼罩时，才蓦然抬头，凯斯·弗雷德已经站在她面前。

他捏了捏她脸颊的软肉，声音清冷："起来吧，卿卿。"

一瞬间，沈慕卿的心脏满得快要炸开。

卿卿。

已经很久没人这么亲昵地唤过她了。

除了去世的父母，凯斯·弗雷德是第一个。

心中一种感情悄无声息地长出了一点点芽。

"明天我会离开。"

原本温存的氛围突然被凯斯·弗雷德的话打破。

沈慕卿一愣，这才缓缓抬头，盯着男人轮廓利落的下巴，伸手戳了戳。

凯斯·弗雷德眸光闪烁，低头凑近，吻了吻她的发顶："放心，你可以自由进出庄园。"

"真的？！"

沈慕卿惊喜地叫出了声，双手撑在他的胸口处，想要与他对视。

凯斯·弗雷德却是眉头一挑，把她黏在脸上的发丝拨开，亲了亲她的脸后才说出下面的话："不过，响尾蛇必须跟着你，寸步不离。"

又是雇佣兵……

沈慕卿心头那才被抛在脑后的想法又冒了出来，此刻她还没有理由去过问凯斯·弗雷德什么。

沈慕卿剪水美目中水波流转，只是定定地望着他的眼睛。

此刻没有任何语言，只有两个人的无声对视。

直到沈慕卿眼睛酸涩，眨了眨眼，那只柔若无骨的手慢慢向上攀，最后抚在了凯斯·弗雷德的侧脸。

这是她第一次主动做出这样亲昵的动作。

凯斯·弗雷德脸上的表情没有任何变化，依旧淡漠，但心里早已经骇浪滔天。

他清晰地感受到了沈慕卿此刻情绪的变化，突然的凝重让他忍不住皱了皱眉。

"凯斯·弗雷德。"她又一次呼唤他，"我很害怕。"

凯斯·弗雷德此刻已经说不出任何话，眼里全是女子眸光盈盈的样子。

凯斯·弗雷德心跳猛然一滞，呼吸也跟着放缓。

他抬手盖住了那只抚摸他侧脸的手："别怕，有我在，谁都威胁不到你。"

这夜，沈慕卿和凯斯·弗雷德相拥而眠。

天色昏暗，怀抱温暖。

有了凯斯·弗雷德的保证，沈慕卿也没了顾虑，安静地靠在他的怀里，安安稳稳地睡觉。

一夜无梦，直到第二日房门被敲响，沈慕卿才悠悠醒来。

"小姐，响尾蛇长官到了。"

莎洛特·戴维斯的声音响起，才睡醒的沈慕卿下意识地朝着身旁的位置伸手探了探，什么也没摸到。

这张大床上只剩下她一个人，想来凯斯·弗雷德已经离开。

"莎洛特，麻烦你先招待响尾蛇长官，我一会儿就到。"

沈慕卿自然做不出让客人等待的事情，她朝着门外喊了一声，赶紧下床收拾。

沈慕卿在衣帽间站了半晌，最终选定了那件被凯斯·弗雷德拿起过的莹白色旗袍。

客厅中，一个身着背心、绿色军裤，踩着一双军靴的女人正坐在沙发上。

她手中拿着一把军刀不断地擦拭，直到这把军刀被擦拭得锃亮，她才满意一笑。

这张扬的笑容搭配上她的红唇和那头利落的短发，别有一番风情。

"抱歉，响尾蛇长官，小姐刚起，劳烦您在这里等待了。"

莎洛特·戴维斯手中端着托盘，将一杯红茶放在她的面前。

对于莎洛特·戴维斯的靠近，响尾蛇并未抬眸，只是淡淡点头："多谢款待，莎洛特，不过……"

她像是想到了什么似的，那双眼睛中突然冒出一丝狡黠，朝着莎洛特·戴维斯看去："方便带我四处逛逛吗？我对弗雷德先生的珍藏很感兴趣。"

莎洛特·戴维斯无奈地摇了摇头:"抱歉,响尾蛇长官,我没有引领您探查这栋别墅的权利。"

没再等响尾蛇说出下一句,莎洛特·戴维斯便朝着她微微俯首,拿起已经空了的托盘朝餐厅走去。

响尾蛇也不计较,挑眉,端起桌上的红茶喝了一口,口腔中茶香四溢,她咂了咂舌:"好茶。"

"喜欢的话,您离开的时候,可以带走一些。"

响尾蛇抬头,锐利的双眼朝着声源处望去。

此刻沈慕卿正款款从二楼走下,她黑色的长发被盘在了脑后,由一支莹润的玉钗点缀,身上的贴身旗袍衬出玲珑的曲线。

那身白色的旗袍如同月色一般,似乎有着幽幽的白光在闪烁,精致的花纹错落有致地遍布整件旗袍,赏心悦目。

她整个人淡雅又安静,配上那一双笑意温婉的杏眼,正是"旗装丽女显窈窕,地仰天倾山水娇"。

难怪最难搞的凯斯·弗雷德会"栽"在这个东方女人身上。

响尾蛇见过许多东方女人,但印象最深刻的只有HX指挥官的夫人——渝星子。

除了她之外,便是眼前的女子。

一个娇俏可爱,一个温柔清婉。

两种不同的风格,却都别具魅力。

响尾蛇迅速收起了手中把玩的军刀,站起身,满脸微笑朝着已经走来的沈慕卿说道:"睡得还好吗?美丽的小姐。"

外国人对赞美毫不吝啬,沈慕卿已经不知道这是听过的第几遍夸赞了,但每每听见还是忍不住羞涩低头:"多谢你的关心,我睡得很好,响尾蛇长官。"

两个人简单地寒暄了几句,沈慕卿顺势坐在了响尾蛇对面。

她接过莎洛特·戴维斯递来的牛奶,对着响尾蛇不好意思地一笑。

"小姐，需要为您准备早餐吗？"

昨夜不知道为何，她睡得格外安稳，直到起来时才发现时间竟然已经快到中午。

沈慕卿不好意思地摇了摇头，朝着对面的响尾蛇浅浅一笑："抱歉，让您久等了。"

"等待睡美人醒来不仅仅是王子的职责，还有我们这些拥护您的骑士。"

响尾蛇身材健硕，却不是完全的强壮，有一种别样的美感。她肤色很白，眼睛是淡淡的蓝色。

沈慕卿突然想起了她一直珍藏着还不曾用过的淡蓝色绸子，跟响尾蛇的眼睛是一模一样的颜色。

响尾蛇朝沈慕卿的方向靠近了一些，随着距离拉近，她鼻息中的茶香被另一股若有似无的异香取代。

不用说都知道，这股香味的主人是谁。

看着靠近的响尾蛇，沈慕卿一点也没有排斥，反倒笑意加深，眉眼弯弯："响尾蛇长官，能为我讲讲你们的英勇事迹吗？我时常一个人待在这里，着实无聊。"

沈慕卿对响尾蛇有着一种独特的崇拜，女性勇敢自信的光芒在她身上体现得淋漓尽致。

"小姐直接叫我响尾蛇就好。"看着沈慕卿此刻露出的"星星眼"，响尾蛇忍不住伸手摸了摸她的发顶，"走上这条路确实耗费了我无数的精力，但我所得到的却不仅仅是金钱那么简单。"

谈起自己的事迹，响尾蛇整个人的自信溢于言表，说到兴奋处，她还恶狠狠地啐了一口："该死的火烈鸟，还想要越过HX成为世界第一佣兵团，简直做梦。"

而沈慕卿听到后面，手开始明显颤抖，小脸煞白。

"真……真的很厉害。"

她缓缓吐出这几个字，声若蚊蚋。

响尾蛇察觉到身旁女子的害怕，低头朝她看去，在看到女子毫无血色的脸之后，不好意思地笑了笑。

"抱歉，小姐，是我太投入。"

沈慕卿松了口气，脸上的血色稍稍恢复，她摇了摇头："不是你的问题，是我见识太少了。"

响尾蛇忍不住在心中深深地叹了口气，这样不染尘埃的女子，要如何面对接下来的黑暗呢？

响尾蛇又与沈慕卿闲聊了一会儿，莎洛特·戴维斯从餐厅走了过来，邀请在客厅中聊天的两人前往餐厅用餐。

一起用餐的身影突然从凯斯·弗雷德换作了响尾蛇，沈慕卿还真有些不习惯。

她不经意抬眼，发现响尾蛇正娴熟地使用筷子夹取餐桌上的东方美食，一点也不显生疏。

"原来你不止中文说得好，连筷子也用得这么出色。"

沈慕卿小小地惊讶了一番，但在想起当时响尾蛇与她解释的话后，又了然地点了点头。

响尾蛇放下手中的长筷，拿出餐巾拭了拭嘴角后，才笑着回复："当然不仅仅是因为老板娘的缘故，还因为东方美食本身的魅力。"

响尾蛇勾起红唇，两条手臂撑在餐桌上支住自己的下巴，直勾勾地盯着正在进食的沈慕卿："您下午有什么打算？"

在这偌大的房子里待着，自然是无聊得很。

沈慕卿此刻也吃得差不多了，空荡荡的肚子暖和了起来。

她脸上露出的笑容憨态可掬，但她自己对此却毫无察觉，擦了擦嘴角才对响尾蛇请求道："能麻烦你陪我去玛利亚广场挑挑布料吗？"

响尾蛇看着她餍足中又带着一些期待的笑容，眨了眨眼："当然。"

直截了当的肯定，让沈慕卿脸上的笑容又放大了几分。

饭后，在莎洛特·戴维斯的再三叮嘱之下，响尾蛇终于领着沈慕卿出了别墅。

汽车从庄园的另一处开来，稳稳停在沈慕卿的面前。

这车通身黑色，体型庞大。驾驶座的车窗缓缓下降，露出了响尾蛇那张明媚的脸，她嘴里还叼了一根正在燃烧的香烟。

这副潇洒的模样看得沈慕卿微微一愣。在响尾蛇越来越明显的笑容之中，沈慕卿才终于回过神，踩着一双高跟鞋，嗒嗒嗒地跑到了副驾驶处。

车门被响尾蛇从里面打开，沈慕卿费了九牛二虎之力总算爬了上去。

这辆车底盘很高，她又穿着旗袍，动作受限，难免吃力。

总算坐好后，沈慕卿将车门关好，刚系好安全带转头，就看见响尾蛇盯着她身上的旗袍，抱歉地说道："是我观察不够细致，不过这车性能极佳，我车技不错，等会儿让你好好体验一把。"

沈慕卿缓缓点头，又摇了摇头："没关系，这车……"想了半天，沈慕卿才说，"很霸气。"

响尾蛇笑着回头，余光瞥到从别墅中拿着遮阳伞匆匆出来的莎洛特·戴维斯，眉头皱了皱，当即踩上离合。

顷刻之间，这辆霸气十足的车便从别墅的门口离开，朝着庄园出口处开去。

突然的加速让沈慕卿吓了一大跳，下意识地惊呼出声，两只手抓住安全带，紧闭着双眼。

"莎洛特一直这么啰唆吗？"

响尾蛇淡淡吐槽了一句后，见身旁的女子没有回应，转头一看，才发现沈慕卿整个人都呆住了。

她将车速缓缓降下，才继续说道："吓到了？我这车速也不算太快啊……"

响尾蛇不解之间，还是伸手过去，轻轻拍了拍沈慕卿的手，似作安抚："放心，我的车技在HX中不说第一，但前十中绝对有我的一席之地。"

沈慕卿摇了摇头，盘好的发丝落下了几根，因为车窗是打开的，风吹进来时把这几缕发丝吹得乱舞。

原本想要请求响尾蛇减速的话刚到嘴边，又咽了下去。

这股风很凉快，在炎热的夏日更显清爽。

"再开快一点好不好？像刚刚那样。"

声音轻轻的，但听上去却是女子下了好大决心说出的。

这下反倒让响尾蛇一愣，她转头瞄了一眼，入眼却是沈慕卿杏眼中亮晶晶的期待。

响尾蛇心中一喜，顿时脚下发力："时间还早，我先带你兜一圈再去玛利亚广场。"

这话是说给沈慕卿听的，却不需要沈慕卿的同意，车速飞快提升，直直冲了出去。

庄园所在的位置远离城区，车辆很少，在这一处公路上行驶很安全。

看着窗外急速闪过的树木和建筑，沈慕卿只觉有些虚幻。

风很大，但打在脸上却格外爽快。

她说不出是什么感觉，就像是在炎热之时突然饮下一口冰饮，凉意和舒适同时迸发。

响尾蛇余光瞥见已经适应了车速的沈慕卿，嘴角上扬。

这辆车就这么驶离了城市。前方是一座山，沈慕卿朝着山上望去,看到那蜿蜒而上的公路。

"这是哪儿?"

沈慕卿小声地问了一句,却发现自己的声音被吹进来的狂风全部卷走。

三秒后,她用尽了力气,第一次大声地吼叫:"响尾蛇!我们现在在哪儿?!"

这下,响尾蛇终于听见了,她侧头看了一眼兴奋的沈慕卿,也跟着大吼出声:"我们现在在慕尼黑的一处山脉,接近黑森林,气候相当好。"

似乎想起了什么,响尾蛇紧接着出声:"一年前我和变色龙曾到这里比试过,他惨败!想起那张发青的脸我就想大笑!!"

响尾蛇的笑声响彻云霄,沈慕卿也被这放肆的大笑感染,粉唇一直弯着,脸上是完全不加掩饰的最为纯粹的快乐。

忽然,一辆银色的豪车从她们的车旁飞驰而过。周遭的气流急速变化,引擎的轰鸣声震天,沈慕卿只觉这条公路都开始震动。

那辆车的速度很快,一瞬间便超过了响尾蛇。

这突如其来的车将沈慕卿吓得惊呼出声:"什么东西?!"

响尾蛇看着前方车身低矮、呈流线型的银色豪车,眼睛里全是愤怒。

明明可以好好开过,这车却突然贴近吓唬沈慕卿。

这是赤裸裸的挑衅。

沈慕卿能忍,响尾蛇却不是能忍的主。

她朝着沈慕卿温柔一笑:"坐好了,宝贝。"

还以为身后的车已经被甩得很远了,但在听到一声不属于自己车的轰鸣声后,法兰克林·格森斜眼看了眼后视镜。

在看见紧追不舍的车之后,嗤笑了一声:"还真跟上来了?"

坐在副驾驶的邓肯·格雷戈里也侧目看了一眼，不过很快又收回了视线，将笑未笑地看着身旁的男人："你不是号称慕尼黑第一赛车手吗？连随便碰上的一个路人都甩不掉？"

"闭嘴！"法兰克林·格森大声喝道，"再多说一句，格森家族和你格雷戈里家族立刻取消合作，就让弗雷德家族一家独大好了！"

话音落下，邓肯·格雷戈里当即便噤了声，无奈地撇了撇嘴。

电光石火之间，那辆本来只是紧随其后的车居然再次加速，直接越过他们飞驰而去。

在法兰克林·格森和邓肯·格雷戈里的眼中，只能看见车尾和冒出的尾烟。

直到到了山顶处，看着前方停下的车，这辆银色豪车也跟着停了下来。

响尾蛇利落解开安全带，仿佛无事发生地打开车门，从高高的车身中跳了下来。

她毫不在意从那辆银色豪车下来的两人打量的目光，只是径直朝着副驾驶座走去，将车门打开，伸出手将沈慕卿稳稳地扶下了车。

一米六几的沈慕卿站在一米七几的响尾蛇身边，颇有些小鸟依人的感觉。

此刻，响尾蛇原本温柔的目光从沈慕卿的身上移开，落到了邓肯·格雷戈里和法兰克林·格森的身上："技不如人就好好练几年再出来。"

她冷冷的眸光像是淬了毒的刀刃，刺得邓肯·格雷戈里眼睛发疼。

"抱歉小姐，是我朋友太鲁莽，我替他为刚刚的不礼貌道歉。"

邓肯·格雷戈里率先出声，理了理自己凌乱的衣物，这才对着响尾蛇道歉。

但他这带着歉意的目光在捕捉到响尾蛇身旁的沈慕卿时却突然一顿,浓浓的惊艳顿时席卷整个眼眶,久久不能移开视线。

这道灼热的目光让沈慕卿很不舒服,整个人都躲到了响尾蛇身后。

察觉到沈慕卿的动作,邓肯·格雷戈里有些失措,而后快速地移开目光,朝着响尾蛇看去。

这一幕自然落在了响尾蛇的眼中,她脸上的表情冷淡,若有似无地瞥了邓肯·格雷戈里一眼:"抱歉,我们就先离开了。"

这女人不是善茬儿!!

邓肯·格雷戈里混迹商圈这么多年,自然一眼就看出响尾蛇刚刚那个眼神的深意。

此刻他只想赶紧离开这个地方,推着法兰克林·格森就要离开。

却不料,这成事不足败事有余的家伙突然出声:"你的车装了什么?速度怎么可能这么快?"

邓肯·格雷戈里只想给这家伙两拳,都什么时候了,还执着于这种事情。

还没等响尾蛇再度开口,法兰克林·格森已经被捂住嘴,强硬地带走。

"这就走了吗?"

邓肯·格雷戈里转身,面对响尾蛇的审视,扯了一个极其难看的笑容:"还有什么是我们能够效劳的吗?"

响尾蛇并没有理会他,而是将沈慕卿从身后扯了出来,拿出手机递给了沈慕卿。

沈慕卿手里突然被塞入一部手机,她看了看手机上陌生的网址,又看了看响尾蛇,一脸不解。

看她这懵懂的模样,响尾蛇无奈地笑了:"把你的银行账户输进去。"

邓肯·格雷戈里突然就知道响尾蛇叫住他们两个人是何用意了。

看着邓肯·格雷戈里难看的脸色,沈慕卿心里也忍不住一阵解气,抬手毫不犹豫地输入了自己的银行账户。

响尾蛇从女子手中接过手机后,慢条斯理、痞气十足地一步步朝着邓肯·格雷戈里走去。

军靴踩在山顶处的碎石之上,"咔嚓"的声音响起,就像是在终结之前下达最后的通牒。

邓肯·格雷戈里就这么眼睁睁地看着响尾蛇站在自己的面前,扬了扬下巴,朝着自己递来那部手机。

他下意识地朝屏幕看去,在看清上面的数字之后,忍不住倒吸一口凉气。

"这么多?!"

他还以为自己看错了,睁大了眼睛,不死心地又看了一遍,却发现上面的数字一个也不差。

"当然,能开得起这车的似乎并不缺钱。"响尾蛇双手抱在胸前,开始上下打量着邓肯·格雷戈里,"或者还有别的解决方法,来平息我们的怒火。"

"什……什么?"邓肯·格雷戈里握着手机,接着响尾蛇的话,问出这么一句。

"这还用问吗?"响尾蛇语气淡淡,"用金钱表达歉意才是最划算的方式,你说对吗?先生。"

邓肯·格雷戈里背部发冷,似乎真的正在被一条毒蛇注视,充满毒液的尖牙已经露出,只要做出任何一个让她不满意的动作,这尖牙在下一秒便会插入他的身体。

邓肯·格雷戈里只好硬着头皮在手机上进了自己的账户,将响尾蛇要求的数额转入了沈慕卿的账户中。

响尾蛇满意地看着邓肯·格雷戈里的操作,转头对着沈慕卿吹了一个口哨,可这一看,却发现邓肯·格雷戈里的眼神就像是牵了丝一般,紧紧黏在沈慕卿的身上。

这眼神中除去惊艳,还带着一些别的东西。

响尾蛇眯了眯眼睛:"你再看一眼试试?"

听到这话的邓肯·格雷戈里连忙收回视线,慌不择路地胡乱点头,朝着身后那辆车跑去,姿态狼狈,像有恶狼在追。

汽车的轰鸣声响起,山顶顿时只剩下响尾蛇和沈慕卿二人。

狂风突然呼啸而过,响尾蛇担心沈慕卿心有余悸,正准备转身哄一哄她,却发现女子双手拉住她的衣角,杏眼中全是崇拜:"好帅啊,响尾蛇。"

响尾蛇一愣,而后大笑出声,笑声又被狂风卷走。

在HX中执行任务十多年,各种脏污她都见过,如今却是真的被沈慕卿的率真可爱到。

响尾蛇一脚踢开脚边的石块,带着沈慕卿缓缓朝着山顶边缘处走去:"本来没想着带你上来,但既然已经来了,就好好感受。"

沈慕卿脑后一松,那一根固定墨发的钗子突然被响尾蛇取了下来,一头青丝瞬间被释放,在空中乱舞。

"今天天气好,真带劲啊!"

响尾蛇手中握着那一支玉钗,站在沈慕卿的身边轻晃着身子。

看来,玛利亚广场今天是去不成了。

但沈慕卿不后悔跟着响尾蛇来这一趟,她第一次尝到了如此爽快的感觉。

突然,一条肌肉匀称的手臂出现在她的视线之中,所指的地方是面前这片森林的尽头。

"这片土地上几乎所有的城市……"响尾蛇意味深长道,"大大小小的产业,弗雷德家族都有所涉猎。"

看着沈慕卿眼中捉摸不透的神色,响尾蛇缓缓放下了手臂:"危险与荣耀总是一齐到来的。"

沈慕卿侧头,目光落到了响尾蛇的身上,长发在面前飘动。

响尾蛇伸手想要帮沈慕卿打理长发,被她拒绝,她接过了被响尾蛇握在手中的玉钗,双手抬起,灵活地拢住了如瀑布般的墨发。

"响尾蛇,我知道,可我只想活下来。"

沈慕卿通透,怎么可能不知道响尾蛇话中的意思。

遇上凯斯·弗雷德这样的人,她的一生便与安稳二字无缘,但以那男人的固执程度,她也不可能逃离。

沈慕卿如今最在乎的东西,就是她的命。

父母死前曾千叮咛万嘱咐,叫她好好活下去。

那些被奸人吞去的财产还没有拿回来,她咽下所有的委屈,孤身一人坚持至今,都是为了活下去,夺回自己应有的东西,除此之外别无他求。

"当然,连我这种脑袋拴在裤腰带上的人都能够活到现在,你又为什么不能。"

响尾蛇看着沈慕卿坚毅的侧脸,轻笑出声:"不过你既然已经蹚入了这浑水,自然不能独善其身。"

响尾蛇双手环在胸前,斜着眼,一脸不羁地说道:"弗雷德先生交代我保护你,我接下的任务从来就没有失败的,放心。"

沈慕卿刚刚还分外凝重的脸色,在听到响尾蛇这一句话之后便瞬间没了,她笑着抓住响尾蛇的手臂,甜甜地答应:"好呀好呀。"

仿佛刚刚说出那些惜命发言的人不是她,现在这个不谙世事的天真女子才是她。

响尾蛇摇了摇头,也不愿多想,及时行乐一直都是她所信奉的宗旨。

两人就这么在山顶上吹风到了下午,才坐上车返回庄园。

车子刚进庄园,响尾蛇就看见了匆匆从别墅中出来的莎洛特·戴维斯。

她嘴一撇,朝着那道身影扬了扬下巴:"莎洛特一直这样……"声音延长了好一会儿,最后才总算是找到了一个词,"大惊小怪吗?"

沈慕卿闻言,对着响尾蛇莞尔一笑:"莎洛特一向尽心,这样很好。"

响尾蛇没再说什么,将车停稳之后,还是率先下车,将副驾驶的沈慕卿接了下来。

莎洛特·戴维斯站在一边,那双有些浑浊的眼睛将沈慕卿从上到下打量了一遍后,这才放了心,对着刚刚回来的两人微微俯首:"晚餐已经准备好了,小姐和响尾蛇长官可以前往餐厅用餐。"

刚刚还没有察觉,被莎洛特·戴维斯这么一说,沈慕卿本就平坦的肚子立刻凹陷下去,发出了抗议。

当着人的面,沈慕卿总归是不好意思,当即捂住肚子,红了一张脸。

响尾蛇顿时被她逗笑了:"这有什么,HX里有个大胃王,有次任务条件艰苦,他那肚子的一声惊天长啸可是让我们所有人暴露了位置,还好对手缺乏武器,不然你现在未必见得到我。"

沈慕卿听不得响尾蛇讲这些趣事,她想象力丰富,脑中总是不由自主地浮想联翩,此刻也忍不住因为自己的想象笑出了声。她捂住嘴,杏眼弯弯,笑声还是从指缝中漏了出来。

刚刚的尴尬一扫而空,响尾蛇抬步朝着别墅内走去,在门口处回头一笑："公主，骑士能否有这个荣幸邀您共进晚餐？"

凯斯·弗雷德不在的第一天晚上，果不其然，沈慕卿失眠了。

偌大的床上只有一个小小的她，那股侵占意味明显的气息消失。

辗转反侧了许久，沈慕卿还是忍不住坐起了身，从床边的柜子上拿过手机。

屏幕在黑暗中亮起，看着屏幕上此刻的时间，她烦躁地揉了揉自己的头发，愤愤地重新将手机放回，一股脑儿地钻进黑色的被子里。

没有一点花纹的绒被朝着中间挤去，褶皱明显，在床上拱起了一个小小的"山丘"。

没过多久，那"山丘"蓦地一动，整个从里被掀开。

女子的脸被憋红，抬手摸了摸燥热的双颊，声音细若蚊蚋："没有其他的原因，只是基于人道主义最纯粹的关心而已，这是我应该做的。"

这话似乎是在说服自己，沈慕卿终究还是拿过了手机，但并未拨通凯斯·弗雷德的号码，而是拨了巴赫·文森的。

铃声响了几十秒，电话那边却一直传来冰冷的"嘟——嘟——"的忙音。

沈慕卿的眉头骤然皱起，巴赫·文森向来没有关机的习惯，但转念想到此刻的时间，沈慕卿连忙将其挂断。

"也许是睡着了。"沈慕卿仰头倒在了柔软的大床里，盈盈的瞳孔中倒映着一个发送信息的对话框。

她纤长的手指不断地点击屏幕，编辑完消息后，她又咬着手指看了片刻，似是在查看有什么不妥，纠结半晌，还是点了发送。

连沈慕卿自己也没有察觉，她此刻的情绪已经开始因为某个人而发生变化。

对凯斯·弗雷德的一切好感,都被她尽数归结成了自己惜命的表现。

是夜。

辗转反侧的女子做了个梦。

梦里,金发碧眼的男人正坐在一张谈判桌前,红色的鲜血染满整个梦境。

这个梦境异常真实,就像是在眼前发生一般,她并不是一个旁观者,而是一个参与者。

最后,一声巨大的枪响传来,子弹以极快的速度朝着沈慕卿的方向射来。

尖叫声响起,沈慕卿骤然睁开双眼,拼命地喘着气。

她发丝凌乱,白色的睡衣因为她身上冒出的冷汗而黏腻地紧贴着皮肤。

本来打算叫醒沈慕卿的莎洛特·戴维斯此刻已经站在门口,房间的隔音性很好,但还是有一丝响动传了出来。

莎洛特·戴维斯这一次没再敲门询问,而是直接推门而入:"小姐?!"

本来在客厅中等待沈慕卿一起吃早餐的响尾蛇也注意到了楼上的动静,她眉头皱起,快速起身上了二楼。

抵达卧室门口时,只见房间中的女子坐在床上不断流着眼泪,而中年妇人站在床边束手无策。

沈慕卿的脸上泪痕遍布,一看就知道哭了很久。

响尾蛇走过去,朝着莎洛特·戴维斯做了个手势,示意她离开。

门被关上,响尾蛇缓缓走到床边,笑着轻声问道:"这是怎么了?"

沈慕卿只是泪眼婆娑地看着她,不断抽噎。

响尾蛇没有安慰人的经验,只能僵硬地伸出手,拍了拍她瘦弱的肩膀。

一阵无言。

良久,沈慕卿将情绪宣泄完,才缓缓止住了哭泣。

见她情绪稳定下来,响尾蛇顺势坐在了床上,猜测着:"做噩梦了?"

沈慕卿点了点头:"能帮我把手机拿过来吗?"

她不敢说出自己的梦境,那种真实感让她害怕,此刻的沈慕卿只想偷偷咽下这一股情绪。

响尾蛇顺着沈慕卿的目光看过去,果然看到了摆放在床头处的手机。

她探出身子将其取过来,递到沈慕卿手里:"只是个噩梦而已,别放在心上,一会儿再带你玩点你没见过的。"

话音落下,沈慕卿并没有接话,只是睁着一双眸子,死死地盯着亮着的屏幕。

奇怪。

响尾蛇皱了皱眉,凑了上去,还没看清楚手机上的文字,手机屏幕就已经被沈慕卿熄灭。

"响尾蛇,你告诉我好不好,凯斯·弗雷德要求你们执行的到底是什么任务?"

"谁告诉你的?"

突然的问题打了响尾蛇一个措手不及,她先是一愣,而后目露凶光,如同毒蛇一般紧紧盯住沈慕卿。

响尾蛇从见到沈慕卿之后,就一直是温柔、健谈的姐姐模样。

除了经常说一些吓人的话,她从来没有用这种目光面对过沈慕卿。

沈慕卿被她的眼神吓了一跳,僵硬地坐在床上不敢动弹,就连瞳孔也不敢移动一分。

见她一副被吓到了的样子，响尾蛇这才收回了自己不经意露出的凶意，在心中懊恼地揍了自己一拳，赶忙换回了先前的温柔模样："昨天夜里我就计划好了今天的安排，先是去赫拉布鲁恩动物园，之后再到马克西米利安大街逛逛，最后再去玛利亚广场陪你购置布料……"

响尾蛇说了一大段话，可眼前的沈慕卿依然只是睁大眼睛，呆愣地盯着她。

此刻响尾蛇终于意识到了事情的严重性，丧气地将自己的头发捋在脑后，偏头不去看沈慕卿。

蓦地，手臂突然攀上了一只冰凉的手，响尾蛇侧头。

"响尾蛇，告诉我好不好？"似乎还觉得不够，沈慕卿又摇了摇头，"我想要知道的，我该知道。"

见她这魂不守舍的样子，响尾蛇叹了口气，最后还是无奈地娓娓道来："这与弗雷德家族的内斗有关，已经有人开始蠢蠢欲动，在威廉港动了弗雷德先生的码头，不仅如此，还截取了运送到弗雷德先生手下的一大批材料。"

那双杏眼终于有了一丝动静，瞳孔随着响尾蛇的话缓缓移动。

既然已经说到了这里，响尾蛇也不再避讳，垂眸继续说道："据HX得到的消息，对方近期与火烈鸟雇佣兵组织有着密切的联系，所以我们才来帮助弗雷德先生讨回这批货，连带着将港口的不安全分子尽数清除。"

提到火烈鸟，响尾蛇不着痕迹地冷哼了一声。

一山不容二虎，已经败在HX手下的火烈鸟却一直不肯认输。

话音落下，响尾蛇最后还是轻轻安抚起了沈慕卿："放心，在弗雷德先生的地盘，他们还翻不出什么水花。"

而沈慕卿却像是完全没有听见这句安抚似的，仍旧兀自盯着手机屏幕。

"可是他为什么不回我消息？"

巴赫·文森也一样，昨晚的消息和电话石沉大海，没有回音。

联系起自己的梦，她此刻正处于一种极度紧绷的状态，精神高度集中之下便容易胡思乱想。

"也许太忙了。"响尾蛇将手机从她的面前拿走，冲她扬了扬眉，"今天的计划还没有实施，我正等着你呢。"

响尾蛇将沈慕卿哄进了浴室，在看到浴室门被关上的一瞬间，她脸上的笑容又在顷刻之间消失。

她转身，朝着卧室门外走去，拿出手机先是拨打了一通电话。

过了很久电话都没有被接起，响尾蛇这才将其挂断，冷着脸沉着地拨通了另一个号码。

在通话接通的一瞬间，响尾蛇眸光一定，声音不再痞气，变得沉着坚定："HX高级雇佣兵响尾蛇，向指挥官请求获取幽灵等人此次行动的情况。"

也不知道对方说了什么，响尾蛇在挂断电话之前声音铿锵地应了一句："明白。"

响尾蛇将手机收起，回到房中，侧头看着浴室的门，淅淅沥沥的水滴声响起，她的心中一紧。

她必须在沈慕卿出来找她之前，接收完所有组织发送来的情报。

想到这里，她脚步一动，飞快朝着别墅外走去。

莎洛特·戴维斯摆放在餐厅中的早餐早已经凉掉，本该升腾的热气也不复存在。

洗澡时，沈慕卿就一直在心中暗示自己，凯斯·弗雷德没有出事，昨晚的梦境都是假的。

一切收拾好后，她才离开卧室，整栋别墅中似乎没有一个人。

她探头，朝着楼下客厅处望去，原本应该坐在沙发上的响尾蛇也消失了踪迹。

沈慕卿走下楼梯，刚到一楼，别墅门突然被人打开。

响尾蛇的脸出现在沈慕卿眼前，她还是第一次看见响尾蛇气喘吁吁的模样。

她的视线下移，发现响尾蛇换了一身装束。

响尾蛇身上不再是白色的背心，而是一身墨绿色的制服，还戴了一顶军官帽，帽檐压得极低，只能看见她那双冷冽的眼睛。

直到她走到面前，沈慕卿才注意到她身后还跟着莎洛特·戴维斯。

沈慕卿突然绽放出一个浅浅的笑容："要吃早餐吗？响尾蛇。"

在看到响尾蛇这一身装束时，沈慕卿就猜到她要离开了，依然固执地开口询问道。

"抱歉，小姐。"响尾蛇摇了摇头，站得笔直，"上级突然下达了任务，我必须马上离开。"

沈慕卿听到这句话愣了愣，脸上的笑容不减，原本红润的嘴唇此刻却苍白得可怕。

她一句话也没说，就这么看着响尾蛇。

响尾蛇心中无奈，面上却只能不为所动："HX已经派了新的高级雇佣兵前来，她的名字叫美杜莎，身手同样优秀，她会代替我保护好您的安全。"

说完，响尾蛇也没等沈慕卿再度开口，抬脚跟着莎洛特·戴维斯去仓库取了一些装备，便头也不回地离开了。

她是雇佣兵，比起萍水相逢的沈慕卿，惺惺相惜的战友更重要。

响尾蛇离开之后，一连四天沈慕卿都有些魂不守舍。

莎洛特·戴维斯不停让厨师变化菜式做给沈慕卿吃，但效果堪忧。

她不仅仅是觉都睡不好，连饭也吃得很少，大多数时候都是如同机械一般，张嘴吃两口就撂下了筷子，起身离开餐厅。

对此，莎洛特·戴维斯也不知如何是好。

第五章 倾心

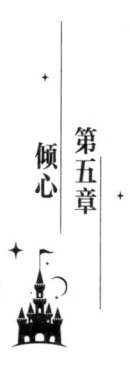

五日过去，同前几日一样，正坐在花园中发愣的沈慕卿突然听见了别墅中传来动静。

她心脏猛地一跳，赶紧起身朝别墅跑去，双眼充满期待之色，一种别样的心绪破土而出。

发现别墅中没有凯斯·弗雷德的身影，沈慕卿脸上期待的表情顿时变得僵硬。

此刻站在客厅中的是莎洛特·戴维斯和一位她未曾见过的女人，女人身上穿着和响尾蛇一样的墨绿色制服，此刻正笑着与莎洛特·戴维斯交谈。

似乎是听见了动静，那女人和莎洛特·戴维斯一齐转移了视线，朝沈慕卿看去。

此刻，沈慕卿才真正看清女人的样貌。

如果说响尾蛇是利落飒爽，那这一位就是妩媚多情到了极点。

女人生了一双狐狸眼，不同于响尾蛇的短发，她有着一头大波浪的棕色长发，化着浓妆，分外美艳。

沈慕卿想，这位应该就是响尾蛇离开时提到过的美杜莎。

注意到沈慕卿的视线后，美杜莎弯起涂着大红色口红的唇，朝着她明艳一笑,接着抬脚朝她款款走来。

"小姐您好,我是隶属于 HX 的高级雇佣兵,美杜莎。"

说完,还笑着朝沈慕卿微微颔首。

面对女人的热情,沈慕卿也压抑着自己内心的失落朝着她点了点头:"你好。"

埃姆斯河和威悉河之间的威廉港处,此刻的情况却不容乐观。

一栋位于半山腰处的别墅中,凯斯·弗雷德正坐在椅子上闭眼休憩。

他的身后依旧跟着巴赫·文森,而在沙发的两侧则坐着受伤的幽灵和北极熊,两人此刻的脸色都不太好看,其他雇佣兵则是在另外的房间中治疗伤口。

凯斯·弗雷德的手此刻正交握在身前,戴着手套的手指有节奏地弹动着。

突然,这所别墅的大门被敲响。

屋内除了凯斯·弗雷德外的所有人皆坐直了身体,神经紧绷。

凯斯·弗雷德则缓缓睁开眼,并无动作,只是将冷冽的目光放在了门口处。

别墅外全是他们的人,如果有人来,一定会有人前来通报,而此刻却无端响起了敲门声,没有一点其他的动静。

还没等他们动手,别墅大门便瞬间被打开。

一道人影出现在了众人的视线之中,幽灵、北极熊两人皆是震惊地看着突然出现的响尾蛇。

凯斯·弗雷德沉着一双碧眸,起身走近,冷冷地看着她,声音冷冽:"谁叫你来的?"

幽灵和北极熊沉默着移开了目光。

无需多言,凯斯·弗雷德的态度已经表明,响尾蛇今日难逃一罚。

响尾蛇违抗了凯斯·弗雷德交代的保护沈慕卿的命令,独自前来,就已经是触犯了 HX 中的条约。即使凯斯·弗雷德不惩治她,待任务结束,指挥官也会给予她极其惨痛的惩罚。

在战场上,最忌讳的便是违抗命令。

响尾蛇对凯斯·弗雷德敬了个礼:"先生,情况紧急,HX 在德国的小队就只有我们,在权衡之下,我认为我的到来是必要的。"

幽灵和北极熊此刻捏着双拳紧张地看着这一幕,在听到响尾蛇的解释时,心头一紧。

"先生!现在情况紧急,还不是论赏罚的时候。"幽灵咬了咬牙,不怕死地站了出来,朝着那道高大的身影开口。

他说得没错,现在的情况的确紧急。

他们怎么也没想到,尼克·弗雷德像是猜中了凯斯·弗雷德会亲自到来一般,居然设好了远超他们这支队伍战力的埋伏,就等着他们来跳。

凯斯·弗雷德闻言却没有开口,而是居高临下地盯着响尾蛇。

这目光冷到连响尾蛇都开始有些发颤。

"两天,我要看到结果。"

凯斯·弗雷德缓缓开口,转身朝着刚刚的椅子走去。

在坐下之后,重新朝着响尾蛇说道:"如果她在这期间出现任何的问题,你的下场自己知道。"

听到这里,响尾蛇只是缓缓低头,而接下来的一句话却让在场的所有人汗毛竖起。

"HX 也将失去弗雷德家族的支持。"

最后,响尾蛇跟着幽灵去了疗伤的房间,处理来时受的伤。

直到幽灵为她上药,一直面色淡然的响尾蛇才终于皱了皱眉,有了反应。

见她这模样，幽灵没好气地开口："你来干什么，情况虽然危急，但我们一定会赢。"

"赢？"听到他的话，响尾蛇冷笑了一声，"我已经向指挥官请求调查你们的情况，你以为我不知道现在的处境？"

被她瞪着，幽灵摸了摸鼻子，莫名有些心虚。

响尾蛇轻嗤了一声："确实会赢，下一次再见时，说不定你和北极熊都双双埋在地下了。"

说完，她伸手从他手里抢过涂着药的棉签，轻轻涂抹着自己的伤口，又熟练地撕下纱布，快速地将其包扎好。

一切处理妥当后，响尾蛇率先站了起来，朝房间外走去："你和北极熊召集所有的雇佣兵和弗雷德先生的人，我要重新制定计划。"

"响尾蛇！"

幽灵咬着后槽牙，看着前方那个冷傲的女人，心中的那抹烦躁得不到释放。

响尾蛇回头，冷静地看着他。

"你先休息，制定计划的事情交给我和北极熊。"幽灵此刻也站了起来，想要朝着她走去。

"幽灵，你记住。"却不料，他还未动一步，响尾蛇率先冷静开口，"这一小队，我才是总指挥，你既然加入其中，就必须听我的，如若你想要违逆我的命令，就立刻滚蛋！"

说到最后，响尾蛇眼睛瞪大，怒气冲冲地盯着幽灵："别以为我不知道你心里的想法，在军校里我的成绩一直高过你，女人也能够打出最漂亮的战斗。"

说罢便没再理会站在房内的幽灵，兀自离开。

而幽灵却站在房间中不知所措，看着响尾蛇离开的地方，神情落寞，喃喃道："我没有看不起你的意思啊……"

只是担心她……

经过将近二十天的等待，沈慕卿依然每日精神恹恹。

美杜莎想尽了一切办法逗她开心，却没有效果，最终只能抛开这些不谈，专心保护她的安全。

期间沈慕卿也试图改变自己的情绪，和美杜莎一起前往玛利亚广场购买布料，完成了与响尾蛇在一起时未完成的所有事情，但心中压抑的感情始终得不到抒发。

后来沈慕卿花园也很少去了，直接坐在别墅门口处的台阶上，日复一日地等待着某人归来。

莎洛特·戴维斯一开始也会劝沈慕卿，而沈慕卿只是淡淡摇头，朝她露出一抹浅笑。

次数多了之后，莎洛特·戴维斯便也没再多说什么，只是不知道从哪里找了一个精致的小软凳摆在门口处。

沈慕卿不好再拒绝莎洛特·戴维斯的好意，便每日都坐在小软凳上，屈起双腿，手肘撑在膝盖上，双手捧着已经消瘦不少的脸，双眼直直地望着门口发愣。

美杜莎自然也没闲着，同样站在门口处自己找乐子，不让沈慕卿离开她的视线。

又是一日，沈慕卿从早晨坐到了晚餐时间，眼见天色缓缓变暗，才在莎洛特·戴维斯的搀扶之下缓缓起身。两个人正准备进屋，身后突然传来了动静。

沈慕卿身体一僵，迅速转身，然而早已坐得麻木的腿发软，她朝着一旁就要摔倒。

"小姐！"

美杜莎手疾眼快，将她扶住。

此刻的沈慕卿完全顾不上自己的状况，双手紧紧抓着美杜莎的衣物,那双含着血丝的杏眼死死地盯着庄园入口处——那道声音传来的地方。

庄园入口处的铁门被人打开,几辆黑色的车缓缓驶入。

终于,哪怕是在夜色之中,沈慕卿也清晰地看见了那辆眼熟的豪车。

凯斯·弗雷德回来了。

这么多天,每一天夜里她都会想起那一日的梦魇。

此刻,那些梦魇和郁结瞬间消失得无影无踪。

三辆车依次在院中停稳,沈慕卿无心去看率先下车的响尾蛇、幽灵等人,目光一直追随着那辆黑色的车。

直到驾驶座的巴赫·文森下车,朝着后座走去,将车门打开,沈慕卿才瞳孔一缩,稳住身形,缓缓松开抓着美杜莎的手,朝着前方轻轻迈出一步。

一道高大的身影从车中下来,金色的头发耀眼,冷白的皮肤,健硕的体格,棱角分明的面庞,还有那双时常被他戴在手上的白手套。

夜色之中,沈慕卿眼里含泪,那道身影在眼中逐渐模糊。

她再也无法等待,提着裙子,哭着朝那道身影跑去。

越过了前方的数道人影,沈慕卿直直扑在了凯斯·弗雷德怀里,死死抓住他背部的衣料。

刚站稳的凯斯·弗雷德鼻息之中突然窜入一股熟悉的幽香,他下意识地张开了手,接纳这让他朝思暮想的人。

两个人相拥的一瞬间,凯斯·弗雷德发出了一声轻哼,但哭得一塌糊涂的沈慕卿没有察觉,只是将脸贴在他的胸口,感受着散发出来的温度。

眼泪浸透衣衫,晕染开来。

她抬手,一拳一拳捶打着凯斯·弗雷德的胸口,大声哭喊着,控诉他的久久不归。

"你到哪里去了啊!"

"为什么不回消息?"

"这么久也没有一通电话,你知道我等了你多久吗?!"

"我……我好害怕。"

她的声音嘶哑,如同身临绝境的幼兽,直到最后又发出最为可怜的悲鸣。

站在一旁的巴赫·文森见状,立马皱着眉上前一步出声道:"小姐……"

"巴赫。"

巴赫·文森接下来的话还没出口,就立刻被凯斯·弗雷德打断。

沈慕卿抬手擦了擦自己脸上的眼泪,这才微微松开凯斯·弗雷德。

她抬头望进他的眼睛,想再看看他那双冷冽的碧眸,却撞上一双无神的眼睛。

沈慕卿的心跳漏了一拍,什么也顾不上,直接踮脚,伸出双手捧住了凯斯·弗雷德的脸,将他与自己的距离拉近。

那双熟悉的绿眸此刻空洞无神,但依旧美丽,像是放在红丝绸之中的绿宝石,被锁在一间极其精美的屋子中。

可昔日该有的神采,无论是冷冽、桀骜、不屑、漠然,还是爱怜、火热、渴望,全都在此刻消失不见。

沈慕卿喉咙一哽,一股比这些天所忍受的难过还要酸涩的情绪直冲头顶。

她就这么捧着他的脸,僵硬地转头,视线从巴赫·文森、响尾蛇、幽灵、北极熊,以及在场的所有人身上逐一扫过。

每个人的脸上都露出了凝重的神色,完全没有完成任务凯旋的轻松感。

沈慕卿收回了视线,重新望向了那一双如同平静湖水的眼睛,艰难地咽了一口唾沫,颤抖着声音开口:"你……你的眼睛?"

凯斯·弗雷德抬手,凭着感觉遮住了沈慕卿的一双布满血丝的杏眼,缓缓叹了口气:"抱歉甜心,事情超过了我的预想,出发前对你的承诺,我食言了。"

视线突然陷入黑暗,沈慕卿如同蝶翼一般的睫毛带着泪水的湿润,轻轻扫过他的白手套。

突然,沈慕卿只觉那一根紧绷在脑海中的弦突然断裂,顿时头晕目眩,耳鸣声响,整个人身体一软,便失去了意识,朝地上倒去。

感觉到一切的凯斯·弗雷德连忙伸出手,将沈慕卿捞进了怀里紧紧抱住。

他眼神空洞地对着前方的空旷大吼,震耳欲聋的呼喊声带着明显的局促:"莎洛特!"

站在门口处的莎洛特·戴维斯和美杜莎同时朝着两人跑去。

在失去意识之前,沈慕卿心中只想着一件事。

原来她不仅仅怕死,她还怕凯斯·弗雷德出事。

沈慕卿再睁眼时,映入眼帘的依旧是熟悉的卧室天花板。

她先是愣了一瞬,而后猛地伸手朝着身旁探去,却发现这张大床上仍旧只有她一个人。

这下沈慕卿已经完全不知所措了,呆坐在床上,不断地回忆着晕倒前发生的一切。

要不是突如其来的敲门声,她还真的要以为凯斯·弗雷德回来这件事是一场梦。

"莎洛特,进来。"急促的敲门声让沈慕卿皱了皱眉,她收回手,朝着门口处喊道。

门被打开,一向贴心的莎洛特·戴维斯此刻正气喘吁吁,手搭在门把手上，弯着腰抬头望向小脸惨白的沈慕卿："小姐，您快去看看，先生发热，一直叫着您的名字。"

一切都不是梦！

"在哪儿？！"沈慕卿强撑着不适的身体，掀开被子，连鞋都没穿，就这么穿着睡衣朝着门外冲去。

她刚跑出门，入眼便是同样朝着自己走来的响尾蛇。

"响尾蛇！"沈慕卿大叫了一声，咬着牙强忍泪水，强迫自己不要颤抖，"凯斯·弗雷德呢？为什么会这样？"

响尾蛇脸上没有以往那般精致的妆容，唇色淡淡，一脸疲惫。她在看到沈慕卿后，便抚着后者孱弱的后背，两个人一起往三楼走去："这很难说，等弗雷德先生稳定下来后，我再与你细讲。"

走到一半，看着沈慕卿忍不住掉出来的泪水，响尾蛇停下了脚步，双手扶住她的肩膀："我保证，你想要知道的一切我都告诉你，但我想弗雷德先生醒来之后想要看到的不会是你现在的模样。"

沈慕卿眼珠微微转动，响尾蛇收回手，就见她两只手在脸上胡乱地抹，擦干眼泪后，嘴角抽搐，还对着响尾蛇扯出一个难看的微笑。

响尾蛇抬手拍了拍她的发顶，两个人才一齐到达三楼。

刚踏上这一层楼，沈慕卿就闻到了一股浓浓的血腥味。

不用想也知道这血腥味的来源，沈慕卿感觉心脏像突然被一只大手捏住，赶忙加快了脚步。

此时三楼所有人都朝她投来了目光。

要是在之前，沈慕卿一定会羞得低下头，但此刻她顾不上羞涩，只是大步顺着众人让开的路向前走去。

在一间很大的房间中，有一张大床，周围摆放着许多医疗器械和各种各样的药液。

沈慕卿心心念念这么久的凯斯·弗雷德此刻就在那张大床上躺着。

在房间中的医生先是对着沈慕卿点了点头，之后才朝着跟她一起进来的巴赫·文森说道："伤口又开始发脓，已经处理好了。"

"要多久才能醒？"还没等巴赫·文森开口，从进门就一直目不转睛地看着凯斯·弗雷德的沈慕卿先一步出声，"怎样才能醒来？"

医生看着她失魂落魄的神色，缓缓摇了摇头："弗雷德先生在受伤之后完全没有得到良好的休养，我已经尽我所能，至于什么时候醒，我无法保证。"

似乎是觉得抱歉，医生朝着沈慕卿鞠了一躬，而后才朝着门外走去。

看着床上面色苍白的男人，沈慕卿的泪水就止不住地掉。

她想靠近，脚步却似千斤重。

"小姐，过去吧，先生需要你。"站在她身后的巴赫·文森同样面色凝重，"先生是为了快点见到小姐，才会否定我们的提议，提前回来。"

巴赫·文森看不见沈慕卿此刻的表情，兀自鞠了一躬后，便离开了房间，顺手将房门带上，只留凯斯·弗雷德和沈慕卿两人在内。

沈慕卿不知道自己是怎么走近床边的，看着他缠在肩膀处的纱布，忍不住伸手想要去触碰，但仅剩咫尺之遥时，纤细的手指又缩了回来。

她怕他疼。

沈慕卿坐了下来，先是仔细地将凯斯·弗雷德的眉眼打量了一遍后，才酸涩地小声啜泣起来。

最亲的父母相继离世，她以为这是她这辈子最痛的生离死别。

但此刻看着毫无生机的凯斯·弗雷德，她心里的疼痛丝毫不比那时候少。

"卿卿。"

她还记得在那个寂静的下午，他轻声用中文呼唤她最亲昵的小名。

一切都是静的，只有他含着热意的轻喃声如此清晰。

沈慕卿突然觉得自己很坏。

为什么要等到他站在死亡边缘，才能够正视他浓烈的爱意？

她吸了吸鼻子，捂着嘴，将快要溢出嘴角的哭声堵了回去。

不能哭，会吵到他。

就在此刻，面前毫无动静的男人，突然张开了毫无血色的唇，吐出两个气音。

捂着嘴的沈慕卿顿时一愣，而后拼命摇着头，红肿的杏眼眨了眨，更为澎湃的眼泪似江流一般疯狂涌下。

"卿卿。"

她的名字。

她强忍着自己的情绪，松开了捂住嘴的手，缓缓朝着凯斯·弗雷德探去。

在哭声溢出的最后一秒，握住了他的手。

他的体温不似以往火热，却足够点燃她的心。

沈慕卿往前探了探身体，让自己靠得更近了一些。

"凯斯·弗雷德。"沈慕卿喊他，吸了吸红透的鼻子，"你食言了，我要你补偿我。"她的手指在他的手上摩挲，"我要你醒来。"

似乎怕自己的要求太过贪心，可怜的小姑娘又加上一句："我只要这个。"

只要这个，就够了。

床上的人没有回应，但沈慕卿却不觉得枯燥，仍然喋喋不休地对着凯斯·弗雷德讲述这段时间发生的一切。

与响尾蛇兜风，和美杜莎出门买布……还有在那些没有他的夜晚中，不断地辗转反侧。

她一边讲，眼泪一边掉。

说到最后，沈慕卿只觉眼皮沉重，不知不觉间闭上了双眼，趴在凯斯·弗雷德旁边，就这么带着满脸泪痕睡了过去。

半梦半醒间，沈慕卿只觉有什么东西在她的脸上不断地抚摸。

瞬间，意识回笼，她猛地睁开了眼，那只还打算摸她头发的大手落了空。

沈慕卿看着躺在床上双眼睁开的凯斯·弗雷德吓了一跳，高兴和紧张是同时到来的。

"巴赫！"沈慕卿猛地站了起来，朝着门口处大声呼喊，人就这么直接冲了出去。

凯斯·弗雷德有些失落地放下了手，那双无神的双眼就这么睁开，直视着上方。

自从沈慕卿进去之后，巴赫·文森等人就一直守在门外。

凯斯·弗雷德不醒来，没有一个人是安心的。

等待了将近三个小时，房间中终于有了动静。还没等众人做出任何反应，房门就被人一把从里面打开，红着眼的沈慕卿突然冲了出来，一眼就锁定了时刻待命的医生。

她慌不择路，直接抓着医生的衣服就朝房中走。

"醒了！医生，他醒了！"沈慕卿声音沙哑，语气着急。

还好响尾蛇在一旁，见她此刻精神状况不佳，赶紧上前将她抱住。

"放心，一切都交给医生。"响尾蛇冲着巴赫·文森使了个眼色。

在目送着医生进去之后，响尾蛇才缓缓松开了怀中的女孩。

沈慕卿光着脚，小腿颤抖着，单薄的身子上只有一件薄薄的睡裙，比响尾蛇离开时瘦弱了不少。

响尾蛇轻轻拍了拍她的肩膀，轻声安抚："一切都会好起来，弗雷德先生是从那如同地狱一般的地方爬上最顶峰的强者，他会没事。"

沈慕卿摇了摇头，才压回去的眼泪再次决堤："响尾蛇，到底发生了什么？他怎么会伤得这么严重？还有……"

沈慕卿话说到一半，突然顿住，泣不成声，最后才勉强拼出了一句话："他……他……他的眼睛，怎么……怎么会变成这样？"

响尾蛇牵住她紧紧攥成拳头的手，朝着前方有几把椅子的地方走去。

将她按在椅子上坐下后，响尾蛇才叹了口气，拍了拍她的手背："是因为尼克·弗雷德。"

再一次听见这个名字，沈慕卿火气上涌，挣脱响尾蛇的手，一掌拍在椅子上："又是他！他到底想要干什么？！"

"还记得我在离开前同你说的话吗？"响尾蛇问。

虽愤慨不已，但沈慕卿依旧点了点头："我记得，是因为码头和军械。"

响尾蛇点了点头："尼克·弗雷德猜中了凯斯·弗雷德先生会来，他和火烈鸟所设的埋伏超出了我们的想象。"她咬着后槽牙，目光凶恶，"在弗雷德先生的指挥下，我们的计划应该相当完美，但该死的火烈鸟居然使用了国际上严令禁止的武器。"

"什……是什么？"

听到这里，沈慕卿心跳漏了一拍。

"激光致盲武器。"响尾蛇咬牙切齿，"一种利用激光束对人视网膜造成损伤的武器,会导致受害者暂时或永久失明。"

"尼克·弗雷德明显是冲着弗雷德先生来的,火烈鸟那群人的目标从始至终都只有弗雷德先生一人。"

响尾蛇也不知道该怎么向沈慕卿描述当时那一场发生在电光石火之间的战斗。

她只知道,这偌大的弗雷德家族出了凯斯·弗雷德这么一位家主,绝对是上天倾尽所有的垂怜。

"放心。"看着沈慕卿越发苍白的脸,响尾蛇也只能频频出声安抚,"凯斯·弗雷德有佩戴眼镜的严谨习惯,那眼镜与正常的眼镜不同,是由多种精度可达纳米的高分子材料制成,这激光致盲武器还无法彻底让他失明。"

听到这儿,沈慕卿总算是有了些许欣慰。

这……算是不幸中的万幸了。

房间中传来一阵窸窸窣窣的声音,瞬间打断了两人的谈话。

沈慕卿的注意力被吸引,起身朝着从门内出来的人走去。

巴赫·文森接过旁人递来的毛巾,擦了擦手上的药水,原本凝重的面色终于舒缓了一些。

听到脚步声,他抬头便直接看到了沈慕卿。

"小姐。"巴赫·文森将毛巾拿走,朝着她点了点头,"先生已经彻底脱离了生命危险,但在接下来的恢复期间,仍然需要万般小心,辛苦小姐了。"

明明有专人服务,但凯斯·弗雷德却硬是吩咐巴赫·文森安排沈慕卿来照顾他。

一向视凯斯·弗雷德命令为圣旨的巴赫·文森这一次自然也不例外,只能前来拜托沈慕卿。

沈慕卿眼睫微垂,让人看不清神色,只是点了点头。

巴赫·文森松了口气,便顺势将前方的路让了出来,让沈慕卿进入其中。

此刻的凯斯·弗雷德依然躺在床上,只是那双眼睛不知道为何,一直朝着门外望去。

沈慕卿轻声走了进去,将房门合拢,轻轻的响声传来。

那受了伤的猛兽在此刻突然有了动静,没有一点血色的唇缓缓勾起:"过来,到我身边坐下。"

要是放在以前,沈慕卿定是要心底里挣扎片刻,才肯按着凯斯·弗雷德的指示行动。

但这一次,光是听着男人虚弱的声音,她就心疼不已。

她赶紧小跑过去,坐在刚刚放置在床边的椅子上,伸手轻柔地抚摸着他的眼尾。

"很疼吧。"

不是疑问,而是肯定,沈慕卿从最开始就是被这一双眼睛吸引,而变成现在这样,是她始料未及的。

即使看不到,凯斯·弗雷德也能察觉到身旁人突然的情绪波动。

他伸出了手,将那放在他眼睛旁的手抓住,第一次朝着沈慕卿诉苦:"很疼。"

沈慕卿微愣,凯斯·弗雷德更是得寸进尺,在她的手背上轻轻摩挲:"你亲亲我,好吗?"

不再是强硬的逼迫和命令,沈慕卿心头一颤,嘴唇发抖。

他的一头金发没有被一丝不苟地打理,而是乖顺地搭在额前。

此刻他就这么一动不动地盯着她,活像一只动物幼崽。

沈慕卿只能在心头叹息一声,缓缓抽出被他压住的手。

凯斯·弗雷德眼前是一片黑暗,脸上唯一的热源撤走,让他不禁皱起了眉。

但那柔软的手却在下一秒覆住了他的双眼,一抹温热轻轻落在他的唇上。

一触即离，不带任何情欲，却温暖到了极点。

那抹温热顺着他的脸颊亲吻而上，之后是鼻子，最后落在了耳朵。

沈慕卿吻了吻他的耳垂，颤抖着声音开口："等你好了，我再这么吻你好不好？"

眼前无尽的黑暗，突然在这一刻充满了色彩，繁花似锦，浓郁的香气在一朵朵绽放开的鲜花上迸发。

凯斯·弗雷德突然想起小时候，被父亲责骂之后，自己不小心跑到后山所见到的场景。

无数的鲜花，无数的绿意，在那一个春天那一个午后，彻底绽放在眼前。

沈慕卿手心下的眸子缓缓闭合，凯斯·弗雷德的喉结上下滚动，压抑着内心的激动，良久之后才缓缓吐出一个字节："好。"

温柔的唇瓣离开，凯斯·弗雷德有些不满于只有这样的接触，双手撑着就要坐起来。

可身体刚一动，他的手臂就被沈慕卿扶住，带着责怪与心疼的声音响起："别乱动！受了这么重的伤，怎么还不听话！"

沈慕卿扶着他缠满纱布的背部，将他按回床上，同时一把将刚刚因为起身而滑落的被子拉了起来，将他整个人裹严实。

看着完全无法动弹的凯斯·弗雷德，沈慕卿总算是松了口气，这才重新坐下，就这么撑着手打量着眼前乖巧到不行的凯斯·弗雷德，湿润、通红的双眼总算是泛出了几丝笑意。

"躺我身边来。"凯斯·弗雷德完全不知道自己此刻的模样，仍然固执地想要更多地接触沈慕卿。

她的每一次靠近，都是良药。

沈慕卿努了努嘴，大着胆子就这么伸手顺了顺他的一头金发。

终于摸到了。沈慕卿心头暗叹,扬着一张笑脸,就像是在安抚一只宠物,轻轻地顺着他的毛发。

这动作似乎真的奏效了,刚刚还吵着要她靠近的凯斯·弗雷德噤了声,就这么乖乖地不说话。

直到沈慕卿还想以身试险,将目标瞄准凯斯·弗雷德的脸时,终于被沉睡的猛兽反扑。

她的手还没落到他的脸颊上,躺在床上的人就已经侧头将凑近的手指咬住。

突如其来的动作惹得沈慕卿小声地惊呼,面庞一热。

她下意识就要将手指抽回来,打断凯斯·弗雷德此刻受着伤还如此无法无天的动作,他却完全没有松口的意思。

沈慕卿瑟缩了一下,皓齿咬着下唇,就这么僵持了几秒后,还是忍不住败下了阵来。

轻声哄他,是她的妥协:"你先松开,我躺在你旁边就是了。"

沈慕卿话音落下,如孩童般幼稚的凯斯·弗雷德终于松开了口,兴奋地将自己身旁的被子掀开。

看着指腹侧面浅浅的牙印,女子羞得红了一张脸。

她敛下眼中毫不掩饰的爱意,起身缓缓朝着床的另一头走去。

沈慕卿动作轻柔地钻进了被窝,此时才知道自己的脚有多冷。

温暖的感觉从足底钻入,沈慕卿控制不住地朝着那一抹暖意追寻而去。刚一靠近,手就瞬间被抓住。

更加滚烫的热意袭来,沈慕卿抬眼,朝着已经调整了动作的凯斯·弗雷德望去。

他的脸就在眼前,眉头紧紧皱着:"怎么这么冷?"

还没等她出声解释,冷冽的声音再度响彻耳畔:"莎洛特也是时候该离开了。"

"不关莎洛特的事,是我自己没有注意,她很好的。"这话惊得沈慕卿赶紧出声,手抚上他的脸,想要将他的眉头抚平。

眼前的男人却轻嗤了一声,温暖的身体靠近了一些。

沈慕卿只觉腰部一紧,整个人都被他抱在了怀里。

她穿得不多,纱布的粗糙感印在她的身体上,莫名的触感让沈慕卿不自在地扭了扭身体。

"别动。"头顶突然传来他隐忍的声音。

沈慕卿僵住,完全不敢动,只好将小脑袋贴在他的胸膛之上,安静地听着他心脏的跳动。如此鲜活的一个人终于触手可及,而不是在那一场场可怕的噩梦之中相见。

温存良久,凯斯·弗雷德才轻声开口道:"我看到你发送的消息了,抱歉我没能回复。"

"没关系的。"沈慕卿伸出手指,像是安慰一般捏了捏他的手,"你看到了,它的使命就已经完成。"

女子温热,馨香的气息喷洒在凯斯·弗雷德肌肉健硕的胸膛。

凯斯·弗雷德忍住了心猿意马,压着声音问她:"你说的是真的吗?"

沈慕卿突然想起他离开的那一天晚上自己辗转反侧,最后发送出信息,羞得重新将头埋进他的胸膛。

在这安全感十足的怀抱中,她安心又满足地点了点头:"是啊,我很想你,想你想得睡不着觉了,一直等你回来,你却让我等了这么久。"

她看着像是在责怪和抱怨,凯斯·弗雷德却感觉到了前所未有的快乐。

这是他彻底把控弗雷德家族之时都比不上的,最特别的快乐。

他只觉血液沸腾,心脏里的东西几乎快要满得溢出来。

女子得寸进尺,将嘴唇凑了过去,在他的心口处印上一吻,渴望得到他更多的爱怜。

"凯斯·弗雷德。"

她突然轻声唤他,声音中是前所未有的缱绻之意。

"响尾蛇跟我讲过所有弗雷德家族的恐怖和危机,她想要我做好和你一起面对的准备。"

她缓缓道来,这一番话使得凯斯·弗雷德呼吸一滞,整个房间中似乎只能听到两颗心脏不断跳动的响声。

"我很惜命的。"沈慕卿似乎有些不好意思,但凯斯·弗雷德却听出了她话里的意思。

她不想跟他在一起,这是她心中所想。

可沈慕卿却突然将自己的脸撤离,扬着头,努力朝着那一双碧眸望去。

即使知道凯斯·弗雷德看不见,可只要她看着这双眼睛,就有了足够的勇气。

"可我现在改变主意了。"沈慕卿狡黠地轻笑了一声,眼睛水光流转,亮晶晶的,"凯斯·弗雷德,你会保护好我的,对吗?"

连呼吸都开始变得炽热起来,沈慕卿大着胆子,在他的心口处点了一点。

很快,她的手就被一只大手握在了手心。

唇瓣落下,重重地印在女子的唇上。

缱绻温柔,她完全感受到了其中的爱意。

笑意浮上嘴角,她伸手环住了他的脖子。

他们在互相亲吻着对方的灵魂,包括可怜的心尖和孤傲的脊梁。

这一次,他为她低头,她为他勇敢。

吻得意识都有些模糊了,男人才总算停下来,大手一揽,将她紧紧抱在了怀里。

他低头亲昵地吻了吻她的额头,薄唇并未离开,抵在她光洁

119

的额头上开合,做出了自己的承诺:"我会的。"

她的心终于安定。

之后的几日,沈慕卿不是在照顾凯斯·弗雷德,就是在去照顾他的路上,连巴赫·文森都没有近身的机会。

所有的东西沈慕卿似乎都觉得不放心,必须一一查看过才放心用在凯斯·弗雷德身上。

巴赫·文森看着在房中忙着开心地给凯斯·弗雷德换药的女人,终于也安心了些许。

当时在车中,他听到先生提到弗雷德家族女主人时,心中万般忐忑。

而如今,在见识过先生就算是带着一身伤也要提前回来的决心,他也看开了许多。

只希望,沈慕卿不要辜负了凯斯·弗雷德这一腔的爱意。

在沈慕卿怀着满满爱意事无巨细的照料之下,凯斯·弗雷德的身体也日渐恢复。

除了沈慕卿的功劳,剩下的便是凯斯·弗雷德这几日的好心情。

喜欢的女子不停地在面前晃悠,像个小老太太似的不停地对着他的下属嘱托事情。

无论房间中有没有人,他每每意动之时,即便看不见,也能精准地将她捞进怀里,堵上那张喋喋不休的小嘴。

本来还气势十足的沈慕卿也只能红着一张脸,继续若无其事地安排一众低着头的人。

接下来一个月的时间,凯斯·弗雷德偶尔会在沈慕卿的搀扶下在别墅中转转。

期间,倒是有一个熟人来拜访过——亚恒·格莱斯特,当时那个在深海遗珠中带着露西妮·康斯坦斯的男人，凯斯·弗雷德的商业伙伴。

炎炎夏日还没过，为了让凯斯·弗雷德多摄入营养，沈慕卿费了不少工夫。

这一日，她端着果盘正打算喂他吃下时，莎洛特·戴维斯却突然领着一人进来。

看着身着正装走在莎洛特·戴维斯后面的男人，沈慕卿拿着水果的手一顿。

凯斯·弗雷德刚准备张开嘴享受女子的照顾，那晃晃悠悠的水果却停在了空中，久久不落进嘴里。

"甜心？"

凯斯·弗雷德捏了捏另一只被他握在手中的手，轻声唤她。

沈慕卿蓦地回神，收回了目光，脸上重新泛起笑容，将水果凑了过去："乖乖张嘴。"

莎洛特·戴维斯已经对这种场景见怪不怪了，可她身后的亚恒·格莱斯特却瞠目结舌，愣愣地盯着那乖乖被女子支配的男人。

这……真的是凯斯·弗雷德？

上一次见面时，这东方女子还十分畏惧凯斯·弗雷德，这才多久没见，她就已经把凶残暴劣、喜怒无常的凯斯·弗雷德管得服服帖帖。

一切似乎都超出了他的预估，本来以为凯斯·弗雷德只是心血来潮，直到他为了沈慕卿对康斯坦斯家族下手之后，一切都开始脱离轨道。

"见鬼。"亚恒·格莱斯特忍不住低声感叹。

坐在沙发上的凯斯·弗雷德却捕捉到了这小小的闲言碎语，咀嚼的动作一顿。

待沈慕卿细心地替凯斯·弗雷德擦去嘴角的水渍之后，他才矜贵地开口:"格莱斯特先生。"

猛虎即便受了伤,依旧有着让人胆寒的气场。

亚恒·格莱斯特调整了一番心绪,才越过莎洛特·戴维斯朝着两个人走去。

"弗雷德先生,伤势还好吗?"亚恒·格莱斯特脸上漾着笑意,蓝色的眼睛稍稍眯起,让人看不清其中的意味。

亚恒·格莱斯特直接坐在了一旁的沙发上,紧接着转头望向沈慕卿,话语中已不复第一次见面时的调侃之意:"小姐,最近如何?"

沈慕卿乖巧地点了点头,杏眼弯起,脸上是让人挑不出错的笑容:"很好,多谢您的关心。"

说罢,她便不着痕迹地移开了视线。

说实话,这个男人总给她一种"笑面虎"的感觉。

这一次,亚恒·格莱斯特没有让沈慕卿离开的意思,直接开口朝着凯斯·弗雷德说道:"很抱歉,弗雷德先生。"

亚恒·格莱斯特正色,沈慕卿从他那双如同大海一般的瞳孔中看到了些许歉意和躲避。

他继续说道:"他接触了格雷戈里家族和格林家族的人,增加的价格已经超出了我的承受范围,有一部分港口我没能拿下。"

凯斯·弗雷德并没有开口,依然安静地坐在那里,碧绿的眸子一动不动,只是那只修长的大手一下又一下规律地点着沙发。

屋中安静到了极点,沈慕卿尴尬地扯了扯凯斯·弗雷德的衣角,示意他开口说话。

亚恒·格莱斯特并不是什么小人物,在这里的名门望族中,除了弗雷德家族之外,能够排得上号的就是格莱斯特家族了。

如今亚恒·格莱斯特办事不力,沈慕卿知道凯斯·弗雷德心里不爽,但她想至少也应该给几分薄面。

接收到身旁女子的提醒，凯斯·弗雷德这才扬了扬下巴："说完了吗？格莱斯特先生。"

亚恒·格莱斯特微愣，不自觉地点了点头："当然，弗雷德先生。"

只见凯斯·弗雷德执起沈慕卿的手凑到唇边吻了吻，再抬头时，以极度冰冷低沉的声音说道："说完了，就带着你的人滚。"

这话可以说是毫不留情。

都说弗雷德先生的身边不养闲人，与他合作这件事充满了风险。

办得好，酬金和地位自然水涨船高。但要是搞砸了，不仅自己会下场凄惨，甚至会牵连家族的产业。

这就是凯斯·弗雷德，一个人人渴望与之合作，却又惧怕的男人。

亚恒·格莱斯特与凯斯·弗雷德合作了这么多次，每一次都是完美完成任务，从来没有像如今这般狼狈。

亚恒·格莱斯特沉默了几秒，才缓缓起身，抬手整理了自己的正装，对着凯斯·弗雷德鞠了一躬。

他的脸上完全没有恼怒之类的神色，而是重新戴上了只有笑容的面具："多谢先生原谅，下一次，尼克·弗雷德可就没那么容易跑掉了……"

他蓝色的瞳孔一缩，闪烁的凶光隐藏在笑容之下。

"两位，我就先告辞了，等弗雷德先生的伤势好了之后，我再登门拜访。"

说罢，亚恒·格莱斯特便兀自转身，朝着别墅大门口离去。

汽车引擎声响起，车轮碾过地面的声音越来越小。

沈慕卿叹了一口气，转头望向凯斯·弗雷德："你还想吃水果吗？"

凯斯·弗雷德听到她的话,面色缓和不少,无神的双眼径直与沈慕卿对视:"抱歉甜心,让你看到了这些。"凯斯·弗雷德抬手,想要抚摸她的脸颊,"我已经对他很仁慈了。"

格莱斯特家族能够崛起,除了自身的底蕴,还离不开凯斯·弗雷德的扶持。

凯斯·弗雷德投资的产业都大获成功,格莱斯特家族祖上留下来的基业也跟着水涨船高,翻了好几番。

尤其是这个家族还出了亚恒·格莱斯特这号人物,能够把控暴涨的收益和与之并存的风险,操持家业的同时也替凯斯·弗雷德办事。

这是亚恒·格莱斯特第一次没有完成凯斯·弗雷德交代的任务,本来所要承受的惩罚却因为凯斯·弗雷德最近心情不错而烟消云散。

除了面子上过不去,他没有半点损失。

亚恒·格莱斯特敢怒不敢言,积攒起来的怒火自然是要发泄在尼克·弗雷德的身上。

"他需要一些鞭策。"凯斯·弗雷德侧了侧头,"我们现在只需要等待他的好消息,他知道该怎么做。"

沈慕卿看着他伸来的手,马上将脸凑了过去,贴在他的手心。

感受到指腹下的柔软,凯斯·弗雷德一扫之前的阴霾,对着她轻声道:"我想睡午觉。"

沈慕卿了然,抬手扶起他的手臂,担忧地打量着他。

"很累吗?有没有哪儿疼呀?"

凯斯·弗雷德站了起来,顺势整个人都靠在了她身上。

馨香袭来,他在沈慕卿看不见的地方兴奋地闭了闭眼,嘴唇弯起。

沈慕卿不断地在他的身上摸索,见没有什么不妥之处,她又吸了吸鼻子，确定没有血腥味之后才放下了心。

她又稍微调整了一下扶着他的姿势，接着抬头，便将他脸上的所有表情收进了眼中，顿时羞愤不已："你到底疼不疼呀！别骗我。"

沈慕卿戳穿了凯斯·弗雷德的小把戏，也开始对他突然的要求产生了怀疑。

这么多天的陪伴，她简直怀疑凯斯·弗雷德的眼睛并没有坏，即便是在看不见的情况下，他依然能够精准捕捉到她的方位。

凯斯·弗雷德眼珠未转，只是僵在原地没有动："我是真的很疲惫，格莱特林差点让我气疯，你不心疼我吗？甜心。"

每每沈慕卿看见他这一副向她求助的可怜模样，都忍不住心软。

她赶紧轻声哄他："没有的事，我扶你上去。"

台阶不长，两人却走了很久。

直到进入卧室，沈慕卿将房门关上，一直面无表情的男人才终于露出一抹笑容。

沈慕卿拍了拍他的手："你先站在这里别动，好不好。"

她像是在哄小孩儿，似乎还觉得不够，又踮脚轻轻吻了吻他的侧脸。

看着他点了点头后，沈慕卿才放心地松开了手，朝着那张大床走去。

她整理着床上的被子，根本就没有注意到身后的动静。

在她刚准备转身扶着凯斯·弗雷德躺到床上时，腰部突然一紧。

凯斯·弗雷德将她转过来，与自己面对面。

即便眼前一片黑暗，他依旧能够在脑中清晰地描摹出她的容貌。

脑中想着，凯斯·弗雷德也这么做了，那双好看的手落到了她的脸上，抚摸下巴、嘴唇、鼻子、眼睛。

沈慕卿不解地开口："怎么了？"

凯斯·弗雷德做了一个噤声的动作，继续细致地抚摸着她的脸。

她尚处在疑惑当中，凯斯·弗雷德的大手已经移到了她的后脑勺。

在那只手下移到她后颈处时，眼前的男人终于笑了起来："好了，每一处都记下了。"

沈慕卿心头一震，双手搭在他的胸膛上，隔着薄薄的布料，手指微微蜷曲了一下。

指腹的灼热烫得她心尖轻颤，低低地出声："那你要快点好起来。"

凯斯·弗雷德却固执地摇了摇头，带着她一转身，坐在了床上。

而沈慕卿也因为这突如其来的力量，整个人都坐在他的腿上，靠在了他的怀里。

沈慕卿顾忌他身上的伤，吓得想要赶紧离开。

面前的男人却将她紧紧固定在怀里，额头与额头相抵。

他充满磁性的嗓音响起："眼睛别好了，好让你一直照顾我、陪在我身边。"

"怎么这么幼稚？"沈慕卿忍不住"扑哧"一笑，抓着他的手臂，眼里流露的全是喜欢。

凯斯·弗雷德却不理会，而是低头看着沈慕卿。

沈慕卿突然生出了一丝不真实感，也仰起头看他，眼神慢慢放空，随后攀着他的手臂朝着他的唇瓣贴近。

凯斯·弗雷德看不见，却能感受到女子的靠近，碧眸缓缓转动，想要感受更多。

终于，二人的唇瓣相贴。

就像是在大海上漂泊了许久的船，终于在阳光晴朗的一日靠岸。

第六章 痊愈

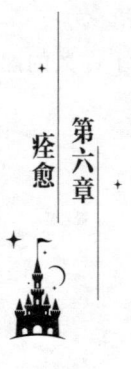

也不知道过了多少天，凯斯·弗雷德的眼睛总算能看清一些东西了。

沈慕卿并没有刻意关注时间，她所有的注意力都在凯斯·弗雷德身上。

这个大好消息让她高兴得一整日都不安定，扬着一张笑脸，没事就往凯斯·弗雷德面前凑，还傻兮兮地问他能不能看清。

起初凯斯·弗雷德还饶有兴味地回答，次数多了，只要她一凑近，他就立刻把人抓进怀里，狠狠亲两口再说。

吃一堑长一智，沈慕卿总算是学乖了，再也不以身试险，只是乖乖地陪在他身旁，望着他碧色的双眸。

凯斯·弗雷德能看清的第二日，HX 的雇佣兵们也出现在别墅中道别。

"弗雷德先生，既然您已经没有什么大碍，我们也是时候离开去完成其他的任务了。"几人之中为首的依旧是响尾蛇。

他们都穿着统一的制服，朝着凯斯·弗雷德敬礼。

沈慕卿闻言，感触颇深。

凯斯·弗雷德离开的这段时间，响尾蛇不仅仅是陪伴着她，还带她做了以往想都不敢想的事情。

她在德国除了小嫣之外，能算作是朋友的也只有眼前这个冷艳、骄傲的女人。

凯斯·弗雷德颔首，抬手一扬，笑意却不达眼底："辛苦各位，我会向HX的指挥官对各位进行最高的褒奖。"

巴赫·文森见状，立刻上前，朝着门口做了一个"请"的手势。

响尾蛇等人也不再等待，再次笑着对凯斯·弗雷德微微鞠躬，这才打算跟随着巴赫·文森离开别墅。

在她转身之际，沈慕卿还是忍不住轻声呼唤："响尾蛇！"

那在一众高大健硕的背影中极其醒目的纤细背影一顿，转身朝着沈慕卿看去。

"以后，还能再见吗？"沈慕卿两只手交缠在一起，有些不好意思。

雇佣兵的业务非常繁忙，过着刀尖舔血的生活，她却如同小孩儿一般问出这么幼稚的问题。

沈慕卿自知这个问题过于天真，可她就是控制不住自己的情感。

大概是在这方面有所缺憾，所以会忍不住渴求，期待弥补。

沈慕卿小脸通红，却还是仰着头，眨着一双水光盈盈的杏眼期待地望着响尾蛇。

"当然。"响尾蛇粲然一笑，红唇弯出了一个弧度，"我们是朋友，不是吗？"

得到回应的沈慕卿顿时释然，那一丝羞涩也跟着散去。

她兴奋地抬手朝响尾蛇挥了挥，响尾蛇那扬起的笑容并没有落下，在看到沈慕卿的动作之后，轻轻点了点头，接着才转身带着一众雇佣兵跟着巴赫·文森离开。

刚刚还站满了人的别墅突然变得空旷。

沈慕卿眨了眨眼，忍不住深深地吸了口气。

还没等她再次坐下，手腕便一重，整个人直直地倒进了凯斯·弗雷德的怀里，下巴也被他捏住。

凯斯·弗雷德那双已经充满神采的眼睛就在面前。

"怎……怎么了？"

凯斯·弗雷德捏了捏她下巴上的软肉："什么时候跟她关系这么好了？"

沈慕卿一听，可就不服了，挣开他的手，努了努嘴："就许你们交朋友，不许我跟人交好了？"

沈慕卿此刻已经完全不惧怕之前让她胆寒的男人，说完还觉得不够，直接上手扯了扯他的金发，笑意盈盈。

他的头发触感极好，本来打算收回的手又在上面摸了摸。

凯斯·弗雷德敛眸，猛地从沙发上站起来，搂过她的腰，就这么将她抱起来，朝楼上走去。

沈慕卿下意识地搂住他的脖颈，稳住身形后又伸出手指，轻轻捏了捏他的耳垂："去哪里呀？"

"带你去看给你准备的礼物。"凯斯·弗雷德似乎很是享受她的抚摸，侧头轻轻吻了吻她的脸颊。

"礼物？"沈慕卿愣了愣，继而身体一僵。

如今的她完全无法直视凯斯·弗雷德口中所谓的"礼物"。

只要提及此，她就忍不住想起那一日康斯坦斯家族的惨状。

感受到怀中女子的僵硬，凯斯·弗雷德眉头一皱，轻轻拍了拍她的背："怎么了？甜心。"

这异样来得快去得也快，沈慕卿蹭着他的脖颈，将自己半张脸都埋了进去。

两人很快就到了一个房间的门口。

"甜心，把它打开。"凯斯·弗雷德侧头，气息喷洒在沈慕卿的肌肤上。

听到命令声,沈慕卿心中自然也带着些许期待。

她被凯斯·弗雷德抱在怀里,伸出手搭在那扇门的把手上,小心翼翼地按下。

直到门被完全打开,眼前的一切突然变得格外耀眼。

这是一间怎样的房间呢?

满屋的木柜,一股梨花香扑鼻而来。

最远处是一整面玻璃墙,太阳被玻璃窗框在其中,金黄色的光芒尽数倾洒在放在柜子里的布料上。

房间中央是一张巨大的桌子,制作旗袍所需的所有工具被整整齐齐地摆放在桌面,还有一个塑料模特立在房间角落。

这明显就是一间她心心念念的工作室!

沈慕卿杏眼瞪大,不可思议地盯着眼前的所有。

这间工作室比她以前的每一间都要完备、豪华。

她处在持续的震惊之中,连双脚什么时候落了地都没发现。

"过去看看。"直到凯斯·弗雷德轻轻推了推她的后背,她才机械地抬脚,朝着房间中走去。

阳光也在此刻洒落在了她的身上。

沈慕卿不动声色地打量着整个房间,时间之长,任何的细枝末节都没有放过。

她站了多久,凯斯·弗雷德就陪她站了多久。

突然,她猛地转身,扑进了他的怀里。

"这是我收到的最好的礼物!"沈慕卿情不自禁地闭上了眼睛,感受着凯斯·弗雷德身上源源不断的热意。

头顶突然传来一声轻笑:"是更喜欢我,还是响尾蛇?"

完全没有头绪的一句话,让沈慕卿愣住,而后在他的怀里"扑哧"一声笑了出来。

沈慕卿顶着红红的鼻头，杏眼弯弯，看起来滑稽又可爱。

凯斯·弗雷德固执地要她说出一个结果，弯下腰，就这么与她对视。

沈慕卿含着笑意，歪着头朝他眨了眨眼："我最喜欢你！比响尾蛇多很多！！"

凯斯·弗雷德总算是满意，心情像是被她感染，薄唇也不知在什么时候弯起。

此刻的他完全就是一个处于热恋中的男人，让人很难将他和那冷着脸翻云覆雨、冷漠地制造出一场又一场腥风血雨的人联系在一起。

沈慕卿灵活地朝着后方跳了一步，笑意盈盈地朝前方走去，手不断地抚过桌子、木柜和上面的布料。

直到路过一面等身镜，她突然惊呼了一声。

她急忙用白皙的手捂住了自己的鼻子，朝着不明所以的凯斯·弗雷德开口："我……我刚刚就是顶着这个模样在你面前说话的？！"

凯斯·弗雷德完全没有领会到她话里的意味，直接走了过去，一把拥住了她，点了点头。

在沈慕卿惊讶的目光下，凯斯·弗雷德将她的手拉了下来，笑着亲了亲她的鼻尖："很可爱，很漂亮。"

沈慕卿一阵无语，又侧头看了眼镜子中的自己，不忍直视。

"不像小鼹鼠吗？"沈慕卿说。

"小鼹鼠？"凯斯·弗雷德有些疑惑。

"就是一个圆滚滚的小胖子，鼻子是一颗红红的球。"沈慕卿抬手比画着，给凯斯·弗雷德讲起了自己的童年回忆。

沈慕卿不知不觉间已经滔滔不绝，口干舌燥，她闭上了嘴，舔了舔唇瓣，满脸期待地望向凯斯·弗雷德："你呢？你们小时候都玩儿些什么有趣的？"

"我？"凯斯·弗雷德没料到沈慕卿会突然提到他，突然回想起那一段不算美好的童年生活，他的眸光暗了暗。

最后，他还是在沈慕卿那双杏眸的注视之下，开口："猎杀野兽算吗？"

沈慕卿望着他小心翼翼的表情，愣在了原地。

是啊，作为弗雷德家族的继承人，他的童年怎么会跟她一样无忧无虑呢？

沈慕卿突然间自责起来，却又束手无策，双手在身侧摆动了两下，最后还是丧气地垂了下去。

一时之间，这间偌大的工作室中陷入了与方才的活跃截然不同的气氛。

在凯斯·弗雷德的注视之下，她终于鼓起了勇气望向他的眼睛。

"凯斯·弗雷德，你想接吻吗？"

除了不起作用的语言，似乎只有这样才能够安抚他，沈慕卿带着真诚意味征求他的同意。

话音落下，凯斯·弗雷德的碧眸明显变暗，其中暗光闪烁。

他喉结上下动了动，像是一只饥饿到了极点的兽，却依旧对他看上的猎物彬彬有礼。

"想。"半晌之后，他才带着浓浓欲望地吐出这么一句。

沈慕卿双手搭在他的手臂上，踮脚轻柔地在他唇上印下一吻。

凯斯·弗雷德没有动作，只是那双闪着异光的眼睛并没有闭合，而是看着眼前离他极近的女子。

沈慕卿睫毛轻颤，这间房间异常安静，所有的感官都消失，只留下了触感。

双唇相触，连带着两人所有的气息都被封闭在内。

唇瓣分离，他弯腰与她对视。

这双杏眼中有着星辰大海，而此刻却仅仅容得下他一个人。

沈慕卿情不自禁地伸出了双手，捧住男人棱角分明的脸："凯斯·弗雷德，你……要好好爱我，在这个世界上，我好像只有你了。"

无端生出的哀伤让女孩看起来可怜到了极点。

凯斯·弗雷德身躯一震，捏住她下巴处的软肉，低声哄她："好，只有我。"

——而我，也只有你。

在所有的喧嚣之后，两个孤独的灵魂终于得到了极致的升华。

凯斯·弗雷德的世界里没有太多的温馨，他的童年比沈慕卿想象的还要惨烈。

没有一个人能真正地走进他的世界，似乎是上天垂怜他，让他在快要失去人性时，赐给他一个如同春日花朵般的女子。

他抬手，轻轻拍在沈慕卿的后背，带着前所未有的柔意，轻声开口："今晚带你出去。"

"去哪里？"沈慕卿下意识地问道。

"一个拍卖会，那里有你喜欢的东西。"

"很大的规模吗？"

沈慕卿家境不错，她十五岁时，也曾跟随父亲参加拍卖会。

当时来来往往的名流让她大开眼界的同时也颇感压力，还好父亲一直握着她的手，才让她没有太过怯场。

"很一般，比不上慕尼黑的莱伊拍卖行。"

"莱伊拍卖行？"沈慕卿觉得熟悉，突然间便回想起了小嫣曾经在店里提到过的这场盛会，"深海遗珠旁边的那栋建筑？"

凯斯·弗雷德点了点头："谭雅拍卖会的排场足够了，今晚你只需要挑选喜欢的东西就可以了。"

除了怯场之外，沈慕卿还有着一丝不知所以的激动。

她飞快地溜进了衣帽间，把一件件温柔娴静的旗袍拿了出来，放在身上比画。

　　这期间她完全无视了凯斯·弗雷德的存在，直到在选择上纠结时，才傻笑着跑到凯斯·弗雷德的面前，询问他的意见。

　　"白色还是淡黄？"她双手一举，两件旗袍便在凯斯·弗雷德的面前舒展开来。

　　凯斯·弗雷德不假思索地指向了那件纯白色的旗袍。

　　"我也喜欢！"见他如此选择，沈慕卿歪头一笑，迅速将那件黄色的旗袍重新挂进了衣柜中。

　　她以极快的速度穿上了那件旗袍，接着头微微仰起，纤细洁白的天鹅颈彻底展露，她伸手想要将脖颈处的纽扣扣上。

　　凯斯·弗雷德先她一步摸上了那颗扣子，将扣子尽数扣上。

　　她的手僵在空中，不知道该放哪里，只能等凯斯·弗雷德为她打理好后才能放下来。

　　眼前的男人系完最后一颗扣子，朝着后方退开一步，不动声色地从上到下打量了一遍沈慕卿。

　　见他的眼神没有丝毫变化，沈慕卿明显有些失落，小心翼翼地开口询问："不……不好看吗？"

　　下一秒，男人握住了她僵在空中的手，牵着她移步到一面全身镜前。

　　"很美，像是一颗遗世独立的珍珠。"

　　两人在镜前站定，凯斯·弗雷德将她的手凑近嘴唇边吻了吻。

　　这时，沈慕卿才定定地凝视着镜中的人。

　　这一身丝质旗袍格外美丽，纯白无瑕的布料上绣着一只鸾鸟，从旗袍最下方的边缘，展翅而上，最后落至她的纤腰。

　　在灯光的照射下，洁白的旗袍散发出淡淡的光晕，就像是天上月。

沈慕卿没有绾发，如同瀑布般的黑发披下，柔顺地搭在肩头。

皮肤白皙，明眸皓齿，是江南水乡中孕养出来的温婉女子，袅袅娜娜间仿若有暗香浮动，带着一丝水墨画中的旖旎。

对于凯斯·弗雷德从来都毫不吝啬的夸奖和赞美，她微微回头，杏眼弯弯："谢谢。"

这是对于这一位德国绅士的褒奖。

沈慕卿收回了落在凯斯·弗雷德手掌间的手，为他抚平西装肩膀处细小的褶皱。

待沈慕卿将发丝绾起、化过淡妆之后，时间已经到了傍晚，正是拍卖会快要开始的时刻。

两个人携手下楼，别墅的大门已然敞开，莎洛特·戴维斯和巴赫·文森正恭敬地站在门口处等待。

沈慕卿穿了一双白色细跟高跟鞋，此刻只能依偎在凯斯·弗雷德的身边前行。

凯斯·弗雷德似乎十分享受她的依赖，身体微微朝她靠近，方便她行走。

直到二人走下楼梯到达别墅的大厅中央，巴赫·文森才缓过神来。

不得不说，凯斯·弗雷德和沈慕卿实在是一对极为登对的璧人。

巴赫·文森此刻也穿了一身正装，他双手端着一个托盘，向凯斯·弗雷德伸去："先生，请。"

"辛苦。"

凯斯·弗雷德将托盘上的手套和眼镜取下，待一切收拾妥当后，他才带着沈慕卿坐上了停在庄园中心的车。

车门一响，这辆车缓缓驶出庄园。

沈慕卿看着窗外的灯光，终究还是忍不住靠进了凯斯·弗雷德的怀里。

美人投怀送抱，凯斯·弗雷德没有拒绝的理由，他顺势搂住了她的肩头，轻轻摩挲着。

"为什么你要戴手套呀？"沈慕卿出声询问。

从初见凯斯·弗雷德，这手套便一直被他戴在手上。

她难免好奇，此刻总算是抓住机会询问，满足自己的好奇心。

凯斯·弗雷德闻言，伸出另一只手看了看："不让双手染上鲜血，是我对自己最大的救赎。"

沈慕卿不懂，抬眼望着他。

凯斯·弗雷德垂下了眼，那双碧眸蕴含的寒意在触及沈慕卿之时瞬间融化。

她的双眼格外美丽，比他以往见过的所有珠宝还要闪亮。

凯斯·弗雷德此刻心中充斥着一股气。他垂头，不再以居高临下的角度面对沈慕卿，而是将额头抵在了她的颈间，低哑的声音在她的耳畔响起："在我幼时有人曾说过，我即便是死去，也上不了天堂，上帝会狠狠惩罚我，让我下地狱。"

身居高位，有太多潜藏在暗中的危险，他绝对不可能做到独善其身。

在弗雷德家族这个巨大的泥潭中，他拼命挣扎，最后才安全上岸。

不等沈慕卿安慰他，他便继续说道："可惜，我现在不信什么天堂地狱，上帝在我眼中也是极为荒诞的东西。"他微微撤离，碧眸中的神色让沈慕卿无法看透，"我只信自己，卿卿。"

沈慕卿与他对视，良久之后，竟然娇俏一笑，撒娇似的抱住了身边的男人："就算是真的，上帝看我这么可爱，也会大发慈悲放过你，让我们留在天堂的。"

如此滑稽的一句话却让凯斯·弗雷德微愣，心脏猛地一震。

怀中的女子如此干净、鲜活，不像他之前遇到的所有人。

他满足地低头，手掌一收，将抱着他的女子搂得更紧了："没错，你是最可爱的。"

谭雅拍卖会在慕尼黑的普拉茨尔酒店举办，离凯斯·弗雷德的庄园很近。

二十分钟后，两个人便到达了目的地。

夜晚的慕尼黑，各色的灯光在街区中交汇，此刻的普拉茨尔酒店更是人声鼎沸。

拍卖会即将开始，豪车遍地，穿着礼服的权贵人物陆续从红毯上走进酒店。

凯斯·弗雷德的这辆车就像是他的标志，在车子驶入这条街区后，就已经有人前来清场，把红毯最中央的位置空出来，留给这辆车停靠。

红毯上的人都不约而同地停了下来，朝着那最瞩目的地方望去。

巴赫·文森率先下车，快步来到后座，手搭在门把手上，想要将其打开。

在看到巴赫·文森后，一些贵女瞬间便挺直了身躯，检查起了自己精致的妆容和着装。

而在场的男人都开始交头接耳，一片哗然。

巴赫·文森几乎成了凯斯·弗雷德的代表，能让他亲手开车门的人除了凯斯·弗雷德，还能有谁？

谁也没想到，凯斯·弗雷德居然也参加了今晚的拍卖会。

谭雅拍卖会召开这么久，这还是第一次凯斯·弗雷德亲临现场。

一般来说，除了国际上的盛会之外，只有莱伊拍卖会请得动他。

车门被打开，果不其然，凯斯·弗雷德那标志性的金发碧眼出现在众人的眼前。

弗雷德家族的每一任家主都长得格外英俊，凯斯·弗雷德更是其中最为出色的一位，他的容貌带着最为浓烈的攻击性，致命，却勾人。

即便是面无表情，也足够让那群对他芳心暗许的女人一阵脸红。

在凯斯·弗雷德所有的爱慕者中，最为大胆的便要属哈伯特家族的朱蒂·哈伯特。

这位小姐做事一向疯狂，之前有幸亲眼见过一次凯斯·弗雷德之后，她便一直对他念念不忘。

她本想大展拳脚，之后却完全没有与凯斯·弗雷德见面的机会，如今机会就在眼前，她不可能不抓住。

朱蒂·哈伯特松开了父亲的手，弯起红唇，在众目睽睽下朝着那辆停靠在最中央的车走去。

而凯斯·弗雷德对于这位突然靠近的不速之客只是轻轻一瞥，便不再理会，只将那只戴着白手套的修长大手伸到了打开的车门前。

与此同时，一只纤细白皙的手突然从车中伸了出来，轻轻搭在他的手上。

所有人皆是倒吸一口凉气，他们还从来没见过弗雷德家族这位掌权人的身边有女人。

离他最近的朱蒂·哈伯特也缓缓停下脚步，长长的裙摆在地上乱作一团。

在在场所有权贵的注视下，从车中缓缓走下一个东方女子。

她面容姣好，身量窈窕，穿着散发出莹莹亮光的旗袍，显得肌肤莹白,整个人完完全全就是一朵来自东方的温婉之花。

沈慕卿刚一下车,就被这阵仗吓了一跳。

她杏眼圆睁,轻轻打量了一下周围,很快又将目光收回,敛着眼睫,在凯斯·弗雷德的搀扶之下下了车。

她有些羞怯,整个人都靠在凯斯·弗雷德的身上,声音低低地问:"不是很一般的拍卖会吗?怎么如此盛大?"

凯斯·弗雷德不置可否,冷眼扫过在场的每一个人,警告的意味明显。

被这寒光慑人的目光一盯,身份再高的人也不敢多看,纷纷收回目光,带着女伴朝酒店中走去。

"抬头。"凯斯·弗雷德出声,示意沈慕卿不要畏惧,大手在她的脊背处轻轻拍了拍。

沈慕卿按捺下心中的怯意,抬头之时却发现原本打量她的人已经逐渐离开。

此刻,沈慕卿才明白这一切都是凯斯·弗雷德为她所做。

她眨了眨眼,露出浅浅的笑容,努力挺起腰,在凯斯·弗雷德的带领下朝着拍卖会走去。

"朱蒂·哈伯特!"

看着还挡在路中间的朱蒂·哈伯特,她父亲蓦地出声呼唤。

但朱蒂·哈伯特像是魔怔了一般,完全过滤掉了她父亲的提醒,兀自提着礼服,在凯斯·弗雷德与沈慕卿经过时,笑着开口:"您好,弗雷德先生,我是哈伯特家族的长女,朱蒂·哈伯特,很高兴认识你。"

重赏之下,必有勇夫。想要攻略下凯斯·弗雷德这么一块香饽饽,没有一点胆量怎么能行。

可这女人勇气过人,智谋却少。凯斯·弗雷德带着女伴出席,她居然还自顾自地往前凑。

站在她身后的哈伯特家族掌权人冷汗都流了下来，正准备上前将这逆女拉走，凯斯·弗雷德身边的东方女子却突然开口："您好，哈伯特小姐，您的裙子挡住我们的路了。"

小绵羊也是要发威的！

是个人都能看出这女人的一百八十个心眼，况且她搭讪的还是自己的男人，沈慕卿当然不能忍。

朱蒂·哈伯特见是沈慕卿开口回答的，压着性子朝她展颜一笑："抱歉小姐，我是在跟弗雷德先生说话。"

言下之意，是让沈慕卿有多远滚多远，别挡在这里碍事。

话音落下，凯斯·弗雷德便握住了沈慕卿的手轻轻一捏。

待沈慕卿的目光转向自己，凯斯·弗雷德低头，浅绿色的眸子中笑意盈盈："今晚有一件珠宝与你的旗袍相称。"

只一句话，便让沈慕卿的注意力转移，粉腮一鼓，笑颜大展："今天的这件吗？"

凯斯·弗雷德轻轻颔首。

说话间，两人已经直接从朱蒂·哈伯特长长的裙摆上踩了过去。

而在沈慕卿看不见的地方，众人看见了凯斯·弗雷德另一只没有被沈慕卿抓住的手在背后一挥。

"看来最近哈伯特家族很闲，想要找些事做。"巴赫·文森走来，挡在了朱蒂·哈伯特前，凭着极具压迫感的身高，居高临下冷冷地看着这个不知天高地厚的女人。

朱蒂·哈伯特一愣，心中那一抹生出的害怕全变作了不屑，她挑眉嗤笑道："就你？一条弗雷德先生身边的狗，居然敢这么跟我说话。"

周围正在围观这一场闹剧的人听到这一句话，心中皆是一惊。

只怪哈伯特家族将朱蒂·哈伯特宠得太过，导致她变成了如今这般目中无人、口无遮拦的模样。

"文森先生！"朱蒂·哈伯特的父亲骤然出声，快步走到他的面前，一把拉过朱蒂·哈伯特的手向后一扯，险些将穿着"恨天高"的朱蒂·哈伯特拉倒在地。

"父亲！"朱蒂·哈伯特感受到手腕处传来的阵阵痛意，皱着一双眉，朝他父亲轻呵了一声。

可眼前疼爱自己的男人却并没有理会她，手腕处的力道变得更大。

"文森先生，是我教导无方，才让哈伯特家族的长女一而再、再而三地冒犯弗雷德先生。"

看着巴赫·文森眼中根本无法参透的神情，巴顿·哈伯特只好硬着头皮咬着牙出声："哈伯特家族名下的几处矿产，我自愿让予弗雷德先生。"

"你疯了！"朱蒂·哈伯特闻言，愤怒地甩开了巴顿·哈伯特的手，"这些都是你留给我的东西,现在送给他们是什么意思？"

"闭嘴！！"听着她越来越不受控制的言论，巴顿·哈伯特猛地回头，冲着他疼爱了二十几年的女儿怒吼出声。

他双眼赤红，瞪着一双浑浊的双眼，脸上的褶皱全都挤在了一起。

似乎是从来没见过自己父亲朝自己发怒的模样，朱蒂·哈伯特直接僵在了原地，目光中含着一丝不可置信。

见她闭嘴，巴顿·哈伯特才回头，谄笑："文森先生，我说的话一切作数，即刻生效。"

"不止。"

巴赫·文森意有所指。

巴顿·哈伯特见巴赫·文森笑着摇了摇头，心中警铃大作。

凯……凯斯·弗雷德，都知道了？

巴赫·文森抬手拍了拍他的肩膀，使了几分力道："这么一点小产业，弗雷德先生还看不上，倒是尼克那条野狗挺护食，你还是留下来孝敬他吧。"

巴顿·哈伯特的心猛地一滞，此刻连大气都不敢喘。

果然，凯斯·弗雷德什么都知道了。

巴顿·哈伯特就在这样的恐惧之下，看着巴赫·文森双手一抬，理了理自己的西装，抬步朝着酒店内走去。

只留下他们父女俩如同小丑一般，呆站在红毯中央。

之前还在与他们交谈的人此刻皆是离得远远的，完全没有了巴结攀附之意。

巴顿·哈伯特颤抖着手，稳住自己的身体，从西装中拿出手机，缓缓拨打了一个电话，凑到耳边。

"尼克·弗雷德先生……"

在几声忙音之后，没等巴顿·哈伯特说完一句话，对方便直接截断了他的话："很感谢哈伯特家族的支持，不过我们的交易到此结束。"

对方的声音明显有些虚弱，但足够清楚。

说完，对方便挂断了电话，只留下狼狈如同过街老鼠一般的巴顿·哈伯特独自凌乱。

很显然，他在所支持的尼克·弗雷德手下彻底成了一颗废棋，被残忍丢弃。

接下来，没有了尼克·弗雷德的支持，哈伯特家族怎么可能承受得下弗雷德家族的怒火。

普拉茨尔酒店是慕尼黑一所极其高档的酒店，其外表如同古堡，有着一种独特的神秘感，显得格外古老美丽。

谭雅拍卖会选择在此处举办，也算是不失其身份。

沈慕卿挽着凯斯·弗雷德的手，刚走进酒店正厅，眼睛就被天花板中央的豪华水晶吊灯晃了晃。

适应了厅内的光线后，沈慕卿细细打量起周围，厅内富丽堂皇，灯火通明，墙壁是来自安托利亚的白色大理石，光可鉴人，将本就明亮的灯光映射得更加鲜明。

摆放在其中的饰品更是不凡，华丽细腻的欧洲大瓷瓶、花纹繁琐的玉盘……

除开这一众让人移不开眼的珍宝之外，前来参与拍卖会的来宾的礼服更是美轮美奂。

在这等环境的启发中，沈慕卿不免灵光乍现。

沈慕卿目光一转，在一众举着香槟杯交谈的人中看到了一个人，顿时瞳孔一缩。

沈慕卿还以为自己看错了，忍不住使劲眨了眨眼。

等她再次睁开眼，心脏一沉，一股强烈的震惊和悲伤之意袭来。

似乎是察觉到了身旁女子的不对劲，凯斯·弗雷德侧头，微微弯腰询问："怎么了，甜心？"

这突然出现的独特声音虽小，却顿时引得在场彼此攀谈的人们齐齐侧目。

此刻，沈慕卿的目光还是一直落在那女人的身上，脸上常常带着的浅笑也荡然无存。

那女人也在这时随着众人的目光看了过去。

在看到沈慕卿时，她握着香槟杯的手明显一顿，接着便下意识地低头，想要离开。

可站在女人身边的男人也发现了她此刻的异常，见她要离开，便伸手拦住了她。

这个女人就算是化成灰，沈慕卿也认得出来。

这不是应该在大学中读书的小嫣吗？

两人许久未见，如今在这里相遇，出乎了沈慕卿的意料。

沈慕卿愣了半晌，总算是回过了神，脸上再度凝出一道温柔的笑容，抬头朝凯斯·弗雷德开口："没事，我们走吧。"

她的手还在他的手背上轻轻一拍，似在安抚。

而凯斯·弗雷德将她的反应都收进了眼底，眸光暗了暗，没多说什么，带着她走进人群之中。

"弗雷德先生。"凯斯·弗雷德拿起香槟，刚准备递到沈慕卿手中，突然听见一声呼唤。

两人同时侧目，来人赫然是前些时日刚被凯斯·弗雷德训过的亚恒·格莱斯特。

他震惊于凯斯·弗雷德的到来，狐狸眼一弯，笑着朝他举了举手中的香槟杯："看来你的身体已经完好。"

亚恒·格莱斯特的手臂被一个德国女人挽着，却不是上次的露西妮·康斯坦斯。

这个女人看起来并不张扬，脸上是温柔淑女的笑容，穿着一套淡黄色的长裙，眼睛是纯正的褐色，与她褐色的卷发辉映。

她跟随着亚恒·格莱斯特，一起朝凯斯·弗雷德和沈慕卿走来。

"谢谢您的关心，格莱斯特先生。"沈慕卿抿唇浅笑，下巴轻点。

"想来是小姐照顾得好，才短短数日，我竟然已经看不出弗雷德先生身上的异样，看来美人的魅力完全无法忽视啊。"又是诙谐的打趣。

在看到沈慕卿眼中的羞涩后，亚恒·格莱斯特转头朝自己搂着的女人扬了扬下巴："德洛丽丝，跟这位美丽的东方公主介绍介绍你自己吧。"

那温婉的女人笑着点了点头，褐色的瞳孔中尽是友善。

她缓缓朝前一步，对着沈慕卿微微俯首："小姐你好，我是尼古拉斯家族的德洛丽丝·尼古拉斯，很高兴认识你。"

她的声音轻柔，如同流水一般缓缓流泻而下。

这才是真正的名门淑女，与在门外大放厥词的朱蒂·哈伯特完全是天差地别。

这样得体的美人让人心生好感，沈慕卿同样微微俯首，杏眼一弯，唇角轻勾，如同江南缠绵的春雨润物无声："你好，我姓沈，你可以叫我卿。"

德洛丽丝·尼古拉斯自然也随着她的话，开口吐出一个音节："卿。"

这么明显的引见自然落在了凯斯·弗雷德的眼中，但他并未阻止。

尼古拉斯家族跟格莱斯特家族一样，素来以弗雷德家族为首。这个家族唯一的大小姐德洛丽丝·尼古拉斯在德国是出了名的淑女，正好够资格可以和沈慕卿做个伴。

尼克·弗雷德来势汹汹，前些时日，凯斯·弗雷德因为受伤，许多事务都还未处理。

今后就算是减少工作，陪伴沈慕卿的时间也寥寥无几。

所以他才命人那么快地将工作室装修好，现在被亚恒·格莱斯特带来的德洛丽丝·尼古拉斯，刚好可以让沈慕卿聊以慰藉。

跟沈慕卿打完招呼后，德洛丽丝·尼古拉斯自然不可能忘了凯斯·弗雷德这尊大神。

她微微提起长裙，如同刚刚和沈慕卿打招呼那般，微微俯首，但语气中多了一丝恭敬之意："弗雷德先生。"

说完后，亚恒·格莱斯特突然伸出一只手，拍了拍德洛丽丝·尼古拉斯柔软的背脊："带小姐去看看拍卖品吧。"

亚恒·格莱斯特想将她们二人支开，目的昭然若揭。

沈慕卿也看出来了，看来在那日的训斥之后，亚恒·格莱斯特有了动作。

沈慕卿只觉自己的手臂被凯斯·弗雷德的手握住，隔着手套薄薄的布料，被轻轻揉了揉。

她抬头望去，凯斯·弗雷德温柔地出声："等会儿我来接你，看好的藏品记下便好。"

说罢，便放下了她的手，朝着德洛丽丝·尼古拉斯点了点头。

"卿，今天的拍卖品都很不错。"德洛丽丝·尼古拉斯伸手，白皙的手瞬间亲昵地挽上了沈慕卿的手臂，带着她朝着正厅的另一处位置走去。

两人走后，这一小片区域之中，就只剩下凯斯·弗雷德和亚恒·格莱斯特两个人。

这两个人都不是好惹的主，气场强大。

在场想要前来攀谈的人连靠近都不敢，只能蠢蠢欲动地朝着两人所在的位置看去。

"说说你的收获。"凯斯·弗雷德端着香槟，凑近薄唇轻轻抿了一口，碧眸中有笑意闪过。

亚恒·格莱斯特瞧见他此刻的神色，自然知道自己的手段已经被凯斯·弗雷德知晓，也弯着狐狸眼朝他举起了香槟："什么都瞒不过您的眼睛。我只是扔出了一个诱饵，那可怜的尼克·弗雷德就已经自己跳进陷阱里了，现在也不知道躲在哪一个阴暗的角落偷偷治疗。"

亚恒·格莱斯特显然也是个疯子，那浓烈的笑意丝毫不加掩饰，继续开口："居然会将自己的后背交给那群嗜钱如命的雇佣兵，我也不知道他是愚蠢，还是……胆子太大？"

"危险和利益参半。"凯斯·弗雷德暗眸一闪，"他能舍弃五分之一的产业，也算是勇气可嘉。"

亚恒·格莱斯特不置可否地挑了挑眉，而后又像是想到了什么："火烈鸟最近的动作很大，需要我下一点猛料吗？"

杯中的液体不断摇晃，气泡缓缓升腾，凯斯·弗雷德摇了摇头："HX会出手。"

亚恒·格莱斯特懊恼地拍了拍自己的额头，嘴角的笑意却更深了些："瞧瞧，我都忘记了HX指挥官与先生之间的交情，那么接下来就期待最后的困兽之斗到底是什么样的吧。"

香槟杯一伸，轻轻撞击在了凯斯·弗雷德的杯壁之上，清脆的玻璃碰撞声响起，两人同时饮下了一口液体。

被德洛丽丝·尼古拉斯拉着离开的沈慕卿心中还是惴惴不安，此刻的她心思完全不在这些藏品上，她想要去找小嫣问问清楚。

"卿，这些你都不喜欢吗？"看她兴致缺缺，德洛丽丝·尼古拉斯出声询问，"不用担心价钱，只要是你喜欢的，弗雷德先生都会拿下。"

沈慕卿慌张地摆了摆手，面带歉意："抱歉，德洛丽丝·尼古拉斯，我现在没有欣赏这些藏品的心情，你能陪我去找一个人吗？"

她终究忍不住，只能对德洛丽丝·尼古拉斯说明情况。

这一请求刚一提出，德洛丽丝·尼古拉斯便温柔一笑："当然，今晚的拍卖会还有你的朋友吗？"

见她点头，沈慕卿松了口气，笑着侧身，朝着那站在人群中央的小嫣看去，声音淡淡："是有一个很好的朋友。"

此刻的小嫣心中那股害怕和心虚已经完全散去。她在见到沈慕卿的那一刻就安慰自己——这么远，沈慕卿未必看清楚了她的样子。

之后沈慕卿也没来找她，她便更加坚定了心中所想，乖乖地待在身旁男人的身边，对着每一个交谈的人微笑。

只是她的笑容僵硬,充满了讨好之意。

朝着她走来的沈慕卿心脏一跳,皱着眉跟德洛丽丝·尼古拉斯一起缓缓走近。

"小嫣!"

熟悉的中文在耳边响起,小嫣的身体猛地一僵,完全不敢回头。

此刻站在她周围的人都被这一声听不懂的话吸引了目光。

只见弗雷德先生带来的女伴此刻正和尼古拉斯家族的德洛丽丝·尼古拉斯小姐并肩而立,那美丽温婉的东方女子正在轻声呼唤着什么。

不只是小嫣,连带站在她身边的男人也因为这一声软糯的音调回头,身体同时跟着一顿,眼睛瞪大。

第二次见到当时惊鸿一瞥的女子是邓肯·格雷戈里始料未及的。

上次的兜风体验完全不好,但那女子的模样却一直在他的脑海中挥之不去,每晚都会跑进他的梦中与他相会。

他想追求那个女子,奈何除了那一面之缘,他们再无交集。

直到一日他开车路过一所大学,突然看到了一张和那女子一样的东方面孔,年龄也相差无几。

他的心中顿时萌生出了一个想法。

豪车稳稳停在了刚刚因为找工作被拒绝的小嫣身侧。

在她疑惑的目光中,车窗缓缓降下,邓肯·格雷戈里俊逸的容貌展露:"您好,小姐,可以认识一下吗?我是格雷戈里家族的邓肯·格雷戈里,很高兴见到你。"

就这短短的一句话,彻底改变了小嫣的生活轨迹。

邓肯·格雷戈里猛烈的攻势和大手笔让小嫣彻底招架不住,最后只能沦陷在他的糖衣炮弹之中。

从前的小嫣最是瞧不起这些依靠家族势力的公子小姐，但邓肯·格雷戈里是不一样的，他英俊、浪漫、感性、幽默……

无数美好的词汇，都不足以描述这个男人在小嫣心中的形象。

她不用再为了生计到处奔波求职、吃闭门羹。

一开始邓肯·格雷戈里给她钱时，她果断拒绝，并表达了自己的不屑，但时间一久还是扛不住金钱致命的诱惑。

她伸手接过了邓肯·格雷戈里递来的卡，后者含着笑意开口："这样，才乖嘛。"

邓肯·格雷戈里开始带着她出席各种商业聚会，每每被问到小嫣的身份时，邓肯·格雷戈里总是先她一步开口打断别人的询问，笑着含糊过去："她很胆小，各位就别再多问。"

邓肯·格雷戈里都这么说了，在场的人只好作罢，但这张东方面孔却让人多了几分猜忌。

宴会之后，小嫣一把甩开了邓肯·格雷戈里的手，愤愤不平地开口："为什么不向你的朋友介绍我？我……我有那么拿不出手吗？"

而眼前那个温柔、绅士的男人却没有哄她，只是缓缓取出一根香烟，在夜色中将其点燃。

一点点的星火落入小嫣的眼中，邓肯·格雷戈里吐出一口烟，朝着她笑了笑："拿了钱，就够了，其他的不用去肖想。"说完后，还抬手摸了摸她的发丝，"我说过，我喜欢乖的你。"

小嫣当即便想甩他一个耳光，然后潇洒离开。

但这一切都只是她的想象，她的双脚像是被钉子定在了地里，她离不开钱，离不开别人的尊重，离不开眼前这个她喜欢的男人。

最后，就连那小小的自尊心也被打破。

她依旧没能离开他。

此刻在拍卖会上，她遇到了她最不想遇见的沈慕卿，脸上火辣辣的。

被叫到名字,她也不可能再躲开,只能转身朝着沈慕卿勉强一笑:"卿姐。"

看见两人打招呼,邓肯·格雷戈里脑中顿时一炸,不自觉地远离了小嫣一步。

沈慕卿已经完全笑不出来了,她看得出此刻小嫣的勉强,带着德洛丽丝·尼古拉斯缓缓走了过去。

眼前的人都识趣地让开了一条道路。

沈慕卿直直走到了小嫣的面前。

此刻,她眼前的两个人心绪是截然不同的。

小嫣是忐忑不安,邓肯·格雷戈里却是欣喜万分,那直冲天灵盖的惊喜让他此刻脑袋都有些晕晕的。

他们靠得很近,女子身上有着常人没有的馨香,只是闻一下就已经让他痴迷。

没等沈慕卿说话,邓肯·格雷戈里就按捺住心中的狂喜,抢先一步绅士地朝沈慕卿说道:"小姐,你还记得我吗?"

突然出现的男人让沈慕卿、小嫣、德洛丽丝·尼古拉斯同时一愣。

沈慕卿将目光缓缓转移到了邓肯·格雷戈里的脸上,眉头轻轻一皱:"不好意思先生,我不记得我们见过。"

见她不记得自己,邓肯·格雷戈里心里顿时涌出失落,但还是执着地提示:"我们在靠近黑森林的盘山公路见过。"

沈慕卿大大的眼睛一眨,眼神从最开始的探究,蓦地变作了惊异。

她不受控制地后退了一步,双手握住了德洛丽丝·尼古拉斯的手:"你……你是想要回那笔钱吗?"

邓肯·格雷戈里见状,连忙摆手摇头:"不,那笔钱是你们应得的,我还不至于把它要回来。"

沈慕卿却依旧不肯放松警惕,那一日的场景历历在目,这些纨绔的贵公子让她生不出半分好感。

"小姐,当时情况紧急,也许是有什么误会。开车的并不是我,而是格森家族的法兰克林·格森,我也不理解他的做法。"看着沈慕卿的神态,邓肯·格雷戈里心中一痛,慌张地朝着她解释。

可这模样落入别人的眼中,却显得别有意味。

小嫣一把拉住了邓肯·格雷戈里的手,朝着沈慕卿牵强一笑:"卿姐,这是我的男朋友,我现在过得很好。"

小嫣说的是只有沈慕卿能听懂的中文,邓肯·格雷戈里不知所云,但在小嫣牵上他的手说完话后,他就猛地将她甩开,朝着沈慕卿解释:"小姐,她是我的朋友,我们没有任何关系。"

这番话,无异于一个无形的巴掌,直接打在了小嫣的脸上,刚刚的她就如同一个小丑。

而沈慕卿对此却毫不关心,只是睨了邓肯·格雷戈里一眼,便接着说道:"小嫣,你不像你了。"

从前那个天真烂漫叫着自己卿姐的女子,在这一刻突然变得连她都有些不认识。

小嫣唇角弯起,嗤笑一声:"不像?卿姐是贵人多忘事啊。"

像是突然想到了什么,小嫣"啊"了一声,紧接着开口:"你可是享受着豪门生活,自然不可能记得还有我这个人啊,那份弹钢琴的工作也是胡诌来骗我的吧?"

沈慕卿手掌不受控制地捏紧,她几乎站立不稳,只好紧紧攥住德洛丽丝·尼古拉斯的手臂,一句话也说不出来。

小嫣见状,也知道沈慕卿此刻怒火中烧,却还不忘加一把火:"你算什么东西?沈慕卿,我叫你一声卿姐是看在曾经的情谊,你自己靠着肮脏的手段勾搭上权贵家族,享受着荣华富贵,即使这样还不满足，还勾搭我的男人，你还真是好一个姐姐啊！"

一连串的话，每一个字都戳着沈慕卿的心窝子。

半晌之后，沈慕卿虚弱一笑，没再用中文，而是用德语朝着小嫣开口："那就到此为止吧，以后，我们也不要再有来往。"

说完，沈慕卿便轻轻碰了碰德洛丽丝·尼古拉斯的手，两个人一起转身离开。

旗袍勾勒出的身躯玲珑有致，即使只有一个背影，也足够邓肯·格雷戈里肖想不已。

"小姐！"眼看沈慕卿就要离开，邓肯·格雷戈里立刻想追上去，可他的手臂被小嫣紧紧地抓住。

邓肯·格雷戈里顿时面露厌恶，想要再次甩开小嫣，她则攀上了他的脖子，在他的耳边淡淡道："她是我姐姐，你现在老实一点，别追上去，等拍卖会结束，我再介绍你们认识。"

听到这话的邓肯·格雷戈里立刻安静了下来，拉住她的手臂，低声询问："真的？"

见小嫣点头后，他才松了口气，夸赞道："你做了件好事。"

小嫣面上带笑，而眼底却是瞬间凝结了一层坚冰。

她和沈慕卿再也回不去了……

两个人走出一段距离，沈慕卿才缓缓回过神，她看着德洛丽丝·尼古拉斯被自己捏红的手臂，猛地缩手，抱歉地看着身边依旧温婉浅笑的德洛丽丝·尼古拉斯："抱歉，德洛丽丝，我不是故意的。"

她紧张地想要做些什么，却束手无策。

德洛丽丝·尼古拉斯抿唇一笑，一把抓住了沈慕卿慌乱的手，摇了摇头："不疼，我体质如此，随便一点点磕碰就会这样，你不要在意。"

话虽如此，但沈慕卿清楚，德洛丽丝·尼古拉斯这是在安抚她。

她回握住德洛丽丝·尼古拉斯的手，眼睫轻敛，而后含着歉意一笑："那下一次我约你吃下午茶如何？"

　　德洛丽丝·尼古拉斯欣然一笑，很是自然地将她的手臂挽在了自己的手上："当然可以，我喜欢卿，想和你交朋友。"

　　"你可别再说了，弗雷德先生正吃着暗醋呢。"两个女子正聊得开心，亚恒·格莱斯特突然插了一句，惹得德洛丽丝·尼古拉斯一笑。

　　"亚恒，你也是时候该谈个恋爱，感受下这暗醋的滋味了。"

　　远处忽然传来一阵哗然，在场所有人的目光都被吸引了过去。

　　一个已经有些年老的男人身着一身笔挺的西装，正站在正厅最里面的台上。在接受了众人的目光之后，契布曼·格雷戈里才欣然开口："欢迎各位赏脸格雷戈里家族一手操办的谭雅拍卖会。"

　　随着台上男人的宣布，年轻俊朗的邓肯·格雷戈里走上了台。

　　"德洛丽丝，听说你的家族有意让你和格雷戈里家族联姻，这消息准确吗？"看着那在台上侃侃而谈的邓肯·格雷戈里，亚恒·格莱斯特像是想到了什么，侧头眼里带着一丝八卦的神情。

　　此话一出，连趴在凯斯·弗雷德怀里的沈慕卿都忍不住稍稍离开，探头望向了那个高贵典雅的女人。

　　面对亚恒·格莱斯特的问题，德洛丽丝·尼古拉斯不置可否地笑了笑，那笑容里带着些许讥讽。

　　这还是沈慕卿第一次在她的脸上看到这样的神情，好奇心愈发活跃。

　　"父亲提起过。"德洛丽丝·尼古拉斯点了点头，忽然一转身，对上了亚恒·格莱斯特的视线，眼中尽是狡黠的光，"不过我告诉父亲，我已心有所属。"

"什么时候的事？咱们关系这么铁，我怎么不知道？"

亚恒·格莱斯特变得更有兴致，不断发问，誓要把德洛丽丝·尼古拉斯的心上人打听出来。

德洛丽丝·尼古拉斯步伐轻移，最后在亚恒·格莱斯特的面前站定，拿着香槟杯轻轻在他的胸口处点了点："我告诉父亲，我们已经互通心意，格雷戈里家族算是来迟了。"

这一句话直接将原本还雄赳赳气昂昂的亚恒·格莱斯特吓得腿软，他帅气的五官皱在了一起，整个人瑟缩一下，似乎下一秒就要倒在地上。

"大小姐，你别吓我，我是老实人，不经吓啊。"

他的声音哀怨悠长，就像受了委屈的小姑娘，而德洛丽丝·尼古拉斯就像轻薄他的大汉。

德洛丽丝·尼古拉斯又适时地退后一步，纤白的手提起衣裙，朝着他微微俯首："我自然不敢欺骗格莱斯特家族的掌权人。"

她的样子太过正经，让人完全无法看出其中的深意。

亚恒·格莱斯特此刻脸红一阵白一阵，抽搐着嘴角结结巴巴地开口确认："德……德洛丽丝，你……说……说的是真的？！"

显然他已经完全吓傻了。

"噗……哈哈哈。"围观了全程的沈慕卿实在忍不住，靠在凯斯·弗雷德身上无所顾忌地笑了出来。

以往只能看见亚恒·格莱斯特取笑别人，她还从来没有见过这大魔王吃瘪。关键是德洛丽丝·尼古拉斯还全程一本正经，衬得场面越发搞笑。

看见沈慕卿捂着嘴笑的模样，亚恒·格莱斯特思绪回笼。

他转头重新看向德洛丽丝·尼古拉斯时，后者的嘴角也漾起了浅浅的笑意。

亚恒·格莱斯特逐渐站直，挑了挑眉，双手抱在胸前："好你个德洛丽丝,竟然连我的玩笑都开。"

沈慕卿摇了摇头,杏眼中闪着亮晶晶的光,配上她这一身纯白旗袍,如同月宫女神下凡,不可亵渎。

沈慕卿这副模样刚好被台上的邓肯·格雷戈里捕捉,他目光顿住,说出的话也瞬间停滞,只是微微张着嘴一直看着四人所在的位置。

邓肯·格雷戈里脑中恍恍惚惚,所有准备好的话在这一刻烟消云散,脑中全是沈慕卿的一颦一笑。

台下的人自然也察觉到他此刻的变化,疑惑地转头顺着他的目光齐齐望去。

小嫣也发现了邓肯·格雷戈里此时看的是谁,垂在身体两侧的手上的长指甲全都戳进了肉里,这感觉生疼,但足够让她保持理智,压抑住心中的怒火,不在这时候爆发。

这突如其来的目光,让正抓着凯斯·弗雷德手臂抬头朝他讲着什么的沈慕卿身体瑟缩了一下,她的笑容逐渐变得僵硬,尴尬地摇了摇凯斯·弗雷德的手臂。

德洛丽丝·尼古拉斯和亚恒·格莱斯特也在这时发现了异常,皆是抬眼,朝着前方的人群望去。刚刚开玩笑时的窘态此刻已全部收敛,身为大家族掌权人的冷傲气息展露无遗。

"我刚刚很大声吗?"沈慕卿忍不住抬眼,低声询问凯斯·弗雷德。

而一直看着她玩乐大笑的男人在此刻却是抬手温柔地摸了摸她的发顶,朝她露出了一个放心的笑容:"不用理会,你想做什么都可以。"

随后,他一收脸上的温柔,抬头将冷冽的目光越过众人,直接投射到了邓肯·格雷戈里身上。

在大厅中的光芒照射下,他勾起了薄唇,露出染着乖戾的冷笑:"邓肯·格雷戈里少爷,你似乎对我很感兴趣。"

话虽如此,但凯斯·弗雷德能感知到邓肯·格雷戈里的目光注视的是沈慕卿,而非他。

凯斯·弗雷德此话一出,四周当即哗然一片。

最近格雷戈里家族的动作可都没逃过在座众人的眼睛,对于凯斯·弗雷德出席这一场拍卖会他们本来就惊异不已,此刻他突然说出这样的一句话,意味重重,却又令人感觉捉摸不透。

"邓肯·格雷戈里!"

一直站在一旁的契布曼·格雷戈里见状顿感不妙,赶紧出声提醒。

在台上傻站着的邓肯·格雷戈里回过神来,被凯斯·弗雷德那冷漠的目光看得一时有些无所遁形,他心虚地收回了目光,心里那一份不甘却越发明显。

作为格雷戈里家族的继承人,应付这样的场面倒是不在话下,他赶紧调整了状态,脸上扬起得体的笑容:"当然,凯斯·弗雷德先生在整个德国都是传奇般的存在,我自然也跟所有人一样崇敬你。"

冷汗蓦然从额角流下,邓肯·格雷戈里使劲攥住手中的话筒,连呼吸都不知道放慢了多少。

"格雷戈里少爷果然一表人才。"这声音平淡温柔又不失庄重,谁也没想到此刻出声的居然会是一直安静舒婉的德洛丽丝·尼古拉斯。

她先是腼腆一笑,而后抬眸朝着站在人群最前方的小嫣看去:"您漂亮的东方女伴似乎脸色不太好,应当是迫不及待想要见到珍贵的藏品了,请尽快开始吧。"

她这一句话可谓是厉害到了极点,众人不知所云,但邓肯·格雷戈里的父亲契布曼·格雷戈里此刻的脸色却变得黑沉下来。

契布曼·格雷戈里思索一秒后，便快步走上台，抢过邓肯·格雷戈里手中的话筒，大手一挥："尼古拉斯小姐谬赞，既然如此，那就请各位前往拍卖厅，拍卖会立即开始。"

人群随着这句话落下开始朝着楼上移动，契布曼·格雷戈里这才捏住邓肯·格雷戈里的耳朵，一把揪到了大厅的暗处。

他还没来得及出声训斥，小嫣已经焦急地跟了过去，一把抱住了狼狈不堪的邓肯·格雷戈里，睁着一双水眸恳求道："先生，请不要责怪邓肯·格雷戈里，他不是故意的，都怪我，是我多次请求他带我来的。"

看到眼前的这一幕，契布曼·格雷戈里的火气更大，犹如一桶热油在本就烧得旺的火堆上泼下，火星四溅，一发不可收拾。

契布曼·格雷戈里捂住胸口，指着眼前的这对男女："你……你，你们……你们！！"

经历了这么多风风雨雨，契布曼·格雷戈里没想到人到中年还要为自己的儿子操心。

想着拍卖会还要维持秩序，他只留下了一句"你最好给我快点解决这个女人"，便转身离开。

剩下狼狈的两人面面相觑。

良久，邓肯·格雷戈里才抬头，一双眼里满是怒气，犹如一头发疯的恶兽，却还是压抑着自己的怒火，凑近小嫣："拍卖会之后，我务必要得到她！"

现在，不仅仅是喜欢了，还有不甘，凭什么凯斯·弗雷德就能轻易得到那如同神女一般的女子？

小嫣看着眼前的男人，默默咽了一口唾沫，接着使劲抱住了他，将下巴放在他的肩头。

在邓肯·格雷戈里看不到的地方，她面露嗤笑，五官挤在一起，狰狞不堪。

她伸手拍了拍他的后背，轻声哄道："当然，我会帮你，我一定会帮你。"

这下，邓肯·格雷戈里才算是彻底放松下来，大手一伸，回抱住面前的女子："还是你最乖巧。"

两人邪恶的约定达成，而他们口中的主人公此刻正笑嘻嘻地抱着德洛丽丝·尼古拉斯的手臂摇晃："德洛丽丝，你刚刚那样好帅啊。"

除了响尾蛇之外，德洛丽丝·尼古拉斯是第二个让沈慕卿感觉到飒气的女人，那种人格魅力将她俘虏，躲都躲不开。

而德洛丽丝·尼古拉斯却是腼腆一笑，褐色的瞳孔清澈无比，任由沈慕卿挽着自己的手臂撒娇。

"你可得好好学习学习。"看着亲昵靠在一起的两人，亚恒·格莱斯特却在此刻突然凑上前，他嘴唇翕动，在提醒沈慕卿后朝着德洛丽丝·尼古拉斯挤眉弄眼。

"学习？我需要学习什么吗？"沈慕卿自然知道亚恒·格莱斯特刚刚那话是对自己说的，不解之意掠上眉梢。

亚恒·格莱斯特在沈慕卿投来的疑惑目光下，煞有介事地挑了挑眉，蓝色的眸子看上去似乎可以洞悉一切："德洛丽丝可不仅仅是转移了话题这么简单。"

他双手抱在胸前，一只手摸着下巴："按照我对尼古拉斯家族的了解，联姻的请求一定是格雷戈里家族先开的口。"

"然而他们家族的继承人突然与其他人拉拉扯扯，还被德洛丽丝看见并提起，这完全就是自己打自己的脸，这是第一击。"

"这场拍卖会，明显就是格雷戈里家族专门设下，让邓肯·格雷戈里在众多家族面前露面的舞台。可他带着一个东方女子入场，怎么可能没人在意？在场的人也一定会将这当作格雷戈里家族不需要联姻的信号，那些有适龄女性的家族自然也不可能再考虑格雷戈里家族了。"

亚恒·格莱斯特一边说着，一边朝着沈慕卿比了个"二"，薄唇微张："这是第二击。"

沈慕卿此刻已经惊讶得愣住，她没想到短短一句话中有这么多的门道。

而亚恒·格莱斯特却紧接着再度开口："德洛丽丝特意提起那女子是东方人，这第三击，便是因为你。"亚恒·格莱斯特脸上的笑意有些晃眼。

沈慕卿微张红唇，迷迷糊糊地伸手指向自己："我……我？"这又和她有什么关系？

看着亚恒·格莱斯特似笑非笑的表情，沈慕卿呆愣了半晌，突然间抬眸："就因为我和她来自同一个地方？"

"没错。"亚恒·格莱斯特打了一个响指，点头赞许，"弗雷德先生今晚的女伴是个东方女子，这是所有人都知道的事。而当时邓肯·格雷戈里那小崽子突然提到崇拜弗雷德先生，自己的女伴也和弗雷德先生的女伴一样是个东方女子，你说别人会怎么想？"

沈慕卿醍醐灌顶，洁白纤细的手在眼前点动："会以为他在效仿凯斯·弗雷德？"

还没等亚恒·格莱斯特再度出声，德洛丽丝·尼古拉斯就已经抢先一步开口："当然还因为卿长得漂亮，气质超然。所以不仅仅是效仿，还有着即便是模仿也依旧是赝品、上不了台面的意思。"

在拍卖会上，赝品这一个词，可是讽刺满满。

也难怪契布曼·格雷戈里当时如此生气。

沈慕卿被突如其来的夸赞搞得有些局促，只是红着脸拉着德洛丽丝·尼古拉斯的手，不知道该怎么回答。

"所以啊，小姐还有许多要学习的东西。"

"她不需要学习任何东西。"

等亚恒·格莱斯特说完，凯斯·弗雷德眉目肃然，从德洛丽丝·尼古拉斯的身边将沈慕卿揽了过来，紧紧箍在怀里。

看着"煞神"面露不喜，亚恒·格莱斯特可不敢再去自讨没趣，连忙点头赞同："没错，有弗雷德先生的保护，小姐只需要无忧生活便好。"

看着凯斯·弗雷德眉间凝结的坚冰，两人自知气氛不对，便加快了些许步伐，朝着拍卖厅中走去。

凯斯·弗雷德只觉腰间有东西在动，低头一看，沈慕卿的食指正戳着他的腰。

感觉到凯斯·弗雷德低头，沈慕卿自然而然地仰起了脑袋，那双剪水杏眸与他的碧眸对视："格莱斯特先生说得没错啊，你干吗那么凶？"

话虽如此，但沈慕卿心里依然甜滋滋的，她明显地感觉到了凯斯·弗雷德的爱护和尊重。

她蝶翼般的睫毛缓缓扇动，空气中的一丝丝甜蜜便被小小的流速变化转换为强大的飓风，在他心上肆虐。

凯斯·弗雷德突然对蝴蝶效应深信不疑，无奈地叹了口气。

他低头吻了吻她因为娇意而微微嘟起的红唇，光明正大地偷了个香。

"各大家族之间使的各种手段都太复杂，你只需要乖乖待在我身边，相信我就好。"

沈慕卿娇气地"哼"了一声，粉腮鼓起，面若桃李，身体却不自觉地离凯斯·弗雷德更近："我超级超级值得信赖！"

听到她软软糯糯的声音，凯斯·弗雷德眉宇舒展，冷硬的轮廓线条变得柔和，还是忍不住低头吻了吻女子毛茸茸的发。

他的声音缱绻绵长,就像是三月的风、六月的阳光,毫无保留地入侵:"辛苦卿卿。"

她白皙的脸上蓦然涌上两片红潮,媚眼含羞,但嘴唇却是控制不住地有些上扬。

她微微侧头抬眼,只是浅浅看了一眼凯斯·弗雷德的侧脸,便又重新低下了头,就像是春日的花朵在风中摇曳,摇得人心猿意马。

两人就这么黏在一起,走进了拍卖厅。

虽然格雷戈里家族与凯斯·弗雷德不对付,但格雷戈里到底不敢给凯斯·弗雷德安排太偏僻的位置。

在知道凯斯·弗雷德到达之后,契布曼·格雷戈里当即在拍卖厅的右前方添加了两个位置,刚好与亚恒·格莱斯特和德洛丽丝·尼古拉斯紧挨在一起。

众目睽睽之下,两人跟着引导入座,现场有些焦灼的氛围才算得到了些许缓解。

作为主办方的格雷戈里家族坐在最中央前排,这位置还算合理,让人挑不出错。

此刻整个拍卖厅的灯光被尽数打开,明晃晃的大厅格外富丽堂皇。

原本还有些吵闹的拍卖厅瞬间安静,台上随意散落的帷幕一层又一层地徐徐拉开。

随着一阵清脆的脚步声响起,一位身着红色礼服、身姿曼妙的外国女郎走到台上。

她在左上侧的拍卖台前缓缓站定,先是单手捂住胸口,朝在座的权贵微微俯首,红唇微张,生硬的德语在她的嘴里格外清脆美妙:"欢迎各位先生和女士来到今天的拍卖会,我是谭雅拍卖会的首席拍卖师,黛西·吉莉安。"

黛西·吉莉安的名号在德国整个拍卖界都算出名。她话音刚落下，台下便开始窃窃私语起来。

黛西·吉莉安像是很享受别人的谈论，弯起红唇，大方自然地一笑："我也不多寒暄，请各位来看看第一件藏品。"

黛西·吉莉安话音刚落，服务员手里便托着一个被红色绒布遮盖起来的托盘，小心翼翼地走到台上，将其放置在正中间的台子上。

黛西·吉莉安抬步离开了拍卖台，径直走到正中间，开口的同时细白的手抓住了红色绒布的一角，将其掀开。

"这是出自意大利大师莫尔顿之手的一件耳饰，2.85克拉的梨形艳彩蓝色钻石耳环。"

绒布揭下，一对闪耀着璀璨光芒的蓝色钻石耳环出现在所有人的面前。

"各位应该都知道，莫尔顿大师已经不再制作首饰，这一对耳饰，是他委托我们进行拍卖的最后一件饰品，可见其珍贵。"

将手中的绒布递给服务员，黛西·吉莉安款步走回了拍卖台后，拿起桌上的纯银特质小锤子在木台之上轻轻敲击了一下："底价一百万美金，每次加价不低于十万美金，竞拍开始。"

"一百一十万美金！"

"一百二十万美金！"

"一百三十万美金！"

……

从这件藏品出现的那一刻起，台下的一些名门淑女便蠢蠢欲动，竞拍一开始，她们便络绎不绝地举起了手中带有编号的牌子。

"喜欢吗？"

沈慕卿正看得津津有味，手被捏了捏，凯斯·弗雷德的声音在耳边响起。

163

无关金钱，只关乎喜不喜欢。

而沈慕卿对这对耳环兴致缺缺，重新看了一眼后便摇了摇头："好看是好看，但是颜色太艳丽，与旗袍搭配，有些喧宾夺主。"

沈慕卿对于搭配设计这方面颇有天赋和建树，只是一眼，便能将饰品和自己的衣着联系起来。

凯斯·弗雷德点了点头，健硕的身体贴近她些许："在正厅里时，有看到喜欢的吗？"

沈慕卿刚刚只顾着去找小嫣，压根就没仔细地看藏品，突然被凯斯·弗雷德问起，只是调皮地吐了吐舌头："再看看吧，才第一件呢。"

看着那些千金争得有来有往，沈慕卿心里也犯痒痒。时间过得很快，第一件蓝色钻石耳环被一位世家大小姐以两百万美金的价格拍得。

拍卖会还在进行，中途又拍出一件清代青花瓷花瓶、一件上一任英国女王珍藏的珍珠项链、一件玉镯，还有一幅丹尼尔·夫捷哈兹的画作。

东方文物的出现又使得沈慕卿提起了兴趣，在凯斯·弗雷德的再三追问之下，她还是淡定地摇了摇头。

她对这些摆件没多大感觉，心里只是隐隐期待着那一件凯斯·弗雷德和德洛丽丝·尼古拉斯口中说的项链。

终于，在一件又一件藏品被抬下台后，黛西·吉莉安重新走到了中间："各位，接下来这件藏品是今晚的压轴之作，就由我来亲自让它现世。"

第七章 救世主之吻

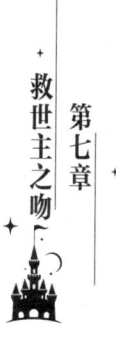

黛西·吉莉安迈着猫步走到台下，半分钟后，她的双手上便多了一个水晶托盘。

托盘上是一个被绒布盖住的长方体玻璃，黛西·吉莉安将手中的水晶托盘放在了台子上。

"这是一件消失了很久，最近却突然在德国现身的项链。"黛西·吉莉安用手轻轻将绒布揭起。

长方体玻璃罩内是一个展示架，一条透明的钻石项链静静地挂在上面。

水滴形的透明钻石被很多颗白色的钻石包围，链身也由许许多多细小的钻石打造。

淡彩的光晕哪怕是在拍卖会的室内依旧清晰可见，所有人都不敢想象，要是将它拿到太阳下观看，该是怎样的璀璨夺目。

"重达11.65ct的D级内无瑕美钻，它的稀有程度无需多说。今天拍卖会上的这一条更是英国第一任女王最为喜爱的首饰，耗费了无数资源打造的绝世作品，它的名字叫——救世主之吻。"

在场的所有人，无一不将目光落在那条举世瞩目的项链上。

那浅浅的光晕并没有被拍卖厅中的灯光浸染，反倒更加璀璨。

直到一道白光从正中央直直降下,打在那条"救世主之吻"上,呆愣住的众人才悠悠回神。

倒吸凉气的声音此起彼伏,低声的讨论全是不加掩饰的赞叹。

沈慕卿也不例外,被凯斯·弗雷德握住的手一动,目光紧紧落在那一条项链上,连瞳孔也不曾转动,白皙精致的脸上浮出浓浓的震撼,真是好美的一条项链。

她还记得似乎是在十六岁时,父亲曾带她参加一个名流聚会。在场的名媛皆身着华服,万千色彩亮起,让她眼花缭乱。

但她最为难忘的还是那场聚会的主要人物之一,一位高贵美丽的中年女人。

时间流逝,她已经忘记那位女士的容貌,但至今仍然记得当时的惊鸿一瞥,那女士颈间闪烁着奇光的红钻项链。那主钻呈方形,周围白钻密布,将它牢牢地托了起来,就像是在簇拥一位高贵的女王。

直到宴会结束,沈慕卿依然久久不能忘记那条项链,便独自在电脑上搜索相关的信息。

可照片上的一切远远没有亲眼所见来得震撼。

从那以后,她便再也没有遇到过比那条项链还要让她心动的饰品了。直到今日,这一条"救世主之吻"让她的心脏怦怦直跳。

她连呼吸都变得缓慢,似乎在害怕气流的涌动侵扰到了它周身的光线。

每一处细节都完美到了极点,那透明的钻体似乎可以吸住空气中所有的粒子,这仿佛能包容万物的特质,就像是一个真正的女王。

一直观察着沈慕卿的凯斯·弗雷德自然没有错过她脸上的变化,总算是露出了进入这个拍卖厅后的第一个笑容。

他的轮廓柔和了几分,眉眼间没有流露出任何神色,仿若早已经看到结局,这条项链还未竞拍便已是他的囊中之物。

沈慕卿的喜欢对于他来说无异于锦上添花,他原本也打算拍下这条项链作为礼物,送到她的手上。

凯斯·弗雷德这一次没再问沈慕卿的想法,只是拿出手机给巴赫·文森发送了一条消息。

将手机收起后,他便又恢复了之前那一副生人勿近的冷傲模样。

黛西·吉莉安看着众人的反应,满意地笑了笑,她也是第一次经手这么好的饰品,心中的激动自然也不输在场的每一位。

长长的礼服裙摆被黛西·吉莉安挥落在身后,她此刻的每一步都走得格外坚定。

"啪啦!"银色的锤子敲击木台。

黛西·吉莉安单手朝着那一条完美到了极点的项链一比,娇声喝道:"'救世主之吻',底价三千万美金,每次加价不得低于一百万美金,竞拍开始!"

声音落下,德洛丽丝·尼古拉斯便是第一个举牌的人:"三千五百万美金。"

听到价格后的沈慕卿眉宇间闪过一丝迟疑之色,看着身边的德洛丽丝·尼古拉斯参与竞拍,她心中那主意便又坚定了几分。

"德洛丽丝,你也喜欢吗?"沈慕卿没打算让凯斯·弗雷德为她拍下,此刻也不再抱有希望,舒了口气后便笑意盈盈地对着刚刚放下牌子的德洛丽丝·尼古拉斯问道。

"我现在对玉饰比较感兴趣,这条项链固然好看,但对我的吸引力不大。"德洛丽丝·尼古拉斯抬起纤细的玉手摸着鼻子浅笑道,"之前一直没叫价,我现在叫价也算作参与了吧。"

"那你可得找机会让沈小姐为你看看,东方的玉饰是世界一流,说不定她还是个行家。"

亚恒·格莱斯特自然不打算加入这场竞拍，他身边的女人虽然多，但基本都是带着参加一些重要场合的挡箭牌，拍下这条项链也没多大的意义。

沈慕卿红唇一弯，粉腮娇嫩，抬手朝着亚恒·格莱斯特指了指自己后脑勺上束着发丝的玉簪："格莱斯特先生，你可以称呼我卿。你算是找对人了，说到玉饰我不算行家，但也略懂一二。"

说罢，她又转向德洛丽丝·尼古拉斯继续道："跟旗袍搭配的饰品大多是珍珠、玉饰和钻石，这三种之中，我的玉簪最多，如果你不嫌弃，我可以赠你一支。"

沈慕卿的满腔真诚就差没摆在德洛丽丝·尼古拉斯的面前了，似乎害怕她嫌弃一般。

这副诚意满满的模样，任何人看见都不会拒绝，德洛丽丝·尼古拉斯也不例外。

她轻轻牵过沈慕卿的手，如同珠宝一般的褐色瞳孔中同样饱含真诚，还有些受宠若惊，连忙答道："我当然不嫌弃，我相信卿的眼光定然不错。"

沈慕卿心里总算是满足。

来到德国时，她身上就只有旗袍和一些父母生前买来送她的玉饰。

此刻自己的礼物被人肯定，她就像是得了糖果的小孩，心里甜滋滋的，嘴角高高扬起，杏眼弯作一道弯弯的弧，真像是一位隐世家族中未曾被世俗污染的大小姐。

"三千九百万！"

"四千万！"

"四千两百万！"

……

叫价还在进行，沈慕卿也在德洛丽丝·尼古拉斯的怂恿下小心翼翼地举了一次牌子。

然后那一个价格又被更高的价格盖过，沈慕卿抿了抿红唇，也不在意，仍旧掩着唇与德洛丽丝·尼古拉斯说笑。

坐在第一排中央的邓肯·格雷戈里从入座到现在一直在观察沈慕卿。

前几件藏品竞拍时，她一直没有动静，直到这一件"救世主之吻"出现时，他终于发现了她眼中闪过的喜欢，现在又发现她居然举牌子参与竞拍，心中更加狂喜，回头望向台上的项链，眼神格外热切。

他想要拍下这条项链，送给她。

邓肯·格雷戈里毫不在意价格，直接抬手，手中的牌子在空中高举："四千八百万。"

比前一个出价的四千五百万直接高了三百万，谁都没想到主办谭雅拍卖会的格雷戈里家族少爷邓肯·格雷戈里会突然出声加入竞拍。

现场安静了两秒，又有更高的价格被叫了上去。

"四千九百万。"

出声的是一位同样坐在第一排的年轻女士，她身着一身火红色礼服，喊出价格后，转头朝着邓肯·格雷戈里抱歉一笑："不好意思，邓肯·格雷戈里少爷，这条项链我也很喜欢，我觉得它与你的女伴并不相配。"

说完后，她再没给他一个多余的眼神，直接转了回去，头颅高高扬起，纤细的天鹅颈呈现出极其高傲的线条。

这位便是德国科技龙头公司的长女伊芙·芬恩，在一群继承家族产业的公子小姐中独树一帜。

因为她的父亲是白手起家，在短短几十年的时间里在这一群吃人不吐骨头的家族中突出重围发展科技,这样的胆识和勇气令人无法想象,他的女儿便更有了不惧怕这些权贵家族的资格。

竞拍价格到了这一步,原本还鼎沸的人声逐渐减小,叫价竞拍的也只剩几家。

伊芙·芬恩一开始并没有参与竞拍,直到邓肯·格雷戈里出声后,她才突然加入其中。

所有人都看得出,这大小姐是故意刁难邓肯·格雷戈里的。

邓肯·格雷戈里和他身旁的小媽皆是嘴角抽搐,尤其是小媽,表情近乎失控。

从进入这个拍卖会开始,她就一直被这些含着金汤匙出生的少爷小姐们用言语和眼神鄙视。

但那些人在她面前都是阴阳怪气,她笑着装听不懂就过了。可这一位却是直接开口呛她,声音不大不小,刚好能够让前几排身份颇高的权贵们听见。

她的脸红一阵白一阵,最后只能僵硬着笑容将头低了下来。

她可不相信邓肯·格雷戈里在见到沈慕卿后,会拍下这条项链给自己。

受到这等羞辱,她却依旧赖在这里不走,厚脸皮的程度让一旁的伊芙·芬恩忍不住挑了挑眉。

两个家族之间并没有什么直接的冲突,这一场闹剧单纯是因为伊芙·芬恩看邓肯·格雷戈里不爽罢了。

"四千九百万,还有比3号小姐更高的价格吗?"

邓肯·格雷戈里咬牙,并未出声回击,这是格雷戈里家族的场子,他再怎么生气也不可能闹大,只能紧紧攥住手中的牌子,高高举起:"五千万!"

"五千万!!"

"邓肯·格雷戈里少爷这是什么意思?"

"不给伊芙·芬恩面子吗？"

……

周围的人都不免开始讨论，邓肯·格雷戈里与伊芙·芬恩之间剑拔弩张的氛围令所有人将目光落到了小嫣身上，猜忌蔓延开来。

这女人好有手段，居然诱得邓肯·格雷戈里少爷下重金与伊芙·芬恩争抢。

可事实的真相却只有邓肯·格雷戈里和小嫣两个人知道。

沈慕卿此刻也注意到了那边的动静，和德洛丽丝·尼古拉斯同时停下了对话，投去目光。

沈慕卿看到小嫣，心中仍然有些难过。

那一整年的相处情分怎么可能说没就没，本来是在冬天里抱着相互取暖的关系，突然支离破碎，沈慕卿不愿意多想。

德洛丽丝·尼古拉斯看出了她眼中的黯然，虽然不知道发生了什么，也只能拍了拍她的手背，轻声安抚她："卿，你还好吗？拍卖应当进入了尾声，你觉得这一条'救世主之吻'最后到底花落谁家？"

沈慕卿将视线收回，朝着面前的德洛丽丝·尼古拉斯投去一个放心的目光："这真不好猜，希望它最后能有善终吧。"

这么珍贵的藏品，沈慕卿是真心希望它能够在主人的手里大放异彩。

德洛丽丝·尼古拉斯闻言，只是笑着抬眸看了一眼正在专注地把玩着沈慕卿的手的凯斯·弗雷德，摇了摇头。

不用猜，她早就知道了这条项链的归属。

"五千一百万美金。"

伊芙·芬恩再度开口，脸上全是轻蔑之意，完全没有退让的意思。

"邓肯·格雷戈里少爷,我势在必得。"

"伊芙·芬恩!"

邓肯·格雷戈里龇牙咧嘴,咬着后槽牙硬生生地憋出了这么一句话。

他的理智差点就要被吞没,但他的父亲在刚刚已经派人前来阻止他。

超过了五千万美金,他手上的美金完全无法支撑他再继续竞拍下去。

邓肯·格雷戈里不自觉地侧头,看向了端坐在一旁的沈慕卿。

邓肯·格雷戈里和伊芙·芬恩的动静很大,好巧不巧在这一瞬间,沈慕卿也探出了头好奇地朝着两人所在的位置观望。

两道视线交汇,那双清澈、干净、纯粹的眸子充满了吸引力。

那一张每日都出现在他梦中的脸,此刻真实地出现在他的眼前。

沈慕卿也没料到邓肯·格雷戈里会突然侧头,只能尴尬地笑了笑,便收回了视线,朝着凯斯·弗雷德靠近些许,重新回到他宽大、安全感十足的怀抱。

邓肯·格雷戈里的视线还在追随,刚刚沈慕卿脸上尴尬的微表情落在他的眼里全是可爱。

可这一望,他的视线毫无意外地再次和凯斯·弗雷德撞上。

凯斯·弗雷德穿了一身黑色西装,肌肉健硕的身躯将西装撑满,冰冷的金丝眼镜架在高耸的鼻梁上,戴着白手套的修长大手正有规律地在沈慕卿的肩膀上拍动。

他纯粹到了极点的碧绿瞳孔没有一丝温度,如同一条毒蛇正直起身躯锁定猎物,汹涌而狠辣,让人如同坠入寒潭。

一瞬间,邓肯·格雷戈里只觉后背发凉,似乎那一个如同魔鬼一般的男人已经用眼神把他杀得片甲不留。

"甜心。"凯斯·弗雷德突然出声。

"嗯？"正在他怀里等待最终结果的沈慕卿被唤到，当即低低地应了一声，声音如同猫咪一般慵懒甜美。

凯斯·弗雷德缓缓垂下那一双碧眸，朝她一笑："面对觊觎别人宝物的人，你猜我会怎么做？"

沈慕卿完全不知所云，晃了晃脑袋，毛茸茸的长发在他的怀中摩擦，有几缕发丝调皮地跑了出来。

待凯斯·弗雷德将她的长发重新挂在耳后，沈慕卿才出声："警告他？"

凯斯·弗雷德对她这不痛不痒的答案显然不太满意，摇了摇头说道："不止。"

沈慕卿此刻完全怔住，秀眉越皱越紧，她不明白凯斯·弗雷德为什么会突然问这样的问题。

她正准备探个究竟，凯斯·弗雷德已经一把揽住她的腰，将她抱在了怀里。

此刻，他倨傲的目光再度看向了围观全程的邓肯·格雷戈里。

"甜心，你就当我在胡言乱语。"

"凯斯·弗雷德……"远处的男人对于他来说太过强大，是他完全无法企及的，不甘的邓肯·格雷戈里只能小声却狠辣地念着凯斯·弗雷德的名字，除此之外什么也做不了。

"五千一百万美金第二次！"

"五千一百万美金第……"

台上的黛西·吉莉安已经将手中的小银锤已经高高举起，她的脸上浮现出了灿烂的笑容。

这样的拍卖价格已经超出了她的预料，提成也大大增加。

当那一把小银锤快要落下，黛西·吉莉安马上就要宣布成交时，拍卖场大门处突然传来一道男声，将整个结果逆转。

173

"弗雷德先生,六千万美金。"

黛西·吉莉安就快脱口而出的声音哽在了喉咙,惊讶地看着站在门口处的男人。

突如其来的男人打破了拍卖厅紧张的氛围,众人皆是皱着眉回头朝着那声源处看去。

巴赫·文森此刻正举着一道牌子站在门口,面色冰冷,无视众人的目光,仿若刚刚叫价的人不是他一般。

在众目睽睽之下,巴赫·文森缓缓走近。

"六千万美金,第一次!"

黛西·吉莉安此刻已经屏住了呼吸,将自己的情绪控制好,便再次宣告价格。

"芬恩小姐,怎么不继续叫价?看你刚刚的架势,我还以为你很喜欢这一条项链。"邓肯·格雷戈里一看到巴赫·文森,就立刻想到了凯斯·弗雷德,但他此刻只能去刺激那看他不爽的伊芙·芬恩竞拍。

可原本还战斗力满满的女人此刻却无所谓地耸了耸肩,歪着脑袋一脸无辜地朝邓肯·格雷戈里说道:"怎么办呢?邓肯·格雷戈里少爷,我突然也不是很想要这条项链了呢。"

她单纯是想恶心一下邓肯·格雷戈里而已。

她父亲刚进军科技领域时,格雷戈里家族的老家伙可没少给她父亲使绊子。

此刻她看着邓肯·格雷戈里怒气憋在心里发不出来的模样,长舒了一口气,格外神清气爽。

"六千万美金第一次!"

"六千万美金第二次!"

"六千万美金第三次!"

"啪!"

锤子落在木台上，一锤定音，黛西·吉莉安单手朝着巴赫·文森一挥："这一条举世瞩目的'救世主之吻'由94号先生拍得！"

结果已经定下，本来对这价格感到哗然的众人，在看到竞得者是凯斯·弗雷德身边的巴赫·文森时也不再感到奇怪。

凯斯·弗雷德有那个资本。

沈慕卿看着突然出现的巴赫·文森，瞬间从凯斯·弗雷德的怀里退了出去，双手撑在柔软的椅子上，抬眼看向了面前这个高贵的男人："你……你让巴赫拍的？"

其实答案已经摆在眼前，可沈慕卿还是非常震惊，想要凯斯·弗雷德亲口承认。

面前的男人将手放在了沈慕卿的脸庞上，整个人突然俯身凑近："喜欢吗？"

他终于问出了沈慕卿对这件藏品的态度。

沈慕卿虽然极其喜爱这一条项链，但是那惊人的价格早就把她吓退，她也做好了不参与竞拍的准备。

已经一睹它的尊容，也不算遗憾了。

凯斯·弗雷德一直都没有参与竞拍，她也就没多在意，只是当他看不上这些东西，可万万没想到凯斯·弗雷德会在最后时刻出手。

她呆愣的样子惹得凯斯·弗雷德低笑了一声，再度开口："我认为你会喜欢。"

沈慕卿心中不受控制地涌起一阵极度浓烈的喜悦，伴随着不真实感。

这……这条项链最后的得主，是她？

沈慕卿红唇一弯，她感觉手脚都已经不受大脑控制，含着最为璀璨的笑容，当着众人的面伸出手，一把搂住了凯斯·弗雷德的脖子，直接在他的侧脸上印下一吻。

她的红唇一触即离,但那柔软的触感和馨香的气味仿佛还未离开。

他直直落入一双明亮灿烂、闪烁着潋滟水光的眸子之中。

"喜欢!我太喜欢啦!"

连着两个喜欢从她的嘴里说出,凯斯·弗雷德看着女子开心的模样,满足感顿生。

还好最初他就一直让巴赫·文森关注这条项链的去向。

没想到这条项链会被格雷戈里家族得到,所以今天他才会带着沈慕卿出席这一场拍卖会。

虽然过程无聊至极,但在看到她脸上明媚的笑容之后,乏味全部散去,迄今为止的所有准备对凯斯·弗雷德来说,是他做过最划算的交易。

两人正情意绵绵地对视,一道红色的身影摇曳生姿缓缓走来。

来人先是朝着两人身边的德洛丽丝·尼古拉斯和亚恒·格莱斯特打了一声招呼:"两位,许久不见,上一次的马术比赛我们还没分出胜负呢。"

有陌生人靠近,沈慕卿原本搂着凯斯·弗雷德的手便猛然一缩,赶忙退开了一段距离。

她眨着水光盈盈的眼睛,朝着那个明媚又自信的女人看去。

这个突然出现在他们面前的人便是刚刚一直与邓肯·格雷戈里作对的女人,此刻她的脸上那肆意嚣张的表情已经消失,换上了很友善的笑容。

而凯斯·弗雷德对沈慕卿的离开非常不满,那不爽的视线自然便由打破暧昧氛围的伊芙·芬恩承担。

伊芙·芬恩自然察觉到了凯斯·弗雷德和沈慕卿朝着自己投来的目光,她顶着凯斯·弗雷德像是要吃人的眼神朝二人走近了一步,俯首礼貌地打着招呼:"久仰大名,弗雷德先生。"

凯斯·弗雷德并没有回应，伊芙·芬恩也不苦恼，像是早就预料到了一般，反而重新朝着沈慕卿一笑："第一次见面，美丽的小姐，我是伊芙·芬恩。"

沈慕卿受宠若惊，赶紧站起了身，不失礼数地也朝着她微笑："您好，第一次见面，你可以称呼我为卿。"

伊芙·芬恩点了点头，没有继续与他们二人交谈下去的意思，只是转身望着亚恒·格莱斯特，意味深长地说道："下一次的马术比赛，我来做东，还请两位赏脸。"

话毕，她转身，带起一阵玫瑰般的芳香，曼妙的身姿朝着远处缓缓离去。

"她喜欢你。"德洛丽丝·尼古拉斯冷不丁地出声道。

亚恒·格莱斯特和德洛丽丝·尼古拉斯二人与伊芙·芬恩并没有过多接触，在这之前唯一的一次互动，是在一处马场。

当时马场组织了一场比赛，三人又恰好都参与，这才有了今日伊芙·芬恩前来打招呼的一幕。

亚恒·格莱斯特一听德洛丽丝·尼古拉斯的话，脸上的笑容一僵，有些无奈："德洛丽丝，别开玩笑。"

两人的关系很好，两个家族合作多年，德洛丽丝·尼古拉斯对于亚恒·格莱斯特来说算得上是半个妹妹，自然也不会说什么重话。

德洛丽丝·尼古拉斯不置可否地耸了耸肩，也不再纠结刚刚伊芙·芬恩走时的眼神，只是抬脚朝着沈慕卿走去："卿，去取项链吧，我也想近距离看看，你戴上一定很漂亮。"

沈慕卿点了点头，正打算与她同行，巴赫·文森却抱歉一笑："抱歉，两位小姐，项链已经被放进保险箱，此刻正在送往庄园的路上。"

德洛丽丝·尼古拉斯和沈慕卿皆是一愣，转头朝着台上望去，果不其然，那条项链早已没了踪影。

在场的人也都开始陆续离场，有凯斯·弗雷德在此，所有人都不敢擅自互相打交道，万一一不小心就站错了队，自己是怎么死的都不知道。

闻言，沈慕卿有些抱歉，朝着德洛丽丝·尼古拉斯不好意思地点了点头："抱歉，德洛丽丝。"

德洛丽丝·尼古拉斯并没有任何的失望之色，她只是抬头看了看凯斯·弗雷德，然后笑着轻轻摇头："没关系，你佩戴这条项链的第一次观赏机会，就留给弗雷德先生吧。"

没等沈慕卿出声，德洛丽丝·尼古拉斯便安抚似的拍了拍她的手背："至于我，总是有机会的。"

"亚恒。"她说完便退开一步，转头轻声呼唤亚恒·格莱斯特。

两个人一齐朝着凯斯·弗雷德和沈慕卿道别，便离开了这偌大的拍卖厅。

沈慕卿被德洛丽丝·尼古拉斯这么一调侃，不争气地红了脸，不敢去看凯斯·弗雷德。

直到她被凯斯·弗雷德搂住了纤腰，男人温热的气息喷洒在脖颈处，缓缓吐出一句话："她说得没错。"

沈慕卿这才抬眼，看着他脸上得意的笑容，皱着眉在他的腰侧毫无威慑力地捶了两拳。

"你是故意的！"

凯斯·弗雷德没有否认，只是捏住她落在自己腰侧的手，凑到唇边亲了亲："我已经迫不及待了，甜心。"

沈慕卿自然知道这男人的意思，那么着急忙慌地把项链送回庄园，不就是为了独自一人看她佩戴上的模样吗。

听他话中所带的酸意，沈慕卿只好赶紧催促他："快……快点回去了。"

结果某个原本还对项链十分期待的女子一坐到车中,就在凯斯·弗雷德宽厚的怀抱里睡着了,连自己是怎么回到庄园的都不知道。

等沈慕卿睁开眼,出现在眼前的就是熟悉的别墅正厅,而一个贵重的玻璃盒子正随意地摆放在桌上,那里面赫然是沈慕卿十分喜爱的"救世主之吻"。

记忆被唤醒,她正想坐起来,伸手摸到的却是男人坚硬的肌肉。

她这才发现自己一直都窝在凯斯·弗雷德的怀里,此刻一有动静,男人的头颅便缓慢低垂。

他的眼镜已经取下,没有了镜片的光芒反射,沈慕卿清晰地看见了他浅绿色眼睛中的自己。

"醒了?"

低沉的嗓音响起,沈慕卿只觉一股爱意忽至心头,眼前将她视若珍宝的男人已经彻底俘获了她的心。

她什么也说不出来,只知道这种感觉是她活了二十年来从未有过的,她就是一个得了肌肤饥渴症的病人,疯狂地想要贴近他。

她猛地起身,紧紧抱住凯斯·弗雷德的脖子,毛茸茸的脑袋使劲埋进了他的颈间。

凯斯·弗雷德自然十分享受沈慕卿的靠近,一只手回抱住她,在她的脊背处不断抚摸,另一只手则默默将一直举着的红酒放回了桌上。

二人拥抱了半晌,发现沈慕卿还是没有要松开的意思,凯斯·弗雷德便摸了摸她的脑袋,轻声哄她:"卿卿,你想要现在看一看项链吗?"

正享受着他怀中温热的沈慕卿听到这话后,期待地退开了几分,眼中的光芒大绽,点了点头。

凯斯·弗雷德轻而易举地将她整个人抱起放在沙发上，接着亲手打开了那个透明澄澈的玻璃罩，将那条项链从展示架上取了下来。

沈慕卿心里忐忑，只听"咔嗒"一声，那条璀璨夺目的"救世主之吻"便落在了凯斯·弗雷德戴着白色手套的掌心。

他抬眸，弯唇一笑，而后缓缓走来，拿着那一条项链，在沈慕卿晶亮的目光之下俯下身，以一个拥抱的姿势将双手绕过了她的脖子。

她的发丝被玉簪固定，戴项链也轻松了许多。

沈慕卿只觉后颈一痒，金属的凉意隔着旗袍丝滑的布料传来。她还没反应过来，身前的男人就已经抽身离开。

而一道光芒在她的颈间闪烁，她缓缓垂下了头，去追寻这道光芒。

钻石耀眼，她险些有些睁不开眼。

突然，整栋别墅的灯光全部亮起，大厅中的一切都变得格外明亮。

沈慕卿抬头，发现凯斯·弗雷德刚好放下手中的遥控，目不转睛地看着她。

两个人都没有说话，一个人屏住了呼吸，另一个人却红了双眼。

眼前的女子正端坐在沙发上，她身着一身月白旗袍，盘扣优雅地将她那纤长洁白的天鹅颈束缚在其中。

那一头他极其喜爱的青丝被一支简单却精致的玉簪全部拢在了脑后，只有几缕发丝垂下，温柔得不可思议。

此刻的她似乎因为他直白的目光变得很是羞涩，那一双剪水美目不断地闪躲，更多了一丝江南女子的羞涩和小意灵动，如桃花一般娇嫩的粉唇轻抿。

灿如春华，皎如秋月。

那一条奢华的"救世主之吻"落在她月白色的旗袍上，颜色彼此辉映，就像是融为了一体，丝毫不显突兀。

钻石与旗袍，还有这位羞涩的女子合成了一幅绝美的画卷。

凯斯·弗雷德缓缓取下了手套，可目光却一直都没有离开过沈慕卿。

他伸出手指，想要打开这幅美到窒息的画卷。

他的指尖先是触碰到了坠在项链中间的主钻，冰冷的钻石没让他有任何的反应。

他的手缓缓而上，最后轻柔地捏住了她的下巴。

沈慕卿在他灼热的目光注视之下，有些呼吸不过来，只能扇动着睫毛，期待地望着他："好看吗？"

男人没有说话，但是他的另一只手也同样有了动作。

大手顺着她白皙的脸颊上移，在她粉嫩的唇和小巧的鼻尖上滑过，最后停在了她的眼睛旁。

凯斯·弗雷德眼尾发红，克制着浑身的躁动，点了点头，吐出短促的音节："很美。"

很美，美得就像是真正的、来救赎他的救世主。

"我需要你的吻。"

——我，凯斯·弗雷德，需要救世主的吻。

在沈慕卿惊讶的目光下，那俊美的脸庞忽然贴近。

两个人呼吸相通的瞬间，凯斯·弗雷德似乎真的被救赎。

躁动和暴戾全被一双无形的大手按捺，他的吻与之前的任何一次都不同，无比轻柔。

要不是感受到凯斯·弗雷德的温度，沈慕卿几乎以为自己只是被一阵轻风吹拂。

这样一个圣洁的吻，不带有任何的欲望，它的存在是为了让两个真心相爱的人心靠得更近。

这才是真的救世主之吻,在这样的爱意之下,连那一条夺目璀璨、宛如银河星辰般的项链也失去了光彩。

终于,在她就快要软倒在沙发上之时,眼前的男人总算是撤离,大手将她的腰肢揽住。

额头与额头相抵,凯斯·弗雷德灼灼的眸光闪烁,嘴唇翕动,再一次赞美她:"很美,很漂亮,比任何女人都美,你是我的公主,我独一无二的公主。"

羞人的话落进沈慕卿的耳中,不出意料,女子本就红润的脸再度变化,似乎下一秒就要滴出血来。

凯斯·弗雷德握住她的手,将她从沙发上带起来。

可本就浑身发软的沈慕卿根本站不稳,只好被他锁在怀中,双手撑在他的胸膛处,才能堪堪支撑着自己。

凯斯·弗雷德抱着她,朝正厅的另一侧走去,沈慕卿看不见他做了什么,只知道在几秒后,一阵轻柔美妙的音乐响起。

是放在钢琴旁的留声机!

古典优美的大提琴声响起,她便知晓了这首曲子的一切——《G 弦上的咏叹调》(*Aria Sul G*)。

凯斯·弗雷德的双手落在沈慕卿腰间,让她靠在自己的身上,跟着自己的动作缓缓旋转。

二人沉浸在这首优雅的纯音乐之中,摒弃了所有喧嚣。

沈慕卿此刻忽然有了另一种想法,他们就像是一对结婚五六十年的普通夫妻,在每一日的傍晚都会像这样互相搀扶着,在悠扬的音乐声中寻找着属于自己的浪漫。

第二天醒来时,沈慕卿已经躺在了卧室里,而凯斯·弗雷德照旧已经没了影儿。

她的心却不空荡，甚至回忆起昨天的事情反倒是暖意满满。

　　沈慕卿整理好一切后，没再穿旗袍，随意换了一身衣裙就直接下楼。

　　今日的莎洛特·戴维斯应当是受到了凯斯·弗雷德的嘱托，没有来叫醒她。

　　她走到楼下，那一桌早餐似乎刚准备好，还散发着热气。

　　莎洛特·戴维斯正俯身布置着餐具，似乎是听到了身后的响动，她赶紧放下了手中干净的毛巾，转身朝着站在餐厅门口处的沈慕卿俯首问好："早上好，小姐，昨晚睡得好吗？"

　　音乐响了一整夜，她也被凯斯·弗雷德抱在怀里睡了一整晚，整个人都极其放松，不管是身，还是心。

　　她扬起唇角，笑意盈盈地点了点头："睡得很好，莎洛特。"

　　莎洛特·戴维斯还从未看过她如此温柔地微笑，忽而一怔，心情都变得美妙起来。

　　沈慕卿的笑容一直是温婉淑美的，却没有现在这般如同落入云端的温柔。

　　她快速缓过神，称职地将身旁的椅子拉开："小姐，该用早餐了。"

　　沈慕卿刚喝下莎洛特·戴维斯递来的牛奶，门口处似乎传来了一声响动。

　　沈慕卿拿着玻璃杯的手一顿，疑惑地朝着餐厅外望去。

　　莎洛特·戴维斯见状，皱了皱眉头，她没有得到任何今天有人来拜访的通知。

　　此刻弗雷德先生已经去工作，听着外面的响动，她也不知道来人是谁，只好对沈慕卿说明了情况，接着抬脚朝着别墅大门走去。

　　沈慕卿也收回了视线，有莎洛特·戴维斯在，她也安心许多，

183

便再度低头专心享用面前的美食。

身后异常安静,直到一声温柔的呼唤响起:"卿。"

沈慕卿手中的筷子一滞,她快速转头,发现来人居然是德洛丽丝·尼古拉斯。

沈慕卿当即放下手中的筷子,惊喜地看着面前穿着一身淡黄色裙装的女人:"德洛丽丝!"

德洛丽丝·尼古拉斯拉开沈慕卿身旁的椅子坐了下来,歪着头朝着她眨了眨眼:"我突然来访会不会冒犯到你啊?"

闻言,沈慕卿赶紧摇头,语气中满是不敢相信:"当然不会!我真的很开心你能来庄园找我。"

她抬手拿起餐巾擦了擦嘴,不好意思地开口:"你吃过早饭了吗?要不要尝尝东方美食,庄园的厨师手艺很好,几乎是完美复刻。"

听到沈慕卿的邀请,德洛丽丝·尼古拉斯忍不住掩住嘴,"扑哧"一笑。

在沈慕卿不解的目光之下,她眼睛中含着笑意,朝她解释:"似乎只有东方人才会问'你吃过早饭了吗'这些问题,我有一个东方朋友也同你这般,每次只要是用餐时间我去拜访,她都会问这么一句。"

沈慕卿了然一笑,自豪地开口:"礼仪之邦一直都是我们的标签。"

沈慕卿忽然想到了什么,一把握住德洛丽丝·尼古拉斯的手,直接站了起来:"德洛丽丝,你想看看'救世主之吻'吗?"

沈慕卿有些迫不及待,那一条项链,她是真心想要展示给德洛丽丝·尼古拉斯看。

德洛丽丝·尼古拉斯也缓缓起身,拍了拍她的手背,轻声开口:"不着急,总会有机会的,今天我来是想要邀请你去凑个热闹。"

"啊?"

沈慕卿不解,脑袋微微一歪,她认识的朋友不多,实在是想不到有什么热闹可以凑。

德洛丽丝·尼古拉斯抿唇,露出一个狡黠的笑容:"还记得昨晚的伊芙·芬恩吗?"

一听这名字,沈慕卿可谓是印象满满,脑中立刻浮现出了伊芙·芬恩的样子,那个明媚高傲的大小姐。

"果真被我说中了。"德洛丽丝·尼古拉斯凑近了几分,语气中笑意明显,"这才短短一个晚上,今天伊芙·芬恩就对我和亚恒·格莱斯特发来了邀请,说是到了几匹好马,让我们去看看。"

这么迫不及待,就算是个傻子也看得出来这位科技公司的大小姐对亚恒·格莱斯特有意思。

沈慕卿那颗藏在身体中的八卦之心突然开始熊熊燃烧,杏眼睁大了几分,然而下一秒,她又想到了什么,脸上的表情有些遗憾,不好意思地摇了摇头:"只邀请了你们两位,我也去的话,不太妥当吧。"

德洛丽丝·尼古拉斯浅笑,叫她放心:"我在收到邀请的那一刻就向伊芙·芬恩提到你,对于你的到来,她很是欢迎。"

沈慕卿这才放下了心,心里隐隐有些期待。

除了要看看亚恒·格莱斯特和这位伊芙·芬恩大小姐之间的故事之外,她是真的想要骑马。

小时候,因为身体原因,父亲一直都不肯让她学习马术。

她也只能坐在马场边,渴望地看着与她同龄的少爷、小姐在那一片场地上骑着马疾驰而过。

自从上一次响尾蛇带她去兜风后,她就如同上瘾了一般,对这种感觉产生了依恋。

此刻,机会摆在眼前,她那双眼睛中全是亮光。

马场会准备女士的骑装,沈慕卿什么都没拿,跟莎洛特·戴维斯打了一声招呼后,便挽着德洛丽丝·尼古拉斯的手,坐上了她的私家车。

芬恩家的马场不在城区内,而是专门开设在一处极其空旷的乡下地区。

整个马场占地宽广,骑起马来也能分外随心所欲。

"格莱斯特先生呢?"

快要到达目的地时,沈慕卿才问起了主角的事情。

德洛丽丝·尼古拉斯将车窗缓缓放下,田野中清新的空气袭来,她没有回头,饶有兴味地朝着马场门口处望去。

忽然,一个小小的黑点出现在她的视野之中,德洛丽丝·尼古拉斯这才回头,指着那黑点对着沈慕卿开口:"看吧,男主角已经先到了。"

沈慕卿顺着她所指的方向看去,果然看见了已经换好一身暗蓝色骑装的亚恒·格莱斯特。

她刚想收回视线,另一道穿着白色骑装的身影从马场中走了出来,自然地站在了亚恒·格莱斯特的身旁,笑着同他说话。

"伊芙·芬恩也出来了。"

沈慕卿摇了摇德洛丽丝·尼古拉斯的手臂,示意她重新朝两人的方向看去。

她们偷看的技艺并不高超,随着车子的靠近,亚恒·格莱斯特很快便捕捉到了两人的眼神。

他直直朝着那驶近的车子望去,脸上突然有了笑容,嘴唇翕动,饶有兴味地说道:"好啊,两个小家伙还偷看我。"

一直抬头望着亚恒·格莱斯特的伊芙·芬恩自然注意到了他此刻的反应,也转身朝着车子的方向望去。

偷看被抓包，两人心虚地缩回了头，面面相觑，最后同时"扑哧"一笑。

马场格外宽大，分为室内和室外两个部分。

今天马场主人伊芙·芬恩特意安排，整个马场便没有对外开放，此刻在其中的只有她所邀请的富家子弟。

载着德洛丽丝·尼古拉斯和沈慕卿的车子停稳，门也被司机打开，亚恒·格莱斯特也不顾身旁的伊芙·芬恩，迈开长腿走到了车门外，接住了德洛丽丝·尼古拉斯伸出的手，扶着她下了车。

至于在德洛丽丝·尼古拉斯之后下车的沈慕卿，他就不敢有任何的触碰了，一想起凯斯·弗雷德无处不在的眼睛，他就忍不住打了个寒战。

"卿。"

倒是德洛丽丝·尼古拉斯在沈慕卿面前没有任何架子，一把握住了正要从车中下来的沈慕卿的手，轻轻将她拉了出来。

"格莱斯特先生。"

沈慕卿有些不好意思，便率先朝着亚恒·格莱斯特点了点头，算作打了招呼。

"中午好啊，两位美丽的小姐。"

亚恒·格莱斯特此时正着一身贴身的骑装，头上保护的帽子被他取下拿在了手上，发丝凌乱，但在阳光之下却是格外性感。

外国男人的荷尔蒙真的是随时都在迸发，沈慕卿只觉眼前的男人就像是欧洲王子一般。

她的脑中开始不自觉地浮现凯斯·弗雷德身着一身黑色骑装的模样，男人矜贵的身姿，还有健硕的身躯，包括那一双疏离的碧色眸子。

凯斯·弗雷德不应该是一个"王子"，或许"帝王"这个词语更适合他。

"卿,你还好吗?脸怎么这么红?"

沈慕卿想得红了脸,直到德洛丽丝·尼古拉斯突然出声,皱着眉担忧地晃了晃她后,她才将远飞到凯斯·弗雷德身上的思绪收回。

她抬眸,眨着一双剪水美眸,用手背碰了碰自己的脸,随便找了个借口:"不用担心,应该是天太热了。"

说着,沈慕卿羞涩地朝着两人笑了笑。

"天气很热,几位就先进马场吧,亚恒·格莱斯特见过了,我这里可是到了几匹好马!"

蓦地,伊芙·芬恩朝着三人走了过来,她妆容张扬、红唇勾起,活脱脱一个大美人。

与她打过招呼之后,德洛丽丝·尼古拉斯很是担心沈慕卿的身体状态,也就顺着伊芙·芬恩的话,拉着她朝马场中走去。

刚踏入马场大厅,凉飕飕的感觉瞬间袭来,几人都松了口气。

夏日格外火辣,他们只是在外面待了一小会儿,就已经被热得不行。

马场的正厅明亮简洁,前台站着招待人员,再往里看去,入眼的便是一间间豪华舒适的休息室。

休息室内皆有一面玻璃墙,可以看到室外马场中的情况。

"这里是休息室,在左手边的是室外的马场,右手边是室内的。"走在众人前面的伊芙·芬恩伸手,不断指着各处为他们介绍。

而后,她声音突然一顿,转身对着沈慕卿友好一笑:"既然这位小姐身体不舒服,那今天我们就在室内马场随便玩玩吧,那里有空调。"

沈慕卿一听他们的计划因为自己改变,眼睛微微瞪大,连连摇头:"不用的,我没多大问题,还是按照你们的计划进行吧。"

手臂被晃动,沈慕卿转头,发现挽着她的德洛丽丝·尼古拉斯正微笑着对着伊芙·芬恩道谢，接着又凑到了沈慕卿耳边，笑得一脸不怀好意："要是你出点什么问题，弗雷德先生会把这里掀翻的，到时候连伊芙·芬恩家里也会遭殃，所以在室内是最好的选择。"

凯斯·弗雷德的强横专制她是亲眼见过的，当时只是惹她不快，露西妮·康斯坦斯便落得那样的下场。

虽然是露西妮·康斯坦斯先出言不逊，但那惩罚太大了。

沈慕卿打了一个寒噤，这才朝着看向她的伊芙·芬恩抱歉地笑了笑："那就多谢了，芬恩小姐。"

那明媚的女子大大咧咧地摆了摆手，顺了顺自己扎在脑后的长发，对着几人眨了眨眼："叫我伊芙就行，我很喜欢你们。"

她的话不知真假，但几人并没有落她的面子，皆顺着她的话点头。

几人朝着马场内部走去，一道道欢呼喝彩的声音逐渐传入沈慕卿的耳朵，几人的目光同时朝着那室外的马场望去。

几个穿着骑装的男女正骑着马在场上狂奔。

即使他们戴着帽子，沈慕卿依然能够想象出长发被风卷起在脑后飞扬的场景。

"今天是有客人吗？"沈慕卿看着那场中的几人，忍不住出声。

"不是客人，他们也是我邀请前来的朋友，只有我们几个人玩儿，光是想想我都觉得无趣。"

伊芙·芬恩看着正在疾驰的众人，心里直犯痒痒。

她毫不犹豫地将手中的帽子重新戴在了头上，冲着亚恒·格莱斯特扬了扬下巴："抱歉小姐们，失陪一小会儿，格莱斯特先生知道更衣室在哪儿，就麻烦他带你们过去了。"

说完，她便狡黠一笑，扬起眉头转身朝着场外跑去，只给三人留下一道倩影。

"看来今天一个上午，你们进展得不错啊。"德洛丽丝·尼古拉斯收回目光，还不忘调侃一脸无奈的亚恒·格莱斯特。

亚恒·格莱斯特也搞不清楚伊芙·芬恩到底是怎么想的。

对于她的态度，亚恒·格莱斯特并不打算戳破，与她交好也并不是一点好处都没有的。

他没回答德洛丽丝·尼古拉斯的话，只是挑眉耸了耸肩："走吧，就让我这个门童带两位美丽的小姐去更衣室。"

没套出什么有用的话，德洛丽丝·尼古拉斯也不再多说，只是转头询问沈慕卿："卿，你会骑马吗？"

沈慕卿面露羞涩，她只在小时候被父亲放上过马背一小会儿。此刻她粉嫩的脸就像是一颗任人采撷的小苹果，饱满多汁。

"我不会，但我很想尝试！"沈慕卿害怕几人不让她上马，着急地补充道。

德洛丽丝·尼古拉斯自豪地拍了拍自己的胸脯，对着沈慕卿信誓旦旦道："放心，我是专业的，绝对能保证你今天上马之后不落下来。"

"啊？真的吗？真的这么厉害？"沈慕卿杏眼闪光，一脸崇拜地看着德洛丽丝·尼古拉斯。

其实德洛丽丝·尼古拉斯自己也是个半吊子，她这名门淑女什么都会，可偏偏在马术上让尼古拉斯家族花了不少心思。

老师请了，好马也买了，但最后还是没有精进，最大的进步就是骑在马上缓慢地移动，最多小跑十几秒。

什么方法都用了，却没有任何的效果，尼古拉斯家族也只好扶额摇头，放弃了培养德洛丽丝·尼古拉斯这方面的能力。

亚恒·格莱斯特本以为她会说出什么豪言壮语，结果德洛丽丝·尼古拉斯和沈慕卿两人的对话直接让亚恒·格莱斯特绷不住了，那一口气闷在胸口，差点憋出内伤。

但他也不敢笑出声来，不然到时候被扣上一顶"打消积极性"的帽子，他可没办法解释。

看着两人交谈之间有越来越兴奋的趋势，亚恒·格莱斯特只能出声打断："谁再慢一步，好马就被我挑走了哦！"

这话颇为欠揍，却效果满满。

兴致正好的两个姑娘当即一愣，还没等亚恒·格莱斯特反应过来，就牵着手从他身前跑过——最美的小马一定是我的！

看着方向差点跑错的两位，亚恒·格莱斯特扶额摇头："两位小姐，方向错了。"

兜兜转转好一会儿，两人也总算是把骑装换好。

这里是私人高档会所，所有的骑装都是新的，即便是穿过了也会清洗干净为客人保存在室内，等待他下一次来时穿。

尺码很多，沈慕卿也轻松地找到了合适的骑装。

亚恒·格莱斯特正要带着两人去马厩挑选马匹，伊芙·芬恩就带着那一行人前来寻他们。

伊芙·芬恩带来的人总共两男一女。

沈慕卿一一扫过众人的脸，忽地，目光一滞，歪着头似乎在思索着什么。

两个男人其中之一在看到沈慕卿时，脸色也变得僵硬无比。

还真是冤家路窄，法兰克林·格森从来没想过会和这个东方女人再次见面。

一看到她，法兰克林·格森便不自觉地想起那日，她身边那个凶悍的女人威胁自己的场景。

他浑身一颤，不自觉地朝着另一人的身后躲了躲。

他算是没脸见人了，输给一个女人就算了，现在连邓肯·格雷戈里也不和他来往，连上一次的谭雅拍卖会也没让他参加。

法兰克林·格森只能跟着另一个好友,才蹭上了伊芙·芬恩家的马场。

　　沈慕卿出于礼貌,没再多看法兰克林·格森,见他在看到自己之后躲闪开来,也随即移开了视线。

　　伊芙·芬恩见两人已经换好了骑装,衣服大小合身,便满意一笑,引着两拨人打招呼:"这位是格莱斯特先生,这是尼古拉斯小姐,这位是……"

　　沈慕卿并没有告知伊芙·芬恩她的姓氏,单介绍一个"卿"字,对于这些她并不认识的人来说就显得太过亲密。

　　沈慕卿对伊芙·芬恩的停顿没有恼怒,而是朝着几人缓缓一笑,点头轻声道:"你们好,我姓沈。"

　　这读音有些拗口,但几人都精准地念了出来,友好回应。

　　作为凯斯·弗雷德身边的女人,沈慕卿怎么可能不瞩目,在场的人除了法兰克林·格森之外,都多多少少调查过沈慕卿。

　　然而他们的调查结果出奇地一致——那就是没有任何结果。

　　一看便知这都是凯斯·弗雷德的手笔,这样严丝合缝地保护,眼前的女人怎会是普通人?

　　伊芙·芬恩又侧身介绍起了她身后的三人:"达伦·道尔,米娜·巴特勒,这位是达伦的好友,格森家族的法兰克林·格森。"

　　她本来也与这法兰克林·格森不熟,但既然已经来了,伊芙·芬恩也没有把人赶出去的道理,也对他表示了欢迎。

　　法兰克林·格森……

　　沈慕卿总算知道了她为什么看着男人很是熟悉,这不就是那天和邓肯·格雷戈里一起开车的男人吗?

　　她并不想与他有任何交集,只是不动声色地装作不认识他的模样,笑着点头打招呼。

　　法兰克林·格森没想到伊芙·芬恩会来这么一出,还以为自己就要这么在众人面前出丑,然后被伊芙·芬恩不客气地请出去。

可没想到在介绍他之后,对面的女子却没什么反应,完全就是没认出他的模样。

法兰克林·格森长舒一口气,强装镇定,没有露出马脚。

"既然人都到齐了,那就去看看今天的重头戏!"

伊芙·芬恩的脸上露出一抹神秘的笑容,朝着众人挥了挥手:"大家跟我来。"

众人经过长长的走廊,总算走到了马场的最后一处马厩。

建筑物庞大,连墙壁都被粉刷得一丝不苟,马厩中干干净净,温度恒定,一看就知道花了许多心思。

经过一匹匹高大的骏马,沈慕卿忍不住侧目打量起来,棕色的、白色的、黑色的,各种各样俊俏的马全都展现在眼前。

除了这些高大健壮的马之外,沈慕卿还看见了许多可爱的小马驹,眼睛很是有灵性,不停地眨着双眼。

"这是七岁的德国温血马,145级。"

伊芙·芬恩看见沈慕卿眼中的惊叹,也不嫌麻烦,亲自为她讲解。

"那边那一匹黑棕色的是七岁的塞拉法兰西温血马,同样是145级。"

沈慕卿只是随着她的手指方向望去,不断地点头,她不是行家,这些马的品种和级别都不知晓,此刻新世界的大门被完全打开,沈慕卿求知心切。

她不知不觉间就已经跟上了伊芙·芬恩的步伐,听她大方娴熟地介绍着每一匹马。

直到走到了尽头处,伊芙·芬恩才停了下来,收回了手,看着还意犹未尽的沈慕卿笑道:"卿,作为见面礼,这些马,你随意挑,我可以送给你。"

亚恒·格莱斯特和德洛丽丝·尼古拉斯的眼神在这一刻变得微妙了起来。

一切似乎都有了答案，亚恒·格莱斯特和德洛丽丝·尼古拉斯这才反应过来伊芙·芬恩的举动为何。

她的目的并不单纯，今天邀请亚恒·格莱斯特和德洛丽丝·尼古拉斯来只不过是一个幌子，通过他们两人引得沈慕卿前来才是最大的目的。

嚣张、跋扈、视所有德国家族如同蝼蚁的伊芙·芬恩怎么会突然变了性子，主动与一个才认识不到一天的女孩亲近？

德洛丽丝·尼古拉斯是因为其家族和弗雷德家族联系亲密，才放下戒备与沈慕卿交好。

伊芙·芬恩是何居心，这就让人忍不住猜测了。

亚恒·格莱斯特但笑不语，双手抱在胸前，静静地看着眼前这一位正试图水到渠成地与沈慕卿打好关系的女人。

从昨日前来打招呼，到今天的邀约，每一步都在她的算计之中，对凯斯·弗雷德的不甚在意是，对亚恒·格莱斯特的特别也是。

这手段不算高明，唬得住别人，可唬不住格莱斯特家族掌权人。

德洛丽丝·尼古拉斯更是丝毫不客气，直接一把拉住了沈慕卿放在身侧的手，将她轻轻带到了自己的身后。

德洛丽丝·尼古拉斯脸上依旧挂着得体的笑容，静静看着眼神闪烁的伊芙·芬恩，不再像之前那般亲近、平和，反倒端起了尼古拉斯家族大小姐的架子："芬恩小姐，以卿的身份，什么样的马得不到？就不用您忍痛割爱了。"

德洛丽丝·尼古拉斯目光坚定，即便是眼前的伊芙·芬恩身材比她高上许多，她也依旧气场十足。

雄厚的尼古拉斯家族完全没有对这才站稳脚跟几十年的后起

之秀客气。

"跟她多说什么,大家族的我们惹不起。"一道小声的嘀咕声传来。

同样被邀请来的人当中,米娜·巴特勒什么也不了解,只知道伊芙·芬恩一片好心,结果这尼古拉斯家族的大小姐丝毫不领情。

两家的差距太大,她也只能暗自嘀咕,发泄心中的不满。

但刚好此刻安静了下来,这话音便被放大,在安静空旷的马厩里格外明显。

米娜·巴特勒惊慌地抬眼,又赶紧低下了头,手将贴身的骑装两侧抓得发皱。

"巴特勒?"德洛丽丝·尼古拉斯摇头,眉头一皱,似乎在思索着什么。

最后,她像是放弃了一般,转头朝着身后的亚恒·格莱斯特询问:"你知道这个家族吗?"

亚恒·格莱斯特本不愿意自降身价参与到这一场交锋之中,但对上德洛丽丝·尼古拉斯的眼神,顿时心领神会。

德洛丽丝·尼古拉斯都开口了,满足下她的恶趣味也没什么损失。

他当即配合地摇头,修长的手在下巴处摩挲:"没听说过。"

此话一出,米娜·巴特勒顿时偃旗息鼓,一时气结却不敢出声,因为自己而给家族带来不好的影响,这是她没办法承担的。

伊芙·芬恩的眼神明显闪烁了一瞬,她歪着脑袋,没去帮助身边的米娜·巴特勒,而是回答德洛丽丝·尼古拉斯刚刚的话,态度满不在乎:"忍痛割爱?算不上,这点资本我还是有的。"

气氛瞬间紧张起来,沈慕卿作为这场矛盾的中间人自然是急得不行,手中的帽子都差点没拿稳。

她直直地插入了两个高大的德国女人之间，白皙的脸上多了几分局促，惴惴不安地朝着伊芙·芬恩摆了摆手："芬恩小姐，这么贵重的礼物我自然是没有理由去收，不过希望之后还能够有这个荣幸来这里骑马。"

　　沈慕卿粉唇轻轻一弯，朝着伊芙·芬恩点了点头，还没等伊芙·芬恩回复，就已经转过了身，拉了拉德洛丽丝·尼古拉斯的手，安抚似的摇了摇头。

　　"当然，只要卿你能够赏脸前来，不管是什么时间，这处马场都一定会为你敞开。"

　　伊芙·芬恩将与德洛丽丝·尼古拉斯对视的视线移开，抬起染着蔻丹的手指，把飘散在额前的发丝捋在了脑后。

　　"也欢迎尼古拉斯小姐和格莱斯特先生前来骑马。"伊芙·芬恩挺直腰杆，"这匹好马就在里边，跟我来吧。"

　　在转身的那一刻，伊芙·芬恩脸上的笑容尽数消失，皱着眉暗自骂了自己一句。

　　还是太急了……

　　这下再想接近，可就难办了啊……

　　推开最里边的房门，其中的设备和工具又比外面马厩的设备高上一个档次。

　　沈慕卿跟在德洛丽丝·尼古拉斯的身后，没太看清眼前的房间布局，几人都走进房间之后，她才看清那站在房间最中间的马。

　　通身白色，四肢健硕，肌肉扎实，隔着这么远的距离，沈慕卿都能够清晰地看清楚它身体上块块分明的肌肉。

　　白马线条优美，高大头部有一处毛发很是茂密，长长地垂落而下，面部前端呈现出一种健康的黑灰色。

　　这匹一看就比外面所有马都出色的家伙，此刻正低垂着头颅，一丝不苟地吃着面前槽子里的干草。

伊芙·芬恩此刻已经站在了这匹马的旁边，单手抚摸它的身躯，不停地捋顺滑亮的白色毛发。

"这是纯血阿拉伯马，在土耳其拍卖来的，年龄刚好十岁，150级。"

这匹马感受到了身体上突然出现的温度，只是轻蔑地偏头睨了伊芙·芬恩一眼，便从鼻子发出一声闷闷的气音，控制着身子躲开了她的抚摸。

它高傲的模样惹得伊芙·芬恩不怒反笑："不愧是我花重金求来的马，连脾气都跟我一样。"

伊芙·芬恩笑着摇了摇头，便转头朝着身后的人望去，红唇扬起，饶有兴味地开口："在座有想要征服它的勇士吗？"

这话看似朝着全部人说，但伊芙·芬恩眼中只有沈慕卿三人。

那双张扬上挑的眼睛格外直接，若有似无地从沈慕卿的身上淡淡飘过。

气氛陷入沉寂，德洛丽丝·尼古拉斯和亚恒·格莱斯特都未开口，不过藏在眼底的探究之色未曾化开。

他们倒想看看，这伊芙·芬恩的葫芦里到底卖的是什么药。

"这匹马性子很烈，纯种的血统野性更是难控。"见气压低沉，伊芙·芬恩还算是说得上话的朋友达伦·道尔朝前方走了一步，"伊芙·芬恩，没有专业的驯马师在这里，我们还是先不要去尝试驾驭它。"

"也是。"伊芙·芬恩眼睫一弯，一丝精光从缝隙中透过。

她抬手重新碰了碰那匹正垂头不理会人的马，力道加重："抱歉各位，外面的马随便挑，这一匹就归我了。"

说罢，她便朝着一面墙壁走去，抬手将墙上的按钮按下。

一阵巨大的升降声传来，这面墙竟然直接升了起来，而外面接通的便是室内马场。

突然传来的动静让那匹白马一惊,不停地发出嘶鸣,惊恐不安地在隔板内走动。

"伊芙·芬恩!"

德洛丽丝·尼古拉斯眉头紧皱,看着伊芙·芬恩脸上的桀骜和疯狂,她已经完全猜出来了这个疯女人接下来要做的事。

德洛丽丝·尼古拉斯带着沈慕卿后退了一步,将她牢牢护在了身后。

而此刻的伊芙·芬恩在听到她的警告后,只是淡淡地抬眸瞟了她一眼,便以极快的速度打开了困住这匹马的隔板。

控制消失,这匹马当然想要挣脱束缚,便一股脑地冲撞而出,打开的隔板刚好直对着室内马场。

伊芙·芬恩紧紧攥住马鞭,长腿一跨,便骑在了它身上。

"她疯了!"

德洛丽丝·尼古拉斯捏住沈慕卿的手发紧,褐色的眼睛瞪大,转头看向了亚恒·格莱斯特。

"这样下去会出问题的!"

不知道为什么情况会变成这样,完完全全地超出了沈慕卿对于此行的预想。

德洛丽丝·尼古拉斯看着另一边呆愣住的三人,语气中带着怒气:"你们不是她的朋友吗?快去叫人啊!"

三人被突如其来的吼叫拉回了思绪,此刻也顾不上其他,下意识地心虚之后便着急忙慌地跑了出去。

"啪!"

沈慕卿回头一望,便看见在马背上的伊芙·芬恩不停地挥动着手中的马鞭。

"让开。"身后突然响起了亚恒·格莱斯特的声音,沈慕卿和德洛丽丝·尼古拉斯心脏一紧,同时猛地回头。

原本安静旁观的亚恒·格莱斯特已经将这房间连通外面马厩的门打开，边走边将帽子戴在头上，接着随意打开隔板，牵出一匹温顺的马，踩着脚蹬一跃而上。

在控制着马经过两人身边之时，亚恒·格莱斯特将目光直直地射向了德洛丽丝·尼古拉斯，只有四个字："保护好她。"

话音落下，他便一夹马肚，牵着缰绳飞奔了出去。

事态在电光石火之间变化。

德洛丽丝·尼古拉斯在接收到亚恒·格莱斯特的那一句话之后，便沉默了下来，褐色的双眼紧盯着那在场中不断周旋的两匹马。

很快，她眸光凝滞，突然松开了沈慕卿的手，朝着控制着墙壁升降的按钮猛地拍击而下，这面墙应声运作，缓缓下降。

沈慕卿只知道这一刻，德洛丽丝·尼古拉斯的镇定沉稳不像是她这个年龄该有的。

德洛丽丝·尼古拉斯缓缓转头，朝着沈慕卿露出了一个温柔的笑容："卿，弗雷德先生应该快要来了。"

沈慕卿闻言一顿，这才反应过来。

凯斯·弗雷德不可能放任她一个人外出，这一次她离开庄园，可以说是畅通无阻，这一切都是凯斯·弗雷德的默许。

这一情况的可能性只有一个，那就是这一路都有眼睛在暗中盯着她。

情况紧急，虽然她没出任何意外，但伊芙·芬恩将烈马放出这一行为已经彻底将在场的所有人置于极其危险的境地。

更何况，那一匹马还不是什么普通的马驹，而是一匹血脉纯正、体格健硕的成年壮马。

如果刚刚那一匹马没有跑出马厩，而是直接在这一间房间中发狂，后果将不堪设想。

沈慕卿一阵后怕，但对于凯斯·弗雷德到来后伊芙·芬恩的处境更为担忧。

"格莱斯特先生能应付得下来吗？"她突然出声，一双眼睛之中全是忧虑。

"你不用担心他，格莱斯特家族的马术在整个德国都是顶尖的。"

听德洛丽丝·尼古拉斯这么说，沈慕卿眸光闪烁，抬手朝着德洛丽丝·尼古拉斯招了招："走吧，我们去门口。"

沈慕卿兀自长舒了一口气，看着马厩尽头处的大门："不用担心，我不会让他做出出格的事情。"

虽然德洛丽丝·尼古拉斯没有说，但按照沈慕卿对凯斯·弗雷德的了解，这次事件之后受难的不会只有伊芙·芬恩一人，只要在场的人，都逃不掉。

不管是伊芙·芬恩那三个朋友，还是亚恒·格莱斯特、德洛丽丝·尼古拉斯，抑或是藏在暗处的眼睛。

太阳刺眼，此刻正是毒辣的时候，高高地悬挂在天空正中央，明晃晃地照射着这片大地。

出了空调房，前台也已经跑去找驯马师了，德洛丽丝·尼古拉斯和沈慕卿根本不知这马场何处有伞，只能直接出门，经受暴晒。

没有了空调，光是面对阳光的直射就已经难以呼吸了。

可没有办法，凯斯·弗雷德来势汹汹，沈慕卿只能狠心设下美人计，就等他心甘情愿地往里跳。

刚到门口，远处就传来了一阵汽车轮胎碾过地面的声音。

沈慕卿和德洛丽丝·尼古拉斯下意识地抬头朝着发出声音的地方望去，一辆黑色的跑车正朝她们的方向开来。

方圆好几十公里内都没有其他建筑，这一辆车的目的地也只有伊芙·芬恩家的这处马场。

看不清驾驶座的人，但沈慕卿和德洛丽丝·尼古拉斯都知道来人并不是凯斯·弗雷德。

两人下意识地退开一步，直到这辆车停在大门外，驾驶座的车门被打开，沈慕卿才看清楚来人是谁。

下来的人居然是那个与小嫣厮混的格雷戈里家族的少爷，邓肯·格雷戈里。

德洛丽丝·尼古拉斯率先眉头一皱，搞不清楚这男人这时候来这里是干吗。

反倒是沈慕卿眸光闪烁，脑中蓦然浮现出了法兰克林·格森刚刚面对她时心虚的表情。

正在家中被父亲罚禁闭的邓肯·格雷戈里看着来电提示，本来是不打算再与法兰克林·格森有任何联系的，但这一次，居然鬼使神差地接通了他锲而不舍打来的电话。

法兰克林·格森语气激动，向他描述着今天马场中发生的一切，围绕着沈慕卿徐徐展开。

只是听见沈慕卿的名字，邓肯·格雷戈里就已经走不动道了，法兰克林·格森在电话中提到的一切都不重要。

他只知道，沈慕卿，这个让他朝思暮想的女人在伊芙·芬恩家的马场中。

他当即不顾任何人的阻拦，违背他父亲的惩罚，就这么一人开车前往伊芙·芬恩家的马场。

还未到马场门口，他就已经看出了站在门口的人是谁。

还是和他脑中所想的一样美丽动人。

邓肯·格雷戈里不断地欺骗着自己，即使明知是不可能的事情，他依然有所希冀。

他希望，沈慕卿站在门口，是为了等待他的到来。

一下车，邓肯·格雷戈里便将灼热的目光投向沈慕卿，嘴角疯狂上扬，操着一口练习了很久却并不流利的中文向她问好："你好啊，沈慕卿小姐。"

蹩脚又可笑。

似乎还觉得自己不够真诚，邓肯·格雷戈里赶紧将车门关上，顶着太阳快速地朝那一道倩影走去。

当他靠近沈慕卿之时，那一股馨香瞬间袭满整个鼻腔。

邓肯·格雷戈里理了理自己的衣领，再度开口："今天是来骑马的吗？"

随着他的靠近，沈慕卿拉着德洛丽丝·尼古拉斯猛地后退一步。

除了凯斯·弗雷德之外，她还是忍受不了陌生男人的突然靠近。

自己的行踪被曝光给别人，她心里是说不上的恶心，再加上小嫣的事情也与这个邓肯·格雷戈里挂钩，沈慕卿心中更加不喜，不过此刻她还是忍受着，没有露出不得体的表情。

她只是缓缓点头："是我们挡住您的路了吗？"

沈慕卿正准备和德洛丽丝·尼古拉斯移到大门一侧，邓肯·格雷戈里却急忙道："不不不！"

看着沈慕卿离开，邓肯·格雷戈里完全失去了思考的能力，猛地伸手就打算去拉沈慕卿的手臂。

还没等他碰到沈慕卿，德洛丽丝·尼古拉斯先一步一巴掌拍开了他的手，皱着眉头，褐色的眉眼间藏着狠厉："谁叫你碰她的？！"

她的语气怒意满满，终于将邓肯·格雷戈里的思考能力唤了回来。

他被拍开的手僵在半空中，抖了抖，这才悻悻地收了回去。

此刻沈慕卿的脸上也没了好脸色，别开脸，一个眼神也不打算给他。

"沈慕卿小姐，我不是故意冒犯你的，你没有挡住我的路，是我自己想要和你打招呼，前两次的相遇还算是愉快，我想和你交个朋友，可以吗？"

邓肯·格雷戈里丝毫不理会德洛丽丝·尼古拉斯的嗔怒，只顾着着急忙慌地对沈慕卿解释，心里乱作一团。

他现在只想沈慕卿对他说一句话，就算是一句话，他今天也是成功的。

闻言，德洛丽丝·尼古拉斯便讥讽一笑，还没等她出声将这个如同笑话般的男人骂退，一道汽车急速的轰鸣声便响彻天际。

另一辆豪车停在了马场门前，一道身影从那辆豪车中走了下来。

来人穿着一袭紧身的黑衣、黑裤，是独特的制服，利落的短发被别在耳后，红唇弯起，蓝色的眼睛中泛着淡淡的笑意。

随着她从车中走出，那飒气而凌厉的容貌展露在了所有人的面前。

本就因为沈慕卿的排斥而心情十分不美妙的邓肯·格雷戈里，此刻话语又被打断，已经怒火冲天。

他本来想要将这个不知天高地厚的小子拉出来好好教训一顿，但在看到对方的样子之后，满腔的怒火便直接被一盆冰到刺骨的冷水熄灭。

"响尾蛇！"沈慕卿看着来人，惊喜地大叫了一声，这才几日不见，响尾蛇居然又重新出现在了自己眼前。

还是和原来一样飒爽利落。

响尾蛇先是对沈慕卿投去一个温和的微笑，之后便缓缓将目光移到了还傻站在原地的邓肯·格雷戈里身上，露出一个意味深长的冷笑。

响尾蛇不再关注邓肯·格雷戈里惨白的脸色，又将头转回来，朝着沈慕卿眨了眨眼，眉头一挑，示意沈慕卿看向通往此处的那条大道。

沈慕卿心跳停了一拍，转头朝着刚刚响尾蛇开车过来的方向望去。

此刻，一辆纯黑色的车正静静地停在那条大道的正中间。

如同夜色之中匍匐在地的恶兽，等待猎物放松警惕后才猛地纵身一跃，一举咬断猎物的喉咙。

那在车中一直观望着沈慕卿的男人注意到她突然投向这边的目光，抬起戴着白色手套的手，慵懒地朝前一挥。

车子启动，速度不慢也不快，但落在邓肯·格雷戈里的眼中，却是如同死神来临一般。

随着距离的缩短，一步步都是煎熬。

前方是凯斯·弗雷德，后方是疯女人响尾蛇。

邓肯·格雷戈里此刻毫无退路可言，只能兀自咽下一口唾沫，在这大热天落下一颗颗如豆般大小的冷汗。

待巴赫·文森将车门打开，那个矜贵的男人出现在面前，沈慕卿依旧愣愣地看着他。

凯斯·弗雷德唇角一勾，那张邪肆又英俊的脸沐浴在阳光之中格外好看，他抬了抬棱角分明的下巴，朝着沈慕卿伸出了手："到我这来。"

沈慕卿只觉背部有一道力量轻轻地将自己朝着凯斯·弗雷德推了过去。

刚将手搭上凯斯·弗雷德的大手，那只手就已经瞬间握紧，使力将她带进了自己的怀里。

凯斯·弗雷德垂眸，那双碧眸中除了对沈慕卿的喜爱，还有一团藏于眼底化不开的坚冰。

他蓦然垂头,轻轻在她仰起来的额头上落下一吻。

一触即离,触感却格外清晰。

沈慕卿眼睫轻颤,听到他缓缓说出一句:"甜心,还记得我问过你该如何对待觊觎别人宝物的人吗?"

邓肯·格雷戈里三番四次在他眼皮子底下对沈慕卿怀有不该有的心思,挑战他的底线。

本来还不打算动格雷戈里家族的凯斯·弗雷德突然改变了主意。

他抬手将沈慕卿的脑袋朝着自己怀里按了按,让她无法看见除了自己之外的任何东西。

接着,他抬起头,冰冷的目光径直射向了双腿颤抖的邓肯·格雷戈里。

那副金丝眼镜将阳光折射进邓肯·格雷戈里的眼睛,让他看不清凯斯·弗雷德此刻的表情,但他可以猜测出凯斯·弗雷德对自己浓浓的不满。

"响尾蛇长官。"凯斯·弗雷德突然出声。

"我在,弗雷德先生。"

"剩下的就交给你吧。"

凯斯·弗雷德说罢,便不再理会几乎快要瘫倒在地的邓肯·格雷戈里,而是重新吻了吻沈慕卿的鬓角,带着她朝马场大门走去。

德洛丽丝·尼古拉斯此刻也没有留在此处的想法,邓肯·格雷戈里之后的所有遭遇完全与她无关,她漠然地一瞥,便快速收回了目光,跟上凯斯·弗雷德的步伐离开。

第八章 臣服于你

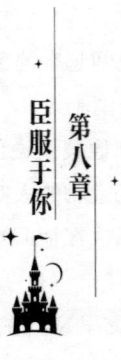

凯斯·弗雷德的步伐很快,沈慕卿几乎整个人都靠在了他身上。

凉风吹过,身体上的温度骤然降低。

这一刻,沈慕卿才缓缓从他的怀抱中退了出来。

只是刚一有动作,那双揽在她腰后的大手便直接将她控制住。

还想着离开他怀抱的沈慕卿此刻就像是被人捏住了后颈,刚分开几厘米的脑袋又重新倒了回去,整张脸都埋进了他的胸膛。

她气不过,握紧双拳直接捶在了他的肩膀上:"让我自己走!这里……人很多。"

她的声音越来越小,即使已经被人看见,但她依然觉得羞涩。

这种亡羊补牢的做法当即惹得凯斯·弗雷德皱眉:"甜心,这件事情不重要,你需要好好想一想接下来到底应该怎么做,才能够平息我心里的狂躁。"

凯斯·弗雷德语气淡淡,但往往这样的话音更让沈慕卿觉得胆寒。

没错,今天这一趟差点就有致命危险的行程让凯斯·弗雷德狂躁不已。

一匹发狂的成年马有着让人致命的力量,而今天的这一匹还不是普通的马,而是一匹血脉、体格都极度优越的赛级马。

他在怪沈慕卿,她不该跟着进入那匹马的马厩。

一个偏执、不讲道理、放任自己脾气的人不可能那么容易就改变,这是沈慕卿与凯斯·弗雷德心意相通之后,第一次看到他身上可恶的劣根性。之前它们只是隐藏起来了,并非消失。

沈慕卿莫名有些失落,杏眼里的光芒也跟着黯淡了下来。

不过,这一棵霜打了的茄子很快就被凯斯·弗雷德发现了端倪。他停住步伐,双手扶住了怀中女子柔软的肩膀,将她缓缓带出了怀抱,自己则俯身,与她视线相平。

他的碧眸暗潮涌动,身体凑近,吻在了她的唇上,是安抚的意味。

"甜心,这不是惩罚,任何的惩罚都无法让你来承受。"

凯斯·弗雷德握住她双肩的大手顺着她的肩膀下滑,最后覆盖在了她白皙的手背之上,循循善诱,带着她的手放在了自己的心脏处。

"只是,这里,只有你能够抚慰。"

除了她,药石无医。

沈慕卿被眼前的人这么一弄,就算是心里有气,此刻都已经被扎了个洞给放走。

她眼睫轻动,如蝶翼般的睫毛抬起,那含着水光的杏眼变得生动了些许。

她不再去纠结其他,只是朝着凯斯·弗雷德靠近了一步,随着他直起身体,伸手环抱住他的腰。

沈慕卿缓缓叹出一口气,轻声说道:"德洛丽丝和亚恒没有错,伊芙·芬恩也只是比较任性。"

她感觉后脑勺被摸了摸,头顶突然传来他冷冽的声音:"我知道，都听你的。"

沈慕卿心中的那块石头总算是落地，便乖顺地靠在他的怀里，跟随着他的脚步朝着室内马场走去。

室内马场的入口是一扇宽大的玻璃门，几人刚到达门口，便看见坐在马场一侧的围栏上气喘吁吁的亚恒·格莱斯特。

而那疯狂的伊芙·芬恩此刻也安静了下来，垂着头坐在他的身边。

那一匹受惊而性情大变的阿拉伯纯血马此刻已经被亚恒·格莱斯特安上了缰绳，牢牢地拴在场边，另一匹温顺的好马此刻也乖乖地待在马场中。

入口处的按钮被巴赫·文森按下，面前的这一扇玻璃门缓缓打开。

声音很小，但在马场那十分安静的环境之中，还是被无声休息的两人捕捉。

两人同时抬头，看着缓缓走进来的几人，反应完全不同。

亚恒·格莱斯特是放心，而伊芙·芬恩原本失神的脸在看到凯斯·弗雷德冷着脸进来的那一刻再度变得疯狂。

"弗雷德先生。"

亚恒·格莱斯特缓缓直起了身朝着他点头，打了个招呼，手一挥将拿在手里的帽子扔开就直接朝着对面的几人走去。

"没事吧？"

德洛丽丝·尼古拉斯赶紧抬脚靠近，眉头紧紧皱起，她还没有见过亚恒·格莱斯特这般狼狈的模样。

对于那一匹烈马，她又有了新的印象。

亚恒·格莱斯特在几人担忧的目光之下，弯起了狐狸眼，摇头："没事，它已经被控制住了。"

德洛丽丝·尼古拉斯将他从上到下打量了一遍，见他没有受伤的地方,才算是放下了心,朝他递去干净的毛巾。

而此刻,凯斯·弗雷德只是睨了亚恒·格莱斯特一眼就收回了视线,那如同野狼般的眸子隔着这一段距离,准确无误地射向了伊芙·芬恩。

所有人都没有想到,伊芙·芬恩此刻居然没有像其他人一般吓得发抖,反倒是咧开嘴张扬地笑道:"弗雷德先生,希望你能够看到我的决心、我芬恩一家的决心。"

声音炽热,让单枪匹马的她更加鲜活。

沈慕卿不解,这一句话到底是在表忠心,还是在挑衅。

对于她的话,凯斯·弗雷德并没有回答,就这么安静地直视着她,等待着她下一步的动作。

他的眸子中暗光闪烁,积着任何人都无法察觉的风暴。

伊芙·芬恩抬步,缓缓朝着那一匹被亚恒·格莱斯特好不容易安抚下来的阿拉伯纯血马走去,手指翻转将控制着它的缰绳解开,攥在了手里。

这匹马此刻不敢再有什么大动作,伊芙·芬恩驾驭它时的狠辣,所有人都看在眼里。

她牵着这匹马,缓缓朝着凯斯·弗雷德一行人靠近。

最后,在隔着一小段距离时,她停了下来,红唇微张,眼里带着坚定:"在很久之前的一次世界商业大会上,你对我父亲说过,驯服一匹最烈的马,只需要一条马鞭就行了。"

话音落下,伊芙·芬恩将手中的缰绳朝着另一个方向一拉,这匹烈马当即嘶鸣了一声,但也朝着她所拽的方向乖乖走去。

"我也做到了,如您所言,只是一条马鞭。"伊芙·芬恩此刻心中除了那一抹疯狂之外,也很忐忑,"现在,我芬恩的产业,有这个资格能够得到弗雷德先生的投资吗?"

这个投资不仅仅是资金,还有先进技术、高端材料的支持。

此话一出，亚恒·格莱斯特和德洛丽丝·尼古拉斯也明白了伊芙·芬恩真正的目的。

在这之前，他们就得到消息，芬恩科技公司在进行人工智能的开发，可是结果不尽如人意，一批批失败品被抬出实验室。

而在国际上，刚好有另一家科技公司与他们竞争。

这样的双重刺激无疑使得芬恩科技公司如坐针毡。

在看到自己父亲日渐忧愁的模样之后，伊芙·芬恩便想要做些事情，但奈何自己什么忙也不能帮上。

可上天是眷顾她的，她无意间参加了一场拍卖会，居然会幸运地遇到凯斯·弗雷德。

可是，她根本就无法靠近他，更别说请求他的投资。

目光转动，眸光闪烁之间，她看见了新的希望，那就是他身边的东方女孩，沈慕卿。

伊芙·芬恩眉头一皱，狠下心，她只想赌一把，赌这女孩在凯斯·弗雷德心中的地位。

想到此，她脸上的笑容加深，很显然，她赌对了。

凯斯·弗雷德来了，并愿意听她说完这一席话。

"她疯了。"

德洛丽丝·尼古拉斯此刻对于那站在对面的女人只有这一个评价，连带着身边的亚恒·格莱斯特此刻都心情复杂。

她完完全全是在用整个芬恩科技公司的命运去博弈。

凯斯·弗雷德突然嗤笑了一声，捏了捏沈慕卿的手，而后缓缓松开，看了一眼德洛丽丝·尼古拉斯后，便将沈慕卿交到了她的手上。

接着，他缓缓朝那不知天高地厚的女人走去，桀骜的表情使得那一抹嗤笑浮于表面，不达眼底。

"驯服一匹烈马，只需要一条马鞭，这句话倒是没错。"凯斯·弗雷德的脚步停滞，居高临下地打量着面前的女人，"但如果这匹烈马还不肯就范，你会怎么做？"

伊芙·芬恩没有丝毫的犹豫，挑着眉，应声答道："我会用尽各种手段。"

对于她的说法，凯斯·弗雷德显然不是很赞同，他将自己的那一道目光收了回来。

"芬恩小姐，对于这样的马，不需要耗费太多的手段，放弃它，换一匹懂得见好就收的就够了。"

伊芙·芬恩咬着牙，强迫自己冷静地回答："您说得对，弗雷德先生。"

对于她的认可，凯斯·弗雷德明显没什么兴致，只是兀自从口袋中取出一条干净的手帕，擦了擦手。

"回去等着弗雷德家族的合约。"将手擦拭干净后，男人又随手指了指那匹白马，"这匹马，就当是你冒犯她的代价。"

说罢，他便转身朝着沈慕卿伸出了手。

他知道沈慕卿不会嫌弃任何时候、任何状态的他。

但当那白净的手真正落在他的掌心时，凯斯·弗雷德还是兴奋地勾起了嘴角。

所有的事情终于结束，沈慕卿此刻只想快点离开马场，回到庄园中。

短短一天的时间，她经历了太多，离开的步伐明显比来时要快。

最后，亚恒·格莱斯特和德洛丽丝·尼古拉斯皆是面色复杂地看了一眼伊芙·芬恩。

很显然，她成功了，为芬恩科技公司谋取到了弗雷德家族的支持。

从今以后，他们就是同一阵营的人了。

"走吧。"亚恒·格莱斯特朝着德洛丽丝·尼古拉斯点了点头,在转身之际,身后突然传来女人明媚的声音。

"格莱斯特先生!"

亚恒·格莱斯特脚步一顿,却没有转身。

伊芙·芬恩此刻脸上全是抑制不住的笑意,她声音加大了几分:"今天,谢谢你!!"

"举手之劳。"

亚恒·格莱斯特只留下这样的一句话后,便跟着德洛丽丝·尼古拉斯离开了室内马场,消失在那一扇玻璃门之后。

整个场子中,就只剩下伊芙·芬恩一个人,和那匹还不知自己将面临怎样的命运的马。

她缓缓瘫坐在了地上,手抚摸在那匹马的身躯之上,心里的烦躁怎么也散不去。

她就这样在这里坐了一个下午。

伊芙·芬恩清楚地知道凯斯·弗雷德话中的意思,如果芬恩家这匹烈马不受控制,最后的下场也会和这匹阿拉伯纯血马一样。

想到此,伊芙·芬恩便深吸了一口气,闭上了眼睛。

未来有怎么样的变动,她说不准,但只要上了凯斯·弗雷德这一条船,她就绝对不会轻易下去。

另一边,几人已经将骑装换了下来,沈慕卿和德洛丽丝·尼古拉斯、亚恒·格莱斯特道了别,便直接被凯斯·弗雷德捉回了车上。

邓肯·格雷戈里没了踪迹,想来是已经离开了。

不过,他的跑车还停在原地。

响尾蛇一直站在大门外抽烟,见德洛丽丝·尼古拉斯和亚恒·格莱斯特相继离开,这才抬步走到那一辆车旁,敲了敲车窗。

车窗缓缓落下,露出了凯斯·弗雷德如雕塑一般俊朗完美的脸，还有被他抱在怀里的沈慕卿。

女子此刻一见到她，便扯出一张笑脸冲她笑，呆呆傻傻的模样惹得响尾蛇也单挑着眉头，以作回应。

"弗雷德先生，这辆车需要解决吗？"

"不用。"

凯斯·弗雷德连眼都没抬，兀自把玩着女子柔软的手："留给伊芙·芬恩。"

响尾蛇嘴角扬起，闷声一笑："明白。"

说完，她再度敲了敲车窗，示意巴赫·文森将其升上去，这才转身回到了自己的车上，将火点燃，油门一踩，迅速朝着大路飞速行驶。

在她开出去之后，凯斯·弗雷德的车也缓缓驶离。

车内一片安静，沈慕卿此刻完全无法动弹，她的肩膀被男人死死箍住，整个背都靠在他坚实的怀抱中。

凯斯·弗雷德将下巴垫在她的肩膀上，一双手臂将她完完全全地圈在怀里，就这么安静地玩弄着她的手。

修长的手指从她的每一根指间穿过，或是轻轻在关节处捏捏。就这么几个动作，不断地重复，乐此不疲。

沈慕卿光是看，都觉得厌烦，忍不住出声："为什么不说话？"

闻言，凯斯·弗雷德冷冽俊美的脸贴近了几分，让两人的侧脸相贴，肌肤相触。

她甚至可以感受到凯斯·弗雷德喷洒而出的热气，还有身后那靠近她不断跳动的心脏。

凯斯·弗雷德没有第一时间回答，靠近之后，又忍不住侧头吻了吻她的脸颊。

这突然的亲吻惹得沈慕卿不小心瑟缩了一下，脖子朝着后方仰，这下整个人都倒在了他的怀里。

脖颈仰起，白皙的肌肤便展露在了凯斯·弗雷德的眼前。

男人没得到女子的允许，就这么乘胜追击，吻落下，描绘着每一条肌理。

她手臂一抬，便将在她脖颈处作乱的头死死抱住。

金色的头发在眼前晃动，沈慕卿眯着眼睛，将五根纤细的手指插入他的发间。

还在亲吻的凯斯·弗雷德突然离开，双手捧住她的脸，爱怜地吻了吻她水光潋滟的眼睫："不需要说，用做。"

他说这话时，眼神真挚，真诚到沈慕卿刚想要发气的动作硬生生地憋了回去。

她的目光落进那一潭碧湖之中，连涟漪都没泛起，就已经被包围，沉入水底。

最后她只能泄了气，一拳捶在他的肩头，而后又乖巧地重新缩进了他的怀里。

车辆停下，沈慕卿朝窗外望去，这才发现不是她熟悉的庄园，而是一个自己从未来过的地方。

车门被巴赫·文森打开，凯斯·弗雷德率先下车，这才接过女子的手，轻轻将她拉了出来，重新带进怀里。

注意到她不断探究着周围环境的眼神，凯斯·弗雷德出声解释道："这里是我的私有马场，不对外开放。"

沈慕卿闻言，有一瞬间的呆愣，那转动的眼珠蓦然抬起，抬头望向了男人优越感十足的侧脸，满脸惊喜。

凯斯·弗雷德瞧着她不值钱的傻笑，忍不住捏了捏她的脸颊，可还觉得不够，又重新低头嘬了两口，惹得女子五官皱起，这才满意地离开。

沈慕卿今天的行踪他了如指掌，包括听到德洛丽丝·尼古拉斯邀请她去骑马时的惊喜，这才使得他改变了回庄园的想法，带着她到自己已经很久没去的马场里。

这处马场虽然不对外开放，但每天都有专人管理打扫，各项设施十分齐全，包括那些在市面上见不到的好马。

"你要教我骑马是吗？我真的可以有一匹自己的马吗？我一会儿会不会摔下来呀……"

一路上，沈慕卿都抱着凯斯·弗雷德的手臂，抬头用那一双亮晶晶的杏眼直勾勾地看着凯斯·弗雷德。

看着身旁女子喋喋不休的小嘴，凯斯·弗雷德脚步一停，俯身堵上了那张小嘴。

退开时，看着女子通红的脸颊，忍不住满意地点了点头，总算是安静了。

巴赫·文森没有跟进来，这一处庞大的马场中只有凯斯·弗雷德和沈慕卿两个人。

换上骑装出来的沈慕卿一眼便看到凯斯·弗雷德骑在一匹黑色骏马上，这画面比她之前想象的还要美好。

他穿的是一套深黑色的骑装，马甲贴合在他坚实、肌肉分明的胸腹之上，靴子有力地夹在马肚的两侧。

他手里牵着缰绳，随着沈慕卿的到来，那一双碧眸缓缓抬起，金发被帽子全都覆盖，只能从一点点的缝隙之间瞧见。

眼镜被他取下，优越高挺的鼻梁彻底展露了出来，硬朗的面容多了几分邪肆。

此刻的他，像极了驰骋沙场的帝王。

沈慕卿赤裸裸的眼神让凯斯·弗雷德不自觉地弯起了嘴角，单手一使力，那一匹凶悍的黑色骏马就已经缓缓朝着她走去。

马匹四肢健硕，行动起来敏捷、轻快。

直到凯斯·弗雷德驾驭着马来到自己跟前时，沈慕卿才傻乎乎地抬头问他："我的马呢？"

她左右查看,发现室内马场中只有凯斯·弗雷德身下的这一匹马,心里顿感不妙。

眼前的男人松开了缰绳,从马背之上潇洒一跃,稳稳落在了地上。

"这里不是有吗?"

凯斯·弗雷德指了指这一匹凶悍的大黑马,接着双手就已经穿过她的腋下,想要将她抱上去。

可女子却猛地一挣,娇小的身躯利落地逃离开他伸来的手。

她站在一旁,瞪着一双杏眼,秀眉微微蹙起,出声辩驳:"这是你的,不是我的。"

凯斯·弗雷德没理会她突然的娇气,刚想要靠近一步,继续将她抱上马背,女子又朝后一退。

沈慕卿对上凯斯·弗雷德的碧眸,眼神有些闪躲,但语气却丝毫没有退缩的意思:"不行!我要一个人骑!"

见她执着,凯斯·弗雷德抬手一把捉住了还想要逃跑的她往怀里塞,却不想突然听见她呜咽出声。

"我就要自己的马!我不要你的!"

凯斯·弗雷德眉头一跳,无奈地将人从怀里拉了出来,暗骂了一声"娇气"。

见这架势,沈慕卿便知道凯斯·弗雷德妥协了,立刻笑起来,只不过刚刚噘起的嘴还未落下就又被男人逮住,猛地亲了一口。

她乖了、不闹腾了,凯斯·弗雷德这才牵着她的手往马场外走。

马厩就在室内马场的旁边,几步路就到达。

全场的马清一色的健硕、高大,鼻子中还喘着粗气。

挑挑选选了好一阵,沈慕卿才伸出指头指向了一匹白色的母马,它在一众烈马之中格外突出。

"凯斯·弗雷德,我要它!"

只是一眼，沈慕卿便相中了它。

这匹马通身雪白，在马厩中很是爱干净，长长的毛发温顺地垂下，看着凯斯·弗雷德两人靠近也没有丝毫的惊恐害怕，仍然低头闷声吃着面前的干草。

这是刚刚在外面的那匹黑马的配偶，在这马场之中的确十分温顺。

"想摸摸吗？"

见沈慕卿喜欢，凯斯·弗雷德便捉住了她的手。

还没等她回答，便已经带着她缓缓靠近，最后摸在了马的身躯上。

这个触感很是奇怪，马的体温很高，从掌心处传来的温度格外滚烫，还有呼吸时微微的起伏，也带动着她的手上下浮动。

"它叫戴安娜，如月光般皎洁的意思。"

凯斯·弗雷德凑近，话音被放大落在耳畔，低沉如同大提琴一般的磁性声音让沈慕卿俏脸一红，侧头望向了他："我很喜欢，我们就骑它好不好？"

凯斯·弗雷德转头，落进女子的盈盈水瞳之中，勾唇一笑："都听你的。"

二人牵着这匹白马走了出去，这下沈慕卿对于凯斯·弗雷德的动作便没有了躲避挣扎，乖乖地被他抱起，坐在马背上。

突然到了高处，视野变得格外不同，正当沈慕卿兴奋地侧眸想要同凯斯·弗雷德说话时，男人居然也踩着踏板，猛地骑上了马，紧贴着她的背部。

沈慕卿完全不敢乱动，害怕自己一不小心就落下马背，摔在地上。

"你……你、你怎么也上来了？！"此刻她只能小心翼翼地开口，表情跟着身体一齐僵硬了起来。

"你说的，我们一起骑它，难道不是吗？甜心。"凯斯·弗雷德话里带着笑意，双手圈住沈慕卿，拿起缰绳便操纵着马缓缓动起来。

沈慕卿差点没被气笑，居然被他用文字游戏忽悠了。

看着马儿突然移动，她也只能乖乖靠在凯斯·弗雷德怀里，暗自责怪自己"嘴飘"。

似乎是逐渐适应了这一动作，凯斯·弗雷德带着她在场中转了几圈后，沈慕卿的胆子也变大了些许，脱离开凯斯·弗雷德的怀抱，直起了身子。

刚离开没多久，这匹马的速度却突然加快，猛地行进让沈慕卿惊呼了一声，又再度躲进凯斯·弗雷德的怀里，死死抓住他的手臂，不肯松开。

直到头顶传来男人的闷笑声，沈慕卿才发现他是故意的，皱着眉头，小嘴噘起，但奈何现在自己一动也不敢动，只能任由男人的笑声逐渐放大。

"甜心，这是我第一次从骑马这件事上感受到别样的快乐。"

——是你带给我的。

"凯斯·弗雷德。"沈慕卿脸上的笑容扬起，水眸之中的欣喜没被凯斯·弗雷德看见，她忽然叫了他一声。

男人的头凑近，女子这才偏头，在他靠近的侧脸上落下一吻："不只是你。"

——还有我，我们在一起，就已经拥有了所有的快乐。

戴安娜本就十分听话，被两人驾驭也不闹腾。

而原本被凯斯·弗雷德牵来的黑马一直都待在马场之中，随着时间的推移，不知道是不是心疼自己媳妇的缘故，这黑马居然不停地甩动着自己的尾巴，鼻子耸动，发出闷闷的喷气声，视线也跟着戴安娜的身影不断地移动。

一开始它的动静还小,玩得不亦乐乎的沈慕卿根本就没有察觉到,可后来这马越发激动,居然还扬起了前蹄,落地时踩飞了许多沙砾。

沈慕卿转头朝着它望去,这才想起凯斯·弗雷德在马厩中对她说的话,这一匹黑黝黝的骏马,是戴安娜的配偶。

它这副模样逗得沈慕卿忍不住"扑哧"一笑,抬手在戴安娜的背部摸了摸:"凯斯·弗雷德,我们回去吧,已经玩很久了。"

骑马的瘾也过了,虽然有凯斯·弗雷德在身后,但一直这么直着腰部的确十分疲惫。

戴安娜的配偶一直在激动,她还做不出来一直拆散它们的行为,便抓着凯斯·弗雷德的手臂,朝他说话。

时间不早了,凯斯·弗雷德便点了点头,让她轻抚着马背,自己则利落地跃到了地面,朝马背上的她伸出双手:"过来。"

这么高的高度,沈慕卿看着凯斯·弗雷德敞开的怀抱,居然一点也不害怕,满满的全是信任和安全感。

她嘴角一咧,乖乖地朝着他的怀抱扑去。

沈慕卿被那双大手稳稳地接住,下意识地抱住了他的脖颈,将脑袋埋进了男人的怀里,声音也闷闷的:"不想动,要你抱我。"

本来就喜欢沈慕卿靠近的凯斯·弗雷德求之不得,下巴蹭了蹭她毛茸茸的发顶,就这么毫不费力地抱着她朝室内马场的门口走去。

见自己媳妇得到自由的黑色骏马又嘶叫了一声,将刚好路过它身旁的沈慕卿吓了一跳,娇小的身体在凯斯·弗雷德的怀里瑟缩了一下,而后,探出脑袋朝着它看了过去。

见这反应,凯斯·弗雷德眉头一皱:"阿波罗!"

名为阿波罗的马被他吼得闷哼两声,像是不服气,但最终也没做出什么报复,只是马尾一甩,像是什么事也没发生一般,转

219

身朝着那在场中缓缓走动的戴安娜跑去。

它这副敢怒不敢言的模样惹得沈慕卿脸上浮出笑容,她抬手戳了戳凯斯·弗雷德的下巴,抬眼问他:"怎么连马也这么怕你?"

凯斯·弗雷德似乎是没听出她话里的调侃,长腿一伸,便一脚踏进了室内。

"我从始至终都只有阿波罗这一匹马,在这之前它可是比所有的马都要凶悍百倍,赛级奖杯拿过不少。"走进长长的走廊,凯斯·弗雷德缓缓说道。

"我与它算是老朋友了,它这一生也只被我驾驭过。"

"现在……怎么成这样了?"凯斯·弗雷德口中的阿波罗与她今日见到的完全不同,眼前的这一匹马性格还算温顺,根本不像伊芙·芬恩的那匹阿拉伯纯血马。

凯斯·弗雷德目视前方,牢牢抱住他怀中的女子。

"自从戴安娜和它交配过后,它就不再参加任何比赛,我也如它所愿,将我的老伙计和戴安娜安置在这里,让它们也过过二马世界。"

凯斯·弗雷德似乎是想起了,当时阿波罗死活不肯出马厩,一直赖在戴安娜身旁的模样,嘴角一勾,笑意就这么缓缓流泻。

"阿波罗、戴安娜,这两个名字……"沈慕卿双眼放光,抱住凯斯·弗雷德脖颈的手更紧了一些,"它们天生就是一对!"

太阳神和月亮女神,这名字的寓意再美好不过了。

凯斯·弗雷德走进更衣室,蹲了下来,将怀中的女子轻轻放置在中间的软椅上。

在她的注视之下,单膝跪在了她的面前,那双碧眸中本来汹涌的波涛此刻已经平缓了下来,柔和到不行。

沈慕卿敢用自己的性命作赌注,只要再多看一眼,她就要完全沉溺进去了。

男人伸手,将她两只手握在了手中,放在她的腿上,缓缓开口:"你知道我为什么要讲这个故事给你听吗?"

沈慕卿摇了摇头,脑袋一歪:"为什么呀?"

她杏眼弯弯,似乎没有把凯斯·弗雷德的话当作一件很正经的事。

单膝跪地的男人也不恼,只是松开一只手捏了捏她鼓起的脸颊:"我想告诉你,无论我有多桀骜不驯,到最后也会和阿波罗一样。"

沈慕卿一愣,脸上的笑容逐渐放缓,眼睫扇动,就这么任凭他的手指揉弄自己的脸颊。

看着她呆愣的模样,凯斯·弗雷德收回了自己的手,重新握紧她的双手,碧眸含笑,却带着极度的真诚缓缓开口:"臣服于你。只有你。"

说罢,他便抬起她的一只手放在唇边,那双碧色的瞳子一直紧盯着沈慕卿的眼睛。

柔软的触感从手背上传来,沈慕卿觉得所有的喧嚣似乎都在这一瞬间沉寂了下来,她只听到了自己心脏不断跳动的声音。

凯斯·弗雷德不在乎能不能得到她的回应,只是笑着不语,抬起她的脚,为她脱下沾满泥土的靴子。

他的动作轻柔,眉眼中净是认真。

忽然,沈慕卿出声,面若桃花,含笑的双眸中透出丝丝的亮光。

她笑着翘了翘自己的脚:"擦干净,不然今晚不让你在床上睡了。"

"遵命,我唯一的公主。"凯斯·弗雷德握住她的脚踝,抬头浅笑。

在遇到凯斯·弗雷德之后,沈慕卿差点连生活都不能自理,一切都有他亲力亲为,沈慕卿虽然嘴上抱怨,但早已乐此不疲。

221

她开心地看着凯斯·弗雷德原本枯燥、乏味的生活逐渐充满色彩，这是一件比制作出完美的旗袍还要有成就感的事情。

巴赫·文森在门口处从未离去，见凯斯·弗雷德和沈慕卿出来，便早早打开车门。

如往常一样，上车之后的沈慕卿必然会窝进凯斯·弗雷德的怀里安稳地睡着。

回到庄园之后，也必然会看见莎洛特·戴维斯将一盘盘热气腾腾的菜摆放在餐桌上。

刚睡醒的沈慕卿被凯斯·弗雷德牵着走向餐厅，在看到桌上的菜之后，她明显一愣，而后抬头望向了凯斯·弗雷德。

这一桌菜全都是她的家乡菜，连凯斯·弗雷德常吃的牛排也没有出现。

这还是第一次凯斯·弗雷德和她共用相同的菜品。

凯斯·弗雷德拉开椅子，朝着沈慕卿一笑："都是你喜欢的。"

以前用餐时，他将她夹菜频率最高的几种菜都记了下来，今天才吩咐莎洛特·戴维斯准备了这么一大桌。

凯斯·弗雷德第一次有了危机感，以往任何人都无法让他的心泛起波澜，包括藏在暗中一直虎视眈眈的尼克·弗雷德。

而从昨天开始，邓肯·格雷戈里的出现，邓肯·格雷戈里那看向沈慕卿赤裸裸的眼神，还有今天邓肯·格雷戈里不断靠近沈慕卿的身体，都让他心里不断地涌现出前所未有的怒意，在平静的湖面引起轩然大波。

这一刻，他才知道，他的卿卿十分优秀，还会有更多的男人爱慕她，想要接近她。

虽然有他在，那些想法都如同泡沫一般虚幻，但凯斯·弗雷德还是无法忍受沈慕卿出现在其他男人的脑海中。

这股浓浓的危机感让这个内心平静了二十六年的男人差一

点暴怒。

"你尝尝这个。"

眼前精致的餐盘中突然伸来一双夹着菜的筷子,凯斯·弗雷德的思绪回笼,抬眼望向了正坐在他对面的沈慕卿。

那双眼睛中带着急迫,催促着他尝尝,外国人对家乡美食的肯定是沈慕卿所热衷的事情。

在她期待的目光之下,凯斯·弗雷德拿起手边的刀叉,将那放在盘中圆溜溜的肉球切下了一小块,送进嘴里。

凯斯·弗雷德面色淡漠,如机器一般咀嚼吞咽之后,才点了点头,赞许道:"很不错。"

沈慕卿脸上的笑容更加深了,不停地夹起其他的菜朝凯斯·弗雷德的餐盘中送去。

"这叫红烧肉,我小时候可喜欢啦!还有这个!"

凯斯·弗雷德对于一样样送来的菜品一个也没拒绝,全都送进了嘴里,对于她的问题也都只有一个回答——含着笑容,说不错。

本来还饶有兴味投喂男人的沈慕卿突然有些兴致缺缺。

见男人的盘中还有自己夹去的一大盘菜,沈慕卿这才收回了手,低头用筷子不停地戳着红烧肉。

片刻之后,对面突然开口,唤着她的名字:"卿卿。"

沈慕卿蓦地抬头,疑惑地望向凯斯·弗雷德,等待他接下来的话。

"除了那一个工作室之外,我还以你的名义注册了一个子公司,弗雷德家族会全权为你投资。"

沈慕卿发怔,她完全没想到这样正经的话居然会拿到餐桌上来说,包括凯斯·弗雷德突然下的这个决定,也出乎她的意料。

"为什么,这么突然?"

她还没那么远大的志向，做旗袍是她一直以来的爱好和特长，在德国似乎也只有这一件事情能够勉强支撑她活下去。

但奈何她空有一腔热血和手艺，却没有任何其他的手段去推广。

被凯斯·弗雷德这么一提，沈慕卿自己心里也十分惴惴不安。

"不用担心，昨天带你参加拍卖会之后，就已经有人旁敲侧击询问德洛丽丝·尼古拉斯和亚恒·格莱斯特你身上的衣服。"凯斯·弗雷德缓缓一笑，"支持自己夫人的事业，并不是一件拿不出手的事情。"

这一声夫人落入沈慕卿的耳中，犹如投入湖面的巨石，炸起来一层又一层的水浪。

她杏眼瞪大，惊恐地看着对面的男人："凯斯·弗雷德，你知道你在说什么吗？"

她一直都不敢奢求太多，凯斯·弗雷德独一无二的偏爱已经让她格外地珍惜。

她明白，在大家族中，掌权人即便是不结婚，也不会娶一个无名无分、毫无背景的女人。

这也是她之前从来都不敢面对自己感情的原因之一。

但自从凯斯·弗雷德重伤回来之后，她也没再多想，只要两人在一起就好，这些身外的东西，她不要也可以。

但如今，凯斯·弗雷德突然说出的话却让她的心脏开始猛烈跳动。

见女子的反应这么大，凯斯·弗雷德放下了手中的刀叉，一字一句在她的注视之下重新复述了一遍："你，我的夫人，卿卿。"

极大的狂喜到来，往往没办法在一瞬间展露。

沈慕卿就像是还没有被充上电的小机器人，呆愣的模样格外可爱。

"所以，明天开始，我会让德洛丽丝·尼古拉斯过来，将联系她的人的名单交给你，响尾蛇从今天开始也会跟在你身边保护你。"

凯斯·弗雷德伸手，重新拿起刀叉，将她最喜爱的红烧肉叉了起来，有些笨拙地送到她的嘴边。

"卿卿，你咬一口后，就算是答应我，不要在意除我以外的任何人，你的世界应该和我一样，只有一个人。"

凯斯·弗雷德吃了好几天醋，除了邓肯·格雷戈里之外，他还对响尾蛇很是不满。

本来这一次他打算换一个人，但想起在威廉港时，响尾蛇出色的作战能力，他还是选择了她。

将一切都为他的夫人打点好后，凯斯·弗雷德才真正地放下了心。

他的卿卿，应该不费吹灰之力就能拥有所有美好的东西。

这些，全是他应该为其亲力亲为的事情。

呆愣的沈慕卿都不知道自己是怎么吃完这顿晚餐，又是怎么被凯斯·弗雷德抱回房间的。

直到一切都被凯斯·弗雷德收拾妥当，两人躺在床上，窝在凯斯·弗雷德怀里被他紧紧抱住的沈慕卿才突然哭出声来。

她用手拍打着他，呜咽声不断地从嘴角溢出，脸上泪痕交纵，哭得梨花带雨。

在微弱的灯光下，凯斯·弗雷德只看见她一张脸皱在了一起，好不可怜。

他赶紧伸出手，将她重新拥入怀中，又是哄，又是亲。

将那些被眼泪黏在脸颊两侧的发丝拨开，凯斯·弗雷德才凑过去亲亲她惨兮兮的脸，轻声问她："怎么了？怎么突然哭？"

沈慕卿睁开眼睛，看着还没搞清楚状况的凯斯·弗雷德，又是一拳:"都怪你!"

她的脾气上来了,一个转身,离开了他炽热的怀抱。

可刚脱离一秒,他便贴了上来,凑到她莹莹如玉的耳边说道:"嗯,都怪我。"

这话一出,沈慕卿瞬间没了脾气,但眼泪还是止不住地流。

她重新翻了个身,双手抵在他的心口处,就用那布满泪痕的脸抬头看他。

"凯斯·弗雷德,我当真了。"说完,似乎是不知道该怎么面对他,便一股脑地埋进了他的怀里,脸颊贴上他坚实的肌肉,听他灼热的心跳。

这时,凯斯·弗雷德才明白女子哭泣的原因。

她太敏感、自卑了,这样一件事居然在脑中从晚餐想到了现在。

坚强的女子会在深夜因为自己的一句承诺而崩溃大哭,这让凯斯·弗雷德的心更加酸涩,长臂收紧,让她的腰肢完完全全地贴上自己的身躯。

他低头吻了吻她的发顶,轻声哄她:"要我亲你吗?"

现在,似乎只有触碰才能够安抚女子需要慰藉的心,那些甜蜜的话他总是有时间去告诉她的。

话音落下,怀中娇人蓦然一动,攀着他的肩膀不断地仰起头。

她杏眼迷蒙,被泪水浸满,那微弱的闪光荡漾而出,直直被凯斯·弗雷德捕捉。

所有的思绪在看到女子依赖的表情之后彻底瓦解,凯斯·弗雷德低头,吻住了女子努力献出的芳唇。

柔软的唇瓣相触,凯斯·弗雷德从心底里发出了一声满足的喟叹。

早晨来得很快,但沈慕卿不想睁开眼睛,今晚她睡得很不舒服，像是在一块硬硬的石块上睡觉，硌得慌。

　　手指微微一动，想要移开手臂支撑着自己醒来时，却发现指腹下的触感完全不对。

　　不再是柔软的大床，这触感分明就是她梦境中那块硬邦邦的石块。

　　眼睛突然睁开，沈慕卿入眼便是肌理分明的胸肌。

　　沈慕卿没来由地心脏一跳，缓缓抬头，朝着这身体的主人看去。

　　凯斯·弗雷德硬朗的下颌落入她的眼中，沈慕卿一喜，那种每天早晨起来只有自己一个人的空落落的感觉消失。

　　随之而来的是说不出的开心和幸福，本来还准备起床的沈慕卿不再乱动，就这么仰着小脑袋看着正在熟睡中的凯斯·弗雷德。

　　时间不知不觉地过去，沈慕卿却完全没有察觉，看久了便又生出了其他的小心思。

　　白皙的手就这么从被子里探出，落在他的脖颈处，而后慢慢攀爬而上。

　　这里，是属于她的下巴；还有这里，是属于她的嘴唇。

　　手指滑动，从那柔软的唇瓣再度上移，缓缓落至高挺的鼻梁上。

　　沈慕卿由着这只手抚摸，从传来的触感中用心感受。

　　最后摸到了他紧闭着的双眸，见凯斯·弗雷德还没有醒来，沈慕卿忍不住轻笑了一声。

　　正准备将手原路返回，路过他的唇瓣之时，男人突然一动，精准地咬住了她的手指。

　　沈慕卿在一声惊呼之后稳住了心神，看着凯斯·弗雷德噙着笑的面容，收回了手，没好气地抬手推搡着他的肩膀。

　　"走开，不喜欢你。"

沈慕卿想要直起身体离开，可凯斯·弗雷德怎么可能放任她从自己的怀抱中逃脱。

肌肉完完全全鼓起的手臂一弯，这立马缩小的空间让刚刚起了一点身的沈慕卿重新倒回了床上。

女子的黑发摊开，红着一张精致的脸，用那一双含着水汽的杏眸瞪他。

凯斯·弗雷德低头吻在了她的脸颊上。

"真的不喜欢我吗？卿卿。"

没有一点感情的话语却让沈慕卿从中听出了可怜的意味，她没再逗他，抬起头也在他的脸颊上落下一吻。

她嘴角微扬，笑意晏晏，眼睛像是两个弯弯的月牙，脸上的幸福都从嘴角溢了出来，在这清醒的晨光中格外醉人。

"在我们那里，这……这叫，礼尚往来！"那双眼睛中闪着狡黠的光。

凯斯·弗雷德却是纵着她的性子，缓缓起身，同时也将女子抱了个满怀。

从床边抱到衣帽间、浴室，又从房间抱到了楼下客厅。

沈慕卿喜滋滋的，心里不断感叹自己找了个好男人。

昨晚凯斯·弗雷德说要娶她，除了那一次外出去威廉港受伤之外，他从未对她食言。

"今天没有工作吗？"

看着凯斯·弗雷德慢条斯理地吃着面前的牛排，沈慕卿很是疑惑，以往这个时间，庄园里完全没他的影子。

今天他不仅和她一起起床，还不紧不慢地吃着早餐。

凯斯·弗雷德将手中的刀叉放在两边，拿起了餐桌上的牛奶，重新将沈慕卿面前的空杯子倒满："巴赫在。"

"啊？"

沈慕卿现在是从心底里对巴赫·文森这个"打工人"感到敬佩，不仅要充当凯斯·弗雷德的助理、司机，就连工作上的事务也一并打理了。

看着她脸上的变化，凯斯·弗雷德拿起了手边的咖啡，声音冷冽："巴赫从小跟在我身边为我效力，我支付给他的薪水也不是常人能够想象的。"

将嘴唇凑到瓷杯边，轻轻饮下一口咖啡后，凯斯·弗雷德总算是抬眸看向了沈慕卿，声音平淡，像在陈述一件事实："我并不介意你将注意力全放在我的身上，甜心。"

可沈慕卿分明从中听到了男人不易察觉的幽怨。

她抑制住自己心底的笑意，不急不慢地喝下了凯斯·弗雷德为她倒满的牛奶，歪着脑袋开口："弗雷德先生，你的要求真的很多。"

"精益求精是我处理任何事物的准则，这一准则所面向的对象当然也包括你，美丽的东方女孩。"

凯斯·弗雷德完全没有在意沈慕卿话里的调侃，反倒是一本正经地就着她的话说了回去。

沈慕卿一愣，有些气结："你……我……"

她的手指先是指向了凯斯·弗雷德，而后又指回了自己。

他到底是把她当作要共度一生的人，还是一个普通的合作对象？

沈慕卿小嘴一噘，眼神立刻离开凯斯·弗雷德身上，那拿在手中的杯子也被冷落，放在了桌面上。

看着女子骤然生气的模样，凯斯·弗雷德那平淡如水的面容终于有了一丝波澜，他轻笑出声，缓缓站了起来，越过餐桌走到沈慕卿的面前，弯腰用餐巾一点点拭去了浮在她唇上的奶沫。

他的碧眸中全是不加掩饰的喜爱："你说的，这叫作……礼尚往来。"

好啊，原来在这里等着她。

"讨厌你。"

沈慕卿顿时涨红了脸，眼神飘忽，在他戏谑的目光之下用中文小声地嗔怪了一声。

看着女子如同小兽一般，在一阵气结之后突然飙出来他听不懂的中文，不用想也知道是在责怪他。

凯斯·弗雷德放下餐巾，重新凑近，亲了亲她的唇瓣。

这突然的靠近和亲吻让本就心软的沈慕卿一下子就没了脾气，只好将双手撑在他的肩膀上，轻声警告："以后，不要再这样了。"

"好。"

凯斯·弗雷德没再多说，只是牵着毛被顺好的沈慕卿离开了餐厅。

车已经在门口停好，可驾驶座却是空空荡荡的，沈慕卿侧头询问："没人开车吗？"

"我送你去尼古拉斯家族。"

说话之余，凯斯·弗雷德已经将车子的副驾驶处车门打开。

轻轻松开了牵着沈慕卿的手，看着她坐进去，俯身将安全带为她系好。

凯斯·弗雷德在离开之时还偷了个香，这才满意地关上车门，抬步来到驾驶座。

沈慕卿双手捏着裙边，红着一张脸，看着旁边淡漠的男人开口："响尾蛇呢，为什么不让她跟我一起去？"

凯斯·弗雷德闻言，只是眉头轻轻一蹙："我并不相信她的车技。"

说完，他还下意识地朝着后视镜看了一眼。

但就是这一眼让沈慕卿发现了端倪,她一转身,趴在座椅上,透过玻璃果然看见了昨天响尾蛇开着的那一辆车。

响尾蛇带她兜风时曾说过,她的车技在 HX 中能排得上前十,这样的过人之处凯斯·弗雷德不可能不知道,那说不相信响尾蛇车技的话自然也是胡诌的。

沈慕卿没有揭穿男人的谎言,只能侧过头,看着窗外不断闪过的建筑低低地笑,这个让很多人闻风丧胆的男人也会这么幼稚。

尼古拉斯家族的主宅在一处山脉之上,远远望去,就跟一座城堡一般。

建筑有些古老,但却尽显其家族的历史悠久和恢宏。

车在山下通过一道巨大的铁门之后,便一路畅通无阻,直达那恢宏的主宅。

隔着很远的一段距离,沈慕卿便看见了尼古拉斯家族的人全都站在了房前的庭院之中。

那一群人的最前方此刻正站着一位头发已经花白的老人,面容慈祥,浑身的装束被打理得一丝不苟。

此刻他正一言不发,正经地等待在原地。

在他身边扶着他手臂的人,便是德洛丽丝·尼古拉斯。

尼古拉斯全家所有小辈之中,也只有德洛丽丝·尼古拉斯有这个资格站在尼古拉斯家族的掌权人的身边。

这老人便是她的父亲,如今尼古拉斯家族的族长唐纳德·尼古拉斯。

德洛丽丝·尼古拉斯是夫人以生命为代价带来的孩子,也是这位老人的老来子,是这一脉唯一的后代。

不出意外,在这群小辈之中最后继承尼古拉斯家族的会是德洛丽丝·尼古拉斯。

除非,在其中突然涌现出像尼克·弗雷德那般的跳梁小丑。

两辆车一前一后地停在了院落中。

看着从驾驶座走下来的男人,那一群在原地等待的人终于有了一丝骚动,连带着双眼都开始闪着光。

凯斯·弗雷德没有去理会众人的目光,而是兀自来到副驾驶处,将沈慕卿接了出来。

他将沈慕卿的手放在自己的手臂上,让她挽着自己。

"弗雷德先生。"

看着走来的两人,唐纳德·尼古拉斯微微俯首,带着尼古拉斯一众族人对凯斯·弗雷德行礼。

这些尊敬不全是因为凯斯·弗雷德位高权重,还因为这么多年弗雷德家族对尼古拉斯家族的照拂。

弗雷德家族帮扶的不仅仅是格莱斯特家族,还有尼古拉斯家族。

看着面前的老人,凯斯·弗雷德点了点头,沉声道:"我还有事务要处理,我夫人就拜托您照顾了。"

说完,他抬手拍了拍沈慕卿的手:"晚上如果我没来,就让响尾蛇带你回庄园。"

说出这话后,沈慕卿只能忍着笑意点头:"好。"

目送着那辆黑色的车子离开,沈慕卿这才不好意思地转身朝着德洛丽丝·尼古拉斯的父亲唐纳德·尼古拉斯问好:"您好,我是沈慕卿,很高兴见到您。"

她的声音虽然轻柔,但整个人却是不卑不亢,笑容和善大方。

威严的唐纳德·尼古拉斯也在此刻露出了慈祥的微笑:"夫人你好,欢迎你到尼古拉斯家族做客。"

"卿,跟我来吧。"看着周围那一群蠢蠢欲动的同辈姐妹,德洛丽丝·尼古拉斯完全不想理会。

她连介绍都没有,拉过了沈慕卿的手,朝着唐纳德·尼古拉斯娇俏一笑："我带她先进去了，父亲。"

不等人回答，德洛丽丝·尼古拉斯就直接拉着沈慕卿朝主宅中走去。

本来还打算跟沈慕卿认识一番的众人皆是呆愣在原地，傻眼了。

唐纳德·尼古拉斯对于自己女儿的做法无奈一笑，却没有丝毫的责怪。

"族长！这太不公平了，为什么姐姐不介绍我们？"

正当人群要散开之时，一道愤愤不平的女声从人群之中传来。

众人皆是一愣，惊恐地看着那开口说话的女人。

"卡瑞娜！"在那女人刚说完之后，一个身形高大的中年男人便快速站了出来，拉过她的手，皱着眉头，一脸警告之色。

可那女人却还是不服气，浓密的眉头紧蹙，在她父亲盛怒的警告之下，攥紧手中的裙摆，上前了一步："能和弗雷德家族的掌权夫人结交，对我们尼古拉斯家族来说百利而无一害。"

现场气氛紧张，卡瑞娜·尼古拉斯在众目睽睽之下，声音越来越小："虽然姐姐是家族长女，但所有的好处全都让姐姐占了，这合理吗……"

一片寂静，围观这一场闹剧的众人心头皆是一滞，连呼吸都不敢放大声音。

天上，原本轻盈、悠闲飘荡着云朵的天空也在片刻间变得阴沉，所有人的头都不自觉地低垂了下来，让人看不清神色。

有的人幸灾乐祸，有的人同仇敌忾，还有的人隔岸观火……

一个兴盛家族之中，多的是人心怀鬼胎。

四周的空气凝固了一般，唐纳德·尼古拉斯的脸色阴沉，就像是蒙上了一层厚厚的阴霾，完全透不过气。

在看见卡瑞娜·尼古拉斯心虚地低下头之后，他才鼻头一耸，

233

忍不住嗤笑出声。

他年龄虽大,但那一份家主的威严却丝毫不弱。

只见他眉头一横,眼神忽地从卡瑞娜·尼古拉斯的身上移到了她身边的中年男人身上:"把女儿教好才是要紧事,这一点小小的心思要是被弗雷德先生知道,到时候也别怪我不保下你。"

说罢,他便在其他人的簇拥之下转身,刚迈出半步,又停了下来,头也没回地在尼古拉斯家族所有人的面前丢出了一个惊人的消息,犹如深海炸弹,将这一潭看不见底的浑池搅得天翻地覆。

"别以为你在柏林的那些小手段我不知道,赶紧收手,我们尼古拉斯家族还吃不下柏林那处吃人窟的东西。"

说完,唐纳德·尼古拉斯便径直离开,回到了主宅之中,任身后的混乱爆发。

"好啊!好你个诺尔·尼古拉斯,教唆自己女儿主动谄媚就算了,居然还敢将手伸到柏林?!"

"疯了!光在慕尼黑我们都是靠着弗雷德家族支持才得以站稳脚跟,为什么还要去柏林掺一脚?"

"看卡瑞娜·尼古拉斯这嚣张劲,你们在柏林捞了不少油水吧?"

"家主都能得到消息,你以为弗雷德先生不知道?全都是看在家主的面子上才没处置你。"

……

在看到唐纳德·尼古拉斯的身影彻底消失在主宅后,围观的众人顿时爆发,一股脑地将那对父女围在了中间疯狂攻击,一句句戳心的话纷纷往外冒。

这一刻,所有人才看起来格外团结,他们的观点都出奇地一致,全都是对这一行为的鄙夷。

"好了!"卡瑞娜·尼古拉斯实在是忍耐不下,看着自己父亲憋屈的模样，双手一挥，将不断靠近的众人挥开了些许。

她怒目圆睁："别以为我不知道你们心里那点上不了台面的想法，我父亲是靠自己的实力在柏林站稳脚跟的，你们全都是嫉妒！嫉妒我父亲可以参与到柏林的商圈！"

"卡瑞娜！别说了！"这一声惊天怒吼将咄咄逼人的卡瑞娜·尼古拉斯吓了一大跳，整个人都愣在了原地。

她还准备说些什么的嘴巴大张，但此刻却一个字都吐不出来。

不仅仅是卡瑞娜·尼古拉斯，连周围那群满脸狰狞的人也同时安静了下来，呆呆地看着诺尔·尼古拉斯。

"柏林的事情，从今天开始，我们一家会立刻停下，以后也不会再参与其中，各位放心。"诺尔·尼古拉斯可不相信，今天凯斯·弗雷德亲自到来，是为了送自己夫人。

在他看来，这就是警告。

诺尔·尼古拉斯认命地闭了闭眼睛，他可是看见过凯斯·弗雷德的雷霆手段，不然也不可能在柏林这样一个比慕尼黑残忍、冷酷百倍的地方登上王座。

"父亲！你……你这是干什么？！这些都是您留给我的，没有我的同意，您怎么可以就这样放弃？"

卡瑞娜·尼古拉斯在听完最后一个字之后，便彻底癫狂，一下扑到了诺尔·尼古拉斯的身前，双手紧紧抓住了诺尔·尼古拉斯整洁的衣衫。

在尼古拉斯家族中，所有人都知道，最后的继承人会是德洛丽丝·尼古拉斯，这是默认的。

卡瑞娜·尼古拉斯只要作为尼古拉斯家族中的一员，就一辈子都没有出头之日。

如今好不容易有了进入柏林商圈的机会，但才刚开始，就这么被放弃，任谁都不可能不崩溃。

而诺尔·尼古拉斯却是直接将卡瑞娜·尼古拉斯抱在了怀里,将她嚎叫的嘴埋在了自己的胸膛之中。

他额头青筋暴起,但还是朝着周围的人抱歉一笑:"抱歉,今日我说的话没有一个字作假,卡瑞娜情绪有些不稳定,我先带她离开了。"

说罢,便强硬地抱起了还在不断挣扎、呜呜直叫的卡瑞娜·尼古拉斯离开人群,朝着主宅一旁的停车场走去。

直到车门被紧紧关上,汽车离开这处院落的大门时,还有些呆滞的众人才缓过了神,收回视线,默默摇头。

不得不说,诺尔·尼古拉斯一家的胆子真的太大了。

本来尼古拉斯家族能够在慕尼黑站稳脚跟就是因为凯斯·弗雷德的帮助,现在诺尔·尼古拉斯拼命挤进柏林,便直接成了弗雷德家族的竞争对手。

况且以诺尔·尼古拉斯的本事,他们可不相信他背后没有其他人的帮助。

现在能够直接和弗雷德家族叫板的,除了柏林其他几个大家族之外,就只有尼克·弗雷德了。

被唐纳德·尼古拉斯这么一说,所有得到这一消息的人皆是汗毛竖起,凯斯·弗雷德亲自来到这里,这完全就是赤裸裸的警告。

在不远处的大石块上正坐着两个年龄稍小的青年,冷眼将全过程看完,脸上的讥讽变得更浓了。

"真是够蠢啊。"

其中年龄稍大的少年笑着摇了摇头,对于诺尔·尼古拉斯一家的做法,他差点没恶心地吐出来。

而坐在他身边的另一个少年听自己哥哥这么一说,不假思索地附和道:"是挺蠢的,敢在慕尼黑和尼克·弗雷德联系,光这一件事就够死上百次了。"

少年褐色的眼睛一眨，无趣地朝着那大石头上一倒："你说，弗雷德家族真有那么恐怖吗？"

"泽维尔，你还记得幼时父亲给我们讲的希腊神话吗？"那一直端坐的少年突然回头，朝着已经开始闭眼假寐的少年说道。

"当然，这可是父亲留给我们最后的回忆，我怎么可能忘？"

"凯斯·弗雷德啊……那是比撒旦还要恐怖的人物啊。"利奥·尼古拉斯语气缓慢，却在最后轻轻地笑了出来。

泽维尔·尼古拉斯原本已经闭上的双眸骤然睁开，定定地看着那正在轻笑的少年："哥哥……"

"可是我倒是想要看看这世界上到底有没有一把能够取下他头颅的珀尔修斯之剑。"

话音刚落，泽维尔·尼古拉斯便瞬间扑了过去，用手死死捂住了他还在说话的嘴，瞳孔紧缩，低声喝道："你疯了？这种话都能说得出口。"

利奥·尼古拉斯一直在笑，垂眸看了看那捂住自己嘴唇的手，挑眉抬手将其拿了下去。

"说不定呢？反正这尼古拉斯家族到最后也不会有我兄弟俩的容身之处，何不试一试？"

泽维尔·尼古拉斯见自己哥哥一副无所谓的疯魔样，只能出声警告："父亲只希望我们平安活下去，其他所有的浑水，我们都别去碰。"

说罢，泽维尔·尼古拉斯便从石块上站了起来，拉了拉利奥·尼古拉斯的手："回去吧，这里没什么好看的。"

见利奥·尼古拉斯没有什么反应，泽维尔·尼古拉斯便先行一步，只是在转身的那一刻，他的脸上却露出一抹挣扎。

他紧紧咬着下唇，双拳也跟着捏紧，纠结万分，最后却还是松开了紧握着的双拳，朝着远处离去。

这一处的所有对话没人知晓，这两兄弟在尼古拉斯家族中毫不起眼，没人会在意他们，就连说出那种令人惊恐的话也没人能够听到。

走进主宅，沈慕卿已经没有太多的惊艳了。

先后欣赏过深海遗珠和庄园两处地方的装潢，此刻在尼古拉斯的主宅中看了看，沈慕卿心中已经波澜不惊。

她被德洛丽丝·尼古拉斯拉着直直穿过了正厅，朝着楼梯上走去。

刚走到一半，德洛丽丝·尼古拉斯才想起来，轻声朝着那一直站在正厅中的老妇人笑着开口："南希太太，麻烦准备两杯果汁端上来。"

"没问题，小姐。"

在得到南希太太的回应后，德洛丽丝·尼古拉斯满意一笑，转头冲着沈慕卿歪了歪头："先带你去我房间看看，里面有一个小露台，我们可以在那里聊天。"

德洛丽丝·尼古拉斯有些兴奋，她从小便与家族中的所有兄弟姐妹关系不好，沈慕卿算是她第一个带回家族的好朋友。

"亲爱的德洛丽丝·尼古拉斯，我还有个小小的请求。"沈慕卿狡黠一笑，被德洛丽丝·尼古拉斯握紧的手捏了捏。

在她疑惑的目光之下，沈慕卿粉唇一弯，杏眼眨了眨："还能再安排几块小蛋糕吗？"

"你想要多少都行。"德洛丽丝·尼古拉斯哪里听不出她话里的调侃，不过沈慕卿这般亲昵的模样让她脸上的笑容更甚。

二人的脚步加快，穿过二楼长长的走廊，直达尽头处那明显就与其他房间不同的房间。

推开厚重华丽的大门，沈慕卿无声打量着德洛丽丝·尼古拉斯的闺房。

房间内的装潢与她整个人一样，温柔，却又果敢大方。

一股淡淡的香味扑鼻而来，沈慕卿不由得一阵恍惚。

突然，房间最里的一面纱帘被人拉开，阳光倾洒而下，这房间中的每一处都被光芒覆盖。

沈慕卿猛然侧头，刚好看见德洛丽丝·尼古拉斯站在阳台处朝她微笑："卿，快来啊。"

沈慕卿突然觉得自己十分幸运，除了遇到凯斯·弗雷德之外，还能够收获响尾蛇、德洛丽丝·尼古拉斯这样的朋友，简直是她最珍贵的宝藏。

杏眼弯起，她轻轻点了点头，便抬步径直走了过去。

凉风吹拂，这处露台十分宽大，上面还摆放着一张白色的欧式小桌，一顶大大的遮阳伞覆盖在上方。

直射的阳光全被遮挡在外，一片小小的阴凉之地出现在了眼前。

沈慕卿坐在椅子上朝着露台之外的风景看去，下方是一整片花圃，各色的花朵在花圃之中摇曳。

德洛丽丝·尼古拉斯真的是在尼古拉斯掌权人的疼爱之下长大的，这一点毋庸置疑。

"卿，喜欢吗？"德洛丽丝·尼古拉斯见沈慕卿望着花圃出神，不由自主地一笑，也跟着坐了下来问她。

女子闻言，下意识地点了点头："当然，这真的很美，德洛丽丝。"

沈慕卿再次转头，眼中终于有了惊艳之色，这从高处往下俯瞰全景的视野，是绝对的完美。

凯斯·弗雷德的庄园中也有一处花园，虽然被莎洛特·戴维斯好好打理，却始终少了几分意思。

现在沈慕卿终于知道了,是那随风在山脉之上不断摇曳的自由。

想到这个词,沈慕卿的眼睫收敛了些许,她反复咀嚼这个词语,却怎么都没有味道,这种感觉格外奇怪。

"卿,看看这个吧。"德洛丽丝·尼古拉斯察觉到了女子这一刻明显的失落之意,便将手中的平板电脑朝她递了过去。

"这是?"沈慕卿抬头,先是疑惑地看了一眼德洛丽丝·尼古拉斯,之后再将视线落在了手中的平板电脑之上。

这是一张十分严谨的表格,上面清晰地罗列出来几十个不同的名讳和其家族。

"这是从拍卖会过后,朝我打听你身上旗袍的夫人们。"

房门在这时被敲响,南希太太的声音随后响起:"大小姐,果汁和蛋糕已经准备好了。"

"请进。"

南希太太将托盘上的下午茶摆放整齐之后,才笑着离开。

德洛丽丝·尼古拉斯没有打扰沈慕卿查看平板电脑上的资料,兀自拿起面前精致的小蛋糕凑到嘴边,咬了一口,笑着赞叹:"果然是南希太太,许久没有吃到她做的小蛋糕,还是和以前一样美味。"

见沈慕卿看得一脸认真,德洛丽丝·尼古拉斯吞下口中软糯的蛋糕,将放置在桌面中间的果汁朝她推了过去。

"其中有真正感兴趣的夫人,但也有想要借此机会和你打交道攀上弗雷德家族的人。"说话间,德洛丽丝·尼古拉斯那温柔的眼神微微一凉,如同云层最深处悄悄氤氲而出的雨。

沈慕卿不置可否地一笑,反倒十分通透:"要是没有一个是为了凯斯·弗雷德而来,那我才不相信呢。"

她将手中的平板电脑放下,紧接着拿起冰凉可口的果汁凑到唇边抿了一口。唇齿间是淡淡的橘子味,沈慕卿抬手指了指平板电脑上的第一个名字,抬眼询问:"名单上怎么会有来自柏林的夫人?"

谭雅拍卖会虽然也重大,但远没有莱伊拍卖会的高规格和影响力。

那场拍卖会所聚集的除了格莱斯特家族和弗雷德家族的人之外,基本都是慕尼黑这一片区域的世家,没有来自柏林的家族。

"格罗瑞娅·奥卡姆。"沈慕卿轻轻呢喃,"到底是什么来头?"

德洛丽丝·尼古拉斯看着她手指下覆盖的名字,不紧不慢地开口:"奥卡姆家族,是在弗雷德家族之下,德国最有实力的财阀,其家主与弗雷德先生年龄相差不大,同样年少有成。"

德洛丽丝·尼古拉斯凑近了些许,素来平淡的语气不自觉地染上了几分热意:"这位格罗瑞娅·奥卡姆太太便是奥卡姆家族的掌权夫人,这一通电话是她亲自打来的,语气热切,是真正地对你的手艺感兴趣。"

听德洛丽丝·尼古拉斯的话,沈慕卿便已经猜出了这位夫人应该十分年轻。

能被她亲自打听,看来自己的存在不仅仅是在慕尼黑,还在柏林掀起了轩然大波。

"卿,你总是要回柏林的,弗雷德家族的主宅不在这儿。"德洛丽丝·尼古拉斯突然有些失落,声音放低,"或许就在最近,如果弗雷德先生没有受伤,这个时间你们应当已经在柏林了。"

谈到此,连沈慕卿都觉得十分恍惚,她弯着唇伸手放在了德洛丽丝·尼古拉斯的手背之上:"交通发达,我想见你并不是难事,现在重要的是怎么让这些夫人们满意。"

"既然工作你已经为我办到了这个程度,那我就只能全力以赴。"沈慕卿完全没有了后顾之忧,金钱、材料各种问题都一一解决。

沈慕卿一向谦虚,但对于自己的手艺还是很有自信。

况且那一日参加谭雅拍卖会时她所穿的旗袍,更是她最为喜爱的拿手之作。

她的身上已经被打上了弗雷德家族的标签,她为什么不能好好利用一把,不做普通的旗袍品牌,而是从街边小店进阶成专为豪门淑女们定制的高端品牌?

这未尝不是另一种自由,虽然这是凯斯·弗雷德亲手为她打造的自由。

沈慕卿除了觉得甜蜜之外,对这一件事越想越觉得可行,但光是空想不实干可没办法支撑起这么大的单子。

她一只手握紧杯子,感受到外壁上沁出的小水珠,而另一只手却是拉了拉德洛丽丝·尼古拉斯的手:"德洛丽丝,可以将这位奥卡姆夫人的电话号码告诉我吗?"

德洛丽丝·尼古拉斯捕捉到她眼中的坚定之色,也跟着受到了鼓舞,温柔一笑:"当然,一切都为你准备好了。"

话音落下,德洛丽丝·尼古拉斯重新拿过桌上的平板电脑,打开一个文件输入密码之后,才重新送到沈慕卿的手里。

"这是名单上所有夫人的联系方式和家庭住址,算是相当机密的东西,是亚恒特意送来的。"德洛丽丝·尼古拉斯唇边的笑意更加明显,"他本来想要亲手交到你的手里,可惜因为家族的事情,他先行回了柏林。"

"真的……"沈慕卿此刻已经不知道该说些什么好了,她的朋友、爱人都为了她的梦想而伸出援手。

这种独特的关怀是她活了二十年从来没有感受过的。

"很感谢……你们。"

话音刚落,对面的女子就一脸嗔怪:"卿,跟我们还用说谢谢吗？"

眼中的湿意被硬生生憋了回去，沈慕卿笑嘻嘻地咧开了嘴，弯着一双杏眼不住地点头。

两人一直畅谈到天色渐暗，直到丝丝的凉意袭来，沈慕卿才像是感知到了什么，抬起双手摩挲着自己发冷的手臂，侧眸对着德洛丽丝·尼古拉斯轻声道："德洛丽丝，天色不早了，我该回去了。"

看着沈慕卿望向露台外天空的模样，德洛丽丝·尼古拉斯也顺着她的目光朝外望了望："卿，用过晚餐再走吧，我敢说南希太太的手艺在整个慕尼黑都是出了名的，你一定会喜欢。"

被邀请用餐，沈慕卿的脑海中却想起了凯斯·弗雷德一个人坐在餐桌前的矜贵背影，莫名有些孤寂。

思绪回笼，她笑着摇头拒绝："凯斯·弗雷德在等我，下一次再来时，一定好好尝尝南希太太的手艺。"

德国人没有百般挽留客人的习俗，听见沈慕卿提及凯斯·弗雷德，德洛丽丝·尼古拉斯便也没再多说什么，只得点头："那说好了，下次一定要来。"

被德洛丽丝·尼古拉斯送到楼下，在正厅中与几位尼古拉斯家族骨干打过招呼之后，沈慕卿才抬步朝着门外走去。

"德洛丽丝，放心，我会好好使用这些资料的。"看着她依依不舍的模样，沈慕卿笑眯眯地拍了拍正牵着她的手，"就送到这里吧，你父亲还在等你吃饭。"

"好吧，注意安全。"见沈慕卿执着，德洛丽丝·尼古拉斯只好作罢，她朝着回头的沈慕卿挥了挥手，这才转身回到了屋中。

响尾蛇的车停在尼古拉斯主宅的大门口处，离这屋子有一段距离。

夏日过渡至秋日，季节的交替总是免不了天气的骤然变化。

243

本来天气还算不错，到了下午这个时间，便有些发冷。

沈慕卿抬步，缓缓走在这一条平坦的路上，脑中的思绪飞远，不断地思考着今日过后，自己在离开慕尼黑之前所有要做的事情。

她看不清脚下，也不知道从哪里突然冒出来了一块说大不大说小不小的石子。

不偏不倚地，沈慕卿穿着高跟鞋的脚刚好踩在了石子上。

她顿时脚踝朝侧边一歪，突如其来的失重感让她恐惧地发出了一声惊呼。

还以为自己免不了摔这一跤的沈慕卿却突然感觉腰部一紧，自己的手臂也被人抓住。

身体稳住，她的脚踝也没有扭伤，这一刻，她才震惊地朝着这个扶住她腰的人看去。

沈慕卿几乎是条件反射，在站稳之后便迅速推开了扶住她的男人，退开几步。

沈慕卿的视线落在男人的脸上，这才看清此人的相貌。

这是一个少年，看上去应该才十七八岁的年纪，有着和德洛丽丝·尼古拉斯一般的褐色瞳子。

他眸光清澈，白皙俊朗的面庞还有着几分少年的青涩，身材却发育极好，身高至少在一米八以上。

看见沈慕卿下意识皱眉打量自己的模样，少年没有生气，反倒是温和一笑，如同料峭的春风吹下山岗。

"失礼了，小姐，情况太紧急，我不得不冒犯。"

听着少年清脆的德语，沈慕卿这才意识到了自己的失态，赶紧弯腰道谢："抱歉，失礼的是我才对，多谢你将我扶住，不然现在我指不定已经得去医院了。"

那少年轻笑了一声，摇着头："我是尼古拉斯家族的利奥·尼古拉斯，能知道你的名字吗？"

沈慕卿咬唇，只是纠结了一秒，便开口回答："我叫沈慕卿，你可以叫我卿。"

少年的笑容格外明媚清透，刚才他还帮了她一把，沈慕卿放下了警惕，朝他礼貌一笑。

"砰！砰！砰！"

突然，一阵巨大的敲击声响起，站在大路上的两人同时转头朝着声源处看去。

响尾蛇此刻正单脚踩在轮胎之上，看着他们，用手中的军刀刀柄敲击着车子的引擎盖。

看见响尾蛇出现，沈慕卿心中的那一抹尴尬迅速飘走，再次朝着面前的利奥·尼古拉斯道谢："今天的事情多谢你，利奥·尼古拉斯先生，不过我该回去了。"

说着她便提起裙摆，转身朝着响尾蛇所在的位置小步跑去。

"卿！"

身后的少年突然出声呼唤她，沈慕卿停下了脚步，转头一望。

利奥·尼古拉斯正挥动着手，那温柔的笑容依然挂在脸上："再见！"

沈慕卿抿唇，微笑点头，之后便没再停留，径直来到响尾蛇的身边，拉着响尾蛇的手臂像是在撒娇一般。

飒爽的女人抬手摸了摸女子的发顶，打开车门让她进去之后，这才回过头，隔着这么远的距离与利奥·尼古拉斯对视。

响尾蛇冷漠的双眼如同毒蛇一般，那微微压低的眼睫中全是寒冰。

隔着这么远的距离，利奥·尼古拉斯仍然可以感知到那其中浓浓的威胁之意。虽然身体在发抖，但他依旧勉力维持着脸上的笑容。

短短几秒时间，响尾蛇的眼神总算是收了回去。

她不屑地嗤笑了一声，便不再理会站在凉风中的利奥·尼古拉斯，转身快步走到了驾驶座。

　　车子被发动，随着车身流畅地一动，这辆停在尼古拉斯家族一整天的车终于离开了这里。

　　看着远远离去的车尾，利奥·尼古拉斯脸上僵硬的笑容终于缓缓垂落，消失得无影无踪。

　　正当他面无表情准备离开这里时，一旁突然传来了熟悉的声音："哥哥。"

　　是泽维尔·尼古拉斯，他此刻正站在不远处，目睹了全过程。

　　泽维尔·尼古拉斯此刻内心是说不出的感觉，尽管他的身体发凉，但依旧问出了声："你、你在干什么？"

　　利奥·尼古拉斯收起的笑容再度凝聚，朝着泽维尔·尼古拉斯走去，捏了捏他的脸："天气太热了，我出来走走。"

　　可那摸上脸颊的手却突然被泽维尔·尼古拉斯打落，面前的少年阴沉着一张脸，眉头紧蹙，低声质问："我都看见了，是你把那颗石子踢到她脚下的。你故意这样做，真的是要踏入这池浑水吗？先不说凯斯·弗雷德，光是刚刚那个穿着制服的女人，都足够我们兄弟俩好受了！"

　　见利奥·尼古拉斯不出声，泽维尔·尼古拉斯紧接着开口："你忘了父亲怎么交代我们的吗？他……"

　　"我没忘！"

　　泽维尔·尼古拉斯话还没说完，就突然被利奥·尼古拉斯打断。

　　泽维尔·尼古拉斯失神，眼睛睁大，惊恐地看着这个面露狰狞、眼眶发红的亲人。

　　他在这个世界上最亲的人，此刻正狠狠地攥着他领口处的衣物，凶神恶煞如同野兽一般朝他低声怒吼："正因为没忘，才要这么做，留给我们兄弟俩的产业被吞没，家主装眼瞎，现在我们不过是被人可怜收留的野狗。"

一字一句全都戳在了泽维尔·尼古拉斯的心上，他瞳孔震动，声音哽在喉咙。

忽地，利奥·尼古拉斯像是着魔了一般，凶恶的表情突然转化成了满含希望的微笑。他头一歪，贴近了泽维尔·尼古拉斯的耳畔，缓缓说出只有两个人才能听见的话。

"知道我为什么要动手吗？"

泽维尔·尼古拉斯缓缓侧头，看着与自己脸颊相贴的哥哥，完全无法呼吸。

随着利奥·尼古拉斯的下一句话落至耳畔，他全身的血液都开始凝滞。

"因为，在昨天，尼克·弗雷德先生给我打来了电话，只要照着他的命令办事，尼古拉斯家族早晚都是我们兄弟俩的。"

看着泽维尔·尼古拉斯从额头处缓缓滑落的冷汗，利奥·尼古拉斯抬手轻轻将其拭去，一脸无奈："诺尔·尼古拉斯这懦夫既然办不好事，那我就勉为其难答应了。"

说罢，利奥·尼古拉斯才松开了泽维尔·尼古拉斯被他攥得发皱的领口，他刚准备退开身体，手臂却反被泽维尔·尼古拉斯死死抓住。

两人的目光相对，泽维尔·尼古拉斯咬着牙用尽全力憋出了一句话："与虎谋皮，尼克·弗雷德要是骗你怎么办？"

"至少我知道，什么都不做，我连被他骗的资格都没有。"利奥·尼古拉斯垂眸，紧盯着自己弟弟的眼睛，"我愿意去赌一把，就算你不愿意帮我，我也要去做。"

他的语气坚定，不容置喙。说罢便冷着脸使劲甩开了泽维尔·尼古拉斯的手，转身准备离去。

可当他刚迈出一步，身体便被一双手紧紧抱住，背脊处是泽维尔·尼古拉斯温热的脸颊相贴。

"哥哥……哥哥，我帮你，我一定会帮你……"少年声音颤抖，带着哭意。

听到这句话，利奥·尼古拉斯这才缓缓露出了一个欣慰的微笑，双手抬起，握住了交握在他身前的手："好弟弟。"

阵营站定，两人从此便没有了后退一步的资格。

此刻，开往庄园的车正在缓缓行驶，响尾蛇一脸不爽，靠在椅背上，单手操控着面前的方向盘。

自从上次从伊芙·芬恩的马场回来后，凯斯·弗雷德便下令，当她的车上有沈慕卿时，车速不能超过四十码。

听到这一命令的响尾蛇就跟被雷劈了一样，一句话都说不出来，这对于她来说都不能用慢来形容了，只能说是龟速。

本来还想带沈慕卿享受一把高速带来的畅快感的响尾蛇算是彻底熄了火，只好服从命令，将速度死死地控制在四十码。

一码不多，一码不少。

"响尾蛇，幽灵长官呢？"

这一次，沈慕卿只看见响尾蛇一个人前来，熟悉的幽灵、北极熊都没有出现，趁着这时间，她才好奇地出声询问。

提及幽灵，响尾蛇的脸上多了几分不自然，舌头打结一般，支支吾吾了好一阵才开口："北极熊和美杜莎出任务去了。"

自从上一次在威廉港争吵过后，幽灵就再也没来找过响尾蛇。

按照响尾蛇对他的了解，这男人大概已经找到了别的女人，正潇洒享乐呢。

响尾蛇没来由地生了一股闷气，咬着后槽牙将这股郁气强压了下去。

响尾蛇只说了北极熊和美杜莎两人的情况，沈慕卿还没察觉出响尾蛇和幽灵之间的矛盾，仍然追问："那幽灵长官呢？"

平常看见幽灵最喜欢贴在响尾蛇身边，因为响尾蛇的原因，沈慕卿对他自然多了几分关心。

"应该在出哪个任务的时候玩完了吧。"

响尾蛇这突然的回答让沈慕卿吓了一大跳，她双手抓紧安全带，睁着一双杏眸，有些不知所措地望着她："啊？"

响尾蛇不想再继续这个话题，侧头朝她挑了挑眉："公主，美杜莎陪你去玛利亚广场购置布料这件事，我可是有些嫉妒哦。"

她的话语里还染上了几分吃味的俏皮，惹得沈慕卿傻笑出声，立刻开口哄她："那以后每次都让你陪我！"

"遵命，公主。"

在一路的欢笑之中，车被响尾蛇以龟速开进了庄园，停稳之后，响尾蛇便向沈慕卿道别。

看她娇小的身影消失在视线中，响尾蛇才将车朝着别墅后的其他住所前开去。

响尾蛇把车停稳，拉开眼前这栋小别墅的大门。

房中没开灯，周围昏暗一片，她刚走进去将门关上，便感觉到有人靠近。

响尾蛇眉眼一低，眼中的凛冽顿现，立刻将那突然伸来的手抓住，紧紧握在手心，接着双手使力将其手腕狠狠一掰，腿脚一个横踢，直接将这人的膝盖踢弯，跪倒在地。

正当她准备取出武器，被她制服在地上的人突然哀嚎出声："松……松手！松手啊！"

听清这人的声音，响尾蛇本来肃杀的脸上闪过一抹疑惑之色。

她将门口处灯光的开关打开，整间屋子顿时被光芒点亮。

响尾蛇一低头，看清被她控制在地上的男人，脑袋中突然一阵眩晕，还真是幽灵。

看着他脸上的痛苦之色，响尾蛇一脸不爽，皱着眉头将被她擒住的手腕猛地一甩，之后便没再给他一个眼神，兀自转身朝着正厅中的沙发走去。

见她面无表情，幽灵也没有恼怒，将自己错位的手腕扳了回来，便跟着她一起走了过去，脸上带着讨好的笑。

"你来干什么？这是组织给我的任务，不是给你的！"

响尾蛇双手抱在胸前，将腿一伸，直接放在了面前的茶几上。

见状，幽灵"嘿嘿"一笑，朝着她的长腿伸出了一双魔爪。

可还没碰到，这双大掌便被女人的手拍开，侧目一看，女人怒目圆睁："你到底要干什么？"

说话间，幽灵悻悻地收回了被打远的手，依然一脸傻笑，不怕死地再次伸了过去。

"开车辛苦了，我给你按按腿。"

他的手移到中间，直接快准狠地握住了响尾蛇的腿，接着指腹用力，为她按捏。

酥麻的舒服感袭来，本来还打算出声制止幽灵的响尾蛇完全没了气性，高傲地抬起了脚，任由他为她按摩。

"谁稀罕你按！"

话虽如此，她却没有拒绝。

"我向组织请了假，特意跑来看看你。"幽灵笑得跟个傻子一样，没等响尾蛇开口问，便自顾自地向她解释。

听到这一句话的响尾蛇猛地睁开双眼，朝着蹲在地上的男人望去："你有病？现在就请假，请假过来给我按腿？"

响尾蛇咬着后槽牙忍无可忍，一脚便将他踹倒在地："弗雷德先生的任务我全程看守，你现在就回去把假期撤销，好好跟进其他的任务。"

说完，响尾蛇便想拉他的手，将他从地上扯起来。

可男人却像耍赖一般，躲开了她的手："我不！我回到总部只想着赶紧将任务结束,好来找你!我做错什么了?"

两人的双眸交汇,响尾蛇眼睛中还有些不信,半信半疑地问道:"真……真的?你没骗我!"

幽灵有苦说不出:"祖宗,骗你我就被北极熊暴打一百次。"

沈慕卿已经和凯斯·弗雷德用完了晚餐,不同于响尾蛇和幽灵那边的热火朝天,两人温馨地坐在家庭影院里看着沈慕卿选的电影——一部东方的爱情片。

看着这片子上"看哭十三亿人的青春疼痛电影"的噱头,沈慕卿说什么都要放来看看。

她窝在凯斯·弗雷德怀里,仰着脸,一脸不服气,说一定要见识见识这电影到底是不是真的这么夸张。

七十分钟的电影,凯斯·弗雷德只觉索然无味。他听不懂中文,但看着荧幕之中互相拉扯的男男女女,心中毫无波澜,只能将下巴放在她的头顶,继续冷眼观看。

影片才放到四十分钟左右,凯斯·弗雷德便感觉到了胸前本来温柔的位置突然传来一阵湿润。

抬起头,双手轻轻扳过女子的脑袋,发现那一张明媚的脸上,五官已经可怜兮兮地皱在了一起,嘴高高噘起,那双杏眼中蓄满眼泪。

看着凯斯·弗雷德望向自己的脸,沈慕卿那紧紧憋住的泪水彻底决堤,呜咽着重新钻进了他的怀里。

她的鼻涕、眼泪全擦在了男人的身上,额头抵在他的胸膛:"他……他们为什么不能在一起啊……"说到最后,还是忍不住又一头重重地栽进了凯斯·弗雷德的怀抱中。

他的肌肉坚硬,这一下力道可不小,沈慕卿下意识地捂住了额头,吃痛地惊呼出声。

她更加委屈了,抬手就连着在刚刚相撞的地方打了几拳:"不要你了。"

沈慕卿抬眼,看着正含笑为她按揉额头的男人,心理立刻不平衡了,瞪着那双泪眼迷蒙的杏眼开口质问道:"你为什么不哭?你没有心!"

沈慕卿还没来得及离他远一点,男人就已经将她整个人重新搂进怀里。

他垂头吻了吻她的下巴,碧眸中全是疼爱:"我听不懂中文。"

沈慕卿还是抱住他一个劲地耍赖:"不管,你也得哭。"

她总得把人拉下水,凯斯·弗雷德宠溺地揉了揉她的脑袋,低声诱哄:"卿卿,一定要哭吗?"

此刻,沈慕卿只想着无理取闹,享受男人带给她的无限纵容。一不小心,就含糊着点了点头,闷在他怀里:"嗯嗯,必须要哭。"

"让人帮忙行不行?"凯斯·弗雷德大手收紧,再问。

"嗯嗯。"

沈慕卿继续下意识地回答出声,刚说完,就已经察觉到不对劲。

"卿卿帮帮我,帮我哭好不好?"

沈慕卿总算知道什么叫搬起石头砸自己脚了。

……

早晨,沈慕卿是黑着一张脸被凯斯·弗雷德抱着下的楼,她睁眼时,感觉自己整个人都废了。

此刻,她手中的筷子不停地戳着裹满汤汁的小笼包,筷子与精致的瓷盘相撞,动静很大。

刚喝下一口咖啡的凯斯·弗雷德抬眼,看着对面正瞪眼噘嘴对自己虎视眈眈的女子,一头雾水。

他用餐巾擦了擦嘴,从座位上站起,越过餐桌,低头重新在女子因为不满而噘起的粉唇上亲了几下。

直到把女子亲得面红腮粉,连雪白的脖子都染上了一层粉霞,凯斯·弗雷德才直起身子,依然面色淡然地坐回了自己的位置,接着用餐。

"你……你又干吗?!"

凯斯·弗雷德坦然,那双碧眸中多了几分探究:"你从坐下就一直噘着嘴,嘴都要噘到天上去了,我以为你想接吻了。"

"你别说话!"

此刻莎洛特·戴维斯刚好拿着一杯牛奶进来,沈慕卿赶紧出声想要打断男人的回答。

可惜还是晚了一步,凯斯·弗雷德不紧不慢的回答彻底回荡在了空气之中。

莎洛特·戴维斯却像是没听见一样,端着那张常年没有表情的脸,将牛奶放在沈慕卿面前,俯首示意,这才转身离开。

她一句话也没说,但这更加让沈慕卿崩溃。

待莎洛特·戴维斯离开之后,沈慕卿在心中暗自发誓,她今天、明天、后天、大后天都不要再跟凯斯·弗雷德说一句话。

她把夹起的虾饺当成了凯斯·弗雷德,恶狠狠地咬下一口。

"我从东方进口了几匹布料,让柏林的人留意,现在已经送到了,要去看看吗?"

嘴里的虾饺还没彻底咽下,沈慕卿就猛地从椅子上跳了起来,眼中闪着亮光:"要!"

那些暗自发誓不理会凯斯·弗雷德的事情在一瞬间全都被她抛在了脑后。

看着女子迫不及待的模样,凯斯·弗雷德无奈一笑,修长的手指指了指她面前的牛奶:"喝完叫响尾蛇带你去。"

沈慕卿兴致勃勃地将牛奶喝完，看着正拿着餐巾为她擦嘴的男人，疑惑地开口："你不去吗？"

男人摇了摇头，认真地用餐巾擦拭她的粉唇，而后眼睛定定地看着那唇瓣，喉结动了动，压着声音说道："德洛丽丝·尼古拉斯也一起，让她们陪着你。"

沈慕卿没再多问，德洛丽丝·尼古拉斯和响尾蛇都在身边，光是想想她都觉得开心。

待对面的男人收回了手，沈慕卿便着急忙慌蹦跳着走到门口，穿上莎洛特·戴维斯递来的鞋子，娇声示意："我走了哦。"

话虽然传到了，但那闪出大门的身影却是一个眼神也没有留下。

凯斯·弗雷德嘴角含笑，低声骂了一句："小白眼狼。"

之后，便一个人接着用餐。

刚离开别墅的沈慕卿目光直接锁定了正靠在车旁和幽灵聊天的响尾蛇。

"幽灵长官怎么也在？"看着满面春风的幽灵，沈慕卿丈二和尚摸不着头脑，疑惑地嘀咕了一声后，便抬步轻轻跑了过去。

"早上好呀，响尾蛇。"沈慕卿扬着一张粲然的笑脸，笑意盈盈地看着面前的两人，"幽灵长官，你是出完任务了吗？怎么会突然出现？"

闻言，想要说些怪话宣泄自己情绪的幽灵只是憋着笑意，像小媳妇一样偷摸地看了一眼响尾蛇，在被她恶狠狠地瞪回来之后，只能规规矩矩地瞎编："对，没错，我才出完任务，弗雷德先生这边的事情有点棘手，组织派我过来协助响尾蛇。"

说完，那脸上憋着的笑意彻底压制不住，本来就十分俊朗的脸此刻更多了几分魅力。

"幽灵长官。"突然，巴赫·文森缓缓从别墅门内走了出来，冷眼看着幽灵,"弗雷德先生体恤你们 HX 的工作强度,他让您看望完响尾蛇长官后立刻离开,结束休假。"

赤裸裸的逐客令,让刚刚还对着沈慕卿笑得花枝乱颤的幽灵一僵,嘴角抽搐。

他都已经向 HX 申请了假期,这要是回去,假就相当于白请了。

"哈哈,没关系,HX 现在还不需要我,我愿意零报酬为弗雷德先生工作。"

幽灵的话音刚落,站在门口的巴赫·文森就彻底将他无视,转身朝着别墅内走去,只留给他一个残酷的背影。

"幽灵长官,原来你是休假了呀。"

沈慕卿此刻眼神中带着戏谑,巴赫·文森那一席话已经彻底将幽灵来到庄园的原因说清楚,她那双圆溜溜的眼含着笑意,调侃似的流连在响尾蛇和幽灵的身上。

霸气十足的响尾蛇此刻也被沈慕卿盯得心里发毛,只能一脚踢在了幽灵的身上,皱眉低吼:"今天下午就走,赶紧走,别在我跟前碍眼。"

"宝贝儿,你昨天晚上可不是这么说的。"

第九章 坚定的选择

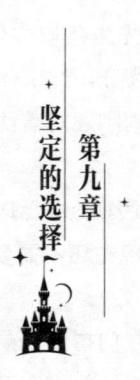

幽灵捂住被响尾蛇踢过的地方,可怜兮兮地望着她。

沈慕卿算是看明白了,他们两个绝对有情况。

她直接自己打开两人身后的车门,一股脑地钻了进去,再将车门关上。

几秒钟的时间,那紧紧关闭的车窗突然小心翼翼地降下了一点点,露出一条小缝。

隔着玻璃,无法窥见车中的一切,响尾蛇此刻都能想象到沈慕卿八卦的脸。

她抬步上前,又给了幽灵一拳,见他吃痛,才稍稍心软了一瞬:"好好在别墅里待着,不准乱逛。"

见响尾蛇不再说赶他走的话,幽灵立刻高兴地抬起了脑袋,哪还有刚刚捂着伤口哀嚎的衰样。

响尾蛇没再理会他,打开了驾驶座的车门,上了车后,快速地将车开出了庄园。

见还是通向尼古拉斯家族的路,沈慕卿心中隐隐期待,兴奋地朝着响尾蛇说道:"响尾蛇,等拿到布料,我一定要亲手为你和德洛丽丝各做一身旗袍。"

女子杏眼里闪着光，双手交握放在身前，贝齿微露，神情中带着十足的甜糯和娇俏。

她就像是不小心来到凡间的不谙世事的天使，惹得众人疼爱怜惜。

"你用蓝色，和你的眼睛一样的蓝色；德洛丽丝·尼古拉斯用淡黄色，跟她一样温柔的淡黄色。"沈慕卿的小嘴念念有词，脑中已经开始想象两人收到礼物时的欢欣模样。

响尾蛇见状，心头也止不住一暖，能接下凯斯·弗雷德的任务，是她今年最为幸运的事情了。

她正想着开口好好夸夸这个让人开心的小宝贝儿，沈慕卿便紧接着开口："幽灵长官如果看到你穿旗袍，一定会眼前一亮的。"

本来已经对这些免疫的响尾蛇听到这话从沈慕卿嘴里说出来，还是忍不住老脸一红。

"到了，尼古拉斯家族到了。"

面前的铁门被守卫打开，响尾蛇赶紧转移话题，让沈慕卿的注意力转移到了目的地上。

刚驶入主宅之前的庭院内，沈慕卿便隔着车窗看见了等待在外面的德洛丽丝·尼古拉斯，今天她穿着淡黄色裙装，提着同色系手提包。

看着不断靠近的车，德洛丽丝·尼古拉斯原本淡然的脸浮现出一抹笑容。

车刚停稳，车门就被沈慕卿从里面打开，她眉眼弯弯，朝着外面的女人招了招手："德洛丽丝，快上来。"

见她急切，德洛丽丝·尼古拉斯笑容更深，点了点头，提起裙摆就坐了进去。

"我很期待，迫不及待想要看看卿的手艺。"初次见面之时，不只是那些豪门世家的夫人、小姐，就连德洛丽丝·尼古拉斯自己,也被那突然从华贵的大门外走来的沈慕卿惊艳。

东方女人的韵味,专属于她们的温柔小意,那一股子置身于江南凭栏听曲的舒心全都涌现在心头。

她也去过东方,可是在她所遇见的那些小姐之中,还没有一个人有沈慕卿这般美丽耀眼。

"我工期很慢的,恐怕还要等很久。"沈慕卿不好意思地抿唇浅笑,"上次在拍卖会上穿的旗袍,耗费了接近两个月的时间,但成品我很满意。"

德洛丽丝·尼古拉斯闻言,只能遗憾点头:"弗雷德先生不会在慕尼黑停留太久,那我只能之后再来柏林找你。"

沈慕卿拍了拍她的手,似作安抚:"慕尼黑的那些夫人们就麻烦你多帮我过问了。"

无论是因为什么原因,沈慕卿只知道来者都是客,她们既然已经找到了德洛丽丝·尼古拉斯,那么说什么沈慕卿也会好好完成每一件成品。

"两位美丽的小姐,到了。"车身一停,驾驶座的响尾蛇朝着后座的俩人扬了扬下巴。

她们来到的地方是慕尼黑一处不知名的仓储群,见有车开来,那几个站在储仓前的男人都走了过来。

响尾蛇率先下车,从包里摸出一张卡片,朝着最前方的一个男人扔去,之后便潇洒转身,打开了后座的车门。

接过卡片的男人定睛一看,赶紧将这张卡片恭敬地递到了响尾蛇的面前:"需要现在就把储仓打开吗?"

响尾蛇点了点头,朝着前方走了几步,靴子踩在路面上,发出"咯噔咯噔"的脆响。

"把今天刚从柏林到慕尼黑的打开。"

见那人点头,响尾蛇转身,眯着眼睛朝身旁的两人说道:"你们跟着他进去吧,看上的布料告诉他就行,我抽根烟。"

"那我们等会儿出来找你。"沈慕卿点了点头,拉过德洛丽丝·尼古拉斯的手就跟上了男人的脚步。

在原处站了良久,响尾蛇才转过身,嘴里叼着烟缓缓朝停在身后的车走去。

她轻轻拉开并没有关严实的后座车门,轻巧地将身体探入其中。后座干净整洁,没有太多繁杂的小东西。

响尾蛇眯起眼睛,将所有地方检查了好几遍之后,心中才确认了下来。

她抽身,甩手"砰"的一声将车门重重地关上。

她垂眸,眯着眼从包里掏出手机,手指在屏幕上快速翻动,最后拨通了一个号码。

在接通的那一刻,响尾蛇用另一只手将嘴里的香烟拿了出来,而后吐出烟雾,恭敬开口:"弗雷德先生,车里什么也没有,应当是在尼古拉斯小姐的身上。"

电话那一头的人闻言,沉默了良久,才缓缓开口:"让卿卿邀请德洛丽丝·尼古拉斯来庄园用晚餐。"

"是。"

响尾蛇嘴角勾起,眉头一挑,尽显兴奋之意。

她挂断电话,将手机收好后,双手抱在胸前,一边抽烟一边冷漠地望着眼前那一栋储仓。

时间不知道过去了多久,待夹在手指间的香烟燃尽,响尾蛇才将其掐灭,扔进了路旁的垃圾桶中,接着抬步朝刚刚几人进入的大门口走去。

一进入储仓,便听见两个女子清脆的笑声。

"真的吗?亚恒真这么说过?"沈慕卿惊讶地捂着嘴,反复询问。

259

而对面的德洛丽丝·尼古拉斯则是拿起了一匹布料抱在怀里,笑着点头。

正当两人还要继续谈话之时,门口处的动静同时吸引了两个人的注意力。

见是响尾蛇,沈慕卿的手很快从嘴边撤下,从面前的几个箱子中取出了一匹布料抱在手里,朝着响尾蛇招了招手:"响尾蛇,你看看这些,一看就是出自江南水乡的布匹。"

她白皙的手从怀里白色的丝绸布匹上划过,眉眼间全是喜爱之色。

质地轻柔,手感柔软,疏密有致,轻薄透气。这种工艺,只有那些老一辈旗袍制作者才能纺织出。

比现代工业化机器多了人情味,还有那丝丝在烟雨缥缈之中的幻想。

"只要你喜欢,它便有了价值。"

响尾蛇弯唇一笑,朝着站在一旁的守卫扬了扬下巴:"小姐选中的所有布匹今天之内送到庄园。"

说罢,她便抬步将另外几个大箱子全都打开,方便沈慕卿挑选。

她的目光在看向沈慕卿的同时,还暗自将德洛丽丝·尼古拉斯从上到下打量了一遍,这目光十分小心,让人察觉不到。

今天的德洛丽丝·尼古拉斯穿了一身淡黄色的裙装,身上能容得下其他东西的地方,只有她手中那个手提包。

响尾蛇收回视线,勾起的嘴角越发明显,讥讽之意在眸中闪烁。

沈慕卿将箱子里的每一块布料都拿了起来,看过摸过,先进行第一轮筛选,给每一匹布料分类、排序。

这也导致她身旁的德洛丽丝·尼古拉斯和响尾蛇怀里、手上没有一丝空余的地方。

工作中的沈慕卿格外细致认真，经常含着笑的脸此刻正眉头紧蹙。她甜美的脸配上这么一副表情，略显违和，但更多的是成熟的魅力。

德洛丽丝·尼古拉斯和响尾蛇皆笑看着她，认认真真地陪她在这里选了一中午。

看着整整齐齐分好类摆放在每一个箱子里的布匹，沈慕卿直起腰，深深地呼出了一口气，手叉在腰间，一副大功告成的模样。

"左边六个箱子都拿回庄园，剩下的都不用了。"沈慕卿满意地点了点头后，才下令吩咐。

在这里看守的人效率出奇地高，在沈慕卿收回手的那一刻，站在储仓中的所有男人都走了过来，将她提及的箱子一箱箱小心地朝着大门外搬动。

她转头，圆溜溜的眼珠左右转动，就见响尾蛇面色如常，德洛丽丝·尼古拉斯的额头却出了一层细密的汗。

沈慕卿不好意思地抿唇，接过德洛丽丝·尼古拉斯手中的手帕，伸手为她擦拭："辛苦了，我请你吃好吃的。"

她笑嘻嘻的小模样带着些许讨好，立刻把德洛丽丝·尼古拉斯逗笑，故意板着脸反问她："就一顿？"

沈慕卿见状，立刻抓住了她抬起的手，露出皓齿："多少顿都行！必须行！"

在一旁的响尾蛇一听这话，耳朵动了动，转动的蓝色眸子一滞，而后没有丝毫异样地抬头提议："择日不如撞日，今日便是吉日。"

这句话被响尾蛇用中文磕磕巴巴地说了出来，德洛丽丝·尼古拉斯一脸疑惑，沈慕卿先是愣了愣，而后扑哧大笑出声。

"谁……谁这么教你的？"沈慕卿握着德洛丽丝·尼古拉斯

的手,笑得花枝乱颤。

一向正经的响尾蛇突然语调奇怪地念出这么一句话,格外滑稽。

"我说错了吗?指挥官夫人总是这样说。"响尾蛇不好意思地摸了摸自己的鼻尖,还是没忘记正事,"今天就可以,早上我在庄园里晨练时,看见庄园内的东方厨师从外面拉回来了一条巨大的鱼,说晚上要为先生和小姐准备全鱼宴。"

"哈?"沈慕卿还没有听到凯斯·弗雷德提过,更没听到什么动静,但听响尾蛇这么一说,便也信了。

"德洛丽丝,那就今天好不好?就让这一次为下一次的相约开个好头。"

本来还打算拒绝的德洛丽丝·尼古拉斯,见那双近在咫尺的杏眸泛着盈盈的水光真诚地看着自己,拒绝的话便也说不出口,妥协似的一笑,点了点头:"那就却之不恭了。"

首战告捷!

一直盯着德洛丽丝·尼古拉斯的响尾蛇在转身之际,原本压在心底的笑终于出现在脸上。

趁着两个小姑娘还在聊天的空档,响尾蛇平静又优雅地一步步走出了储仓。

一出大门,她便猛地朝着停靠在远处的车跑去,边跑手还边在制服兜里掏着手机。

她的动作猛烈,还好速度够快,不然这手机就摔在地上壮烈牺牲了。

她的手指点开通讯录,直接拨打了排在第一个的号码。

连忙音都没有,电话那头的速度够快,在响尾蛇拨通的那一刻就已经接了起来:"宝贝,想我了?"

正躺在别墅沙发上的幽灵一只手握着装了红酒的高脚杯,另一只手拿着手机紧贴在耳边。

对于响尾蛇的突然来电,他很是受宠若惊,在接通的那一刻便故意沉下嗓音,装模作样地邪魅一笑。

想象中响尾蛇娇滴滴地说想他的画面没出现,反倒是一声焦急的怒吼先行到来,吓得他差点将杯中的红酒洒出去。

"想你个鬼,赶紧给我随便弄一条大鱼送到后厨,叫他今晚的菜都用鱼做。"

"啥?"幽灵的笑容僵住,听不懂响尾蛇毫无逻辑的话。

响尾蛇哪里还肯多解释,看着已经走到门口的两道倩影,压低了声音:"赶紧给我弄条大鱼送去后厨,我不管你上哪儿给我弄,或者是求助弗雷德先生,在我开车回来之前,必须见到,不然你就死定了。"

她噼里啪啦说完一大堆话,还没等到电话那一头的回复,便直截了当地将电话挂断。

只留下幽灵一个人呆坐在沙发上,独自凌乱。

沈慕卿和德洛丽丝·尼古拉斯走到了车边,见响尾蛇已经打开了车门,德洛丽丝·尼古拉斯便率先上车。

看着沈慕卿也跟着坐了进去,正准备关门的响尾蛇突然察觉到一丝小小的阻力。

她定睛一看,从车门里缓缓探出一个脑袋,是沈慕卿。

"辛苦了响尾蛇,今天的事情好多,你又是充当司机,又是帮我搬东西……"沈慕卿脸上不自觉地飘了几朵红霞,最后又提高了几分音量,"你太好啦。"

说完,她便又缩进了车里,还乖巧地拉上了车门。

虽然响尾蛇是个女人,但沈慕卿却觉得她身上的那一股子飒气比任何男人都要猛烈,每一次看着她都能感觉到十足的魅力。

这一整天她似乎有些冷落了响尾蛇,这才想着来宽慰几句。

扶着车门的响尾蛇格外帅气，在太阳落下山谷之际，她整个人都逆着光，黄色的光芒穿透她的短发，将她张扬的五官都衬得柔和了几分。

这画面看得沈慕卿不小心失了神，在响尾蛇盯着她看时，才红着脸将自己一整天的歉意和感激表达。

"这小妮子……"响尾蛇呆呆地傻笑了一下，手摸在后脑勺揉了揉，这才拉开驾驶座，将车开离了这处区域。

车子开了许久都没有到达庄园，沈慕卿不解地转头看向了窗外，发现那些本该一闪而过的建筑物，此刻却慢悠悠地从眼前飘过。

"响尾蛇，今天的速度怎么比昨天还慢？"

这完全就不是响尾蛇的风格，沈慕卿收回了视线，朝着驾驶座的那道背影望去。

突然被问到，响尾蛇像是感知到那道射向自己的目光，身体突然一僵，随即又开始胡诌："是弗雷德先生的要求，他昨天嘱托我，开车不能超过三十码。"

她把开得这么慢的理由全推给了凯斯·弗雷德，一边说，一边感觉欲哭无泪。

她一辈子没开过这么憋屈的车，这简直不能用龟速来形容，可以说蜗牛爬都比这快。

响尾蛇只希望幽灵那边别出岔子。

"好吧。"沈慕卿轻轻点头。

凯斯·弗雷德做这一切都是为了她的安全，她完全没有理由拒绝。

这一趟回去，比来时多花了两倍的时间，全是被响尾蛇硬生生拖出来的。

到达庄园时天色已经昏暗，别墅内却是格外明亮，就连别墅门口的路灯此刻都破天荒地全被打开。

坐在车里的沈慕卿远远就看到了这一幕。

凯斯·弗雷德不是一个喜欢明亮的人,所以别墅里的灯几乎成了摆设,他从来只会打开其中几个。

沈慕卿没问出口,只是带着疑惑下车,同响尾蛇和德洛丽丝·尼古拉斯两人走了进去。

门刚被打开,浓浓的香味钻入鼻腔,她下意识地朝着餐厅方向望去。

在餐桌前等待的不只有凯斯·弗雷德,还有巴赫·文森、幽灵坐在下首,就连莎洛特·戴维斯此刻都站在客厅之中等待。

"今天是什么重要的日子吗?"沈慕卿疑惑地望向了身旁的两人。

德洛丽丝·尼古拉斯面色平静,没有什么其他的表情。

而响尾蛇在接收到沈慕卿的目光之时,只是笑了一下:"刚刚在你们看布料的时候,我就已经打电话给弗雷德先生,告知他今晚尼古拉斯小姐也会一同到来,共进晚餐。"

这下子反而轮到德洛丽丝·尼古拉斯受宠若惊,但她立刻朝着响尾蛇和沈慕卿俯首微笑:"多谢款待。"

随着三人落座,这张宽大的桌子总算没有那么冷清了。

果然如响尾蛇所言,今日桌上的所有菜都是鱼做的。

三文鱼刺身、腌鱼、烤鱼、鱼羹……

目光触及这满桌的鱼时,响尾蛇先是愣了愣,而后嘴角抽搐,缓缓抬眸看向了对面的幽灵。

一直注意着响尾蛇的幽灵此刻总算是得到了响尾蛇的青睐,便赶紧朝着她眨了眨眼,一边的眉毛也跟着单挑了一下。

响尾蛇完全不想理会这个人,便自然地移开了视线。

凯斯·弗雷德还没动筷,所有人便都安安静静地坐在位子上。

直到看着他那一双修长的手缓缓拿起瓷盘两边的刀叉之时,剩下的人也才跟着安静享用起了面前的佳肴。

唯独德洛丽丝·尼古拉斯此刻犯了难,她手里还提着一个小包,在用餐之前忘记放到客厅。

此刻她也只能朝着站在门口处的莎洛特·戴维斯招了招手,轻声呼唤:"莎洛特·戴维斯,能帮我将包放到正厅吗?"

一听到"包"这个字眼,响尾蛇拿着刀叉的手停滞了一瞬,她将刀叉放下,拿起了桌上的杯子,目光越过了餐桌,落到了莎洛特·戴维斯的身上。

她的余光触及坐在主位的凯斯·弗雷德,此刻的他像是完全没听到一般,毫不在意,兀自将盘里的烤鱼切好,放到沈慕卿的瓷盘之中。

莎洛特·戴维斯闻言,快步走来,接过了德洛丽丝·尼古拉斯手中的小包,挂在了餐厅之中一处不起眼的置物架上。

一切,都早有安排。

凯斯·弗雷德这个人做事从来不会留有余地,所有的可能性都能被他找到,然后精准地堵住出口。

见这包没有离开餐厅,响尾蛇的心这才稍稍放松了一瞬。

"巴赫,回柏林的路线安排好了吗?"

凯斯·弗雷德在这安静十足的环境之中突然开口,说话的那一瞬,桌上几双眼睛在同一时间看向了他。

男人矜贵地坐在首座,手中的刀叉早已放在瓷盘两侧,修长的大手端起装了红色液体的酒杯。

光影落下,他棱角分明的脸彻底展露在了灯光之下,眉眼冷峭,鼻梁高挺,此刻那淡漠的薄唇上沾上了丝丝酒渍,显得殷红。

那双本就浅淡的眸子被灯光照过,更加显得透明,像一潭极度安静的清澈翠湖,可里面却没有一条鲜活的鱼,每一处都藏着杀机。

巴赫·文森将嘴角擦干净,这才朝着凯斯·弗雷德点头:"已经安排好了,下周日便可返回柏林。"

巴赫·文森眼睛低垂,睫毛遮住瞳孔,态度是十足的恭敬。

"通知主宅的人安排好。"凯斯·弗雷德闻言,不紧不慢地点了点头。

他神情淡漠,同往常一样,只是说话的声音倒是比以往稍稍放大了些许。

沈慕卿左看右看,总觉得今天这顿饭并不像平常的晚宴,在场的所有人都格外严肃,莫名让她想起一幅画——《最后的晚餐》,所有人都各怀心思,脸上的表情或是惊恐、或是愤怒、或是怀疑……

而在座的众人,每一个人脸上的表情都让人看不透,这反倒比《最后的晚餐》中所有门徒的表情还要恐怖。

沈慕卿缓缓咽下嘴里的一块鱼肉,咬着下唇抬头,圆溜溜的眼睛朝着凯斯·弗雷德看去,突然出声:"凯斯·弗雷德,你今天有点怪。"

话音落下,众人的眼中突然浮现出一抹惊悚之色,拿着刀叉的手都微微缩紧。

但大家依旧跟刚刚一样,表面看去一切如常。

"哦?"凯斯·弗雷德笑了笑,接着切着盘中的鱼肉,见鱼刺脱离,便用叉子将鱼肉放到了沈慕卿的盘里。

沈慕卿"嘿嘿"一笑,杏眼完全弯起,原本轻咬着的粉唇也跟着松开,弯出了一个极其可爱的弧度:"怪可爱的。"

响尾蛇、巴赫·文森、幽灵心里的那道紧绷着的弦这才松懈了下来,凝重的心情放松了不少,所有人的脸上也带上了浅浅的笑意,整个餐厅气氛瞬间不同。

能调侃凯斯·弗雷德的似乎也就只有沈慕卿一个人了。

凯斯·弗雷德并没有生气，反倒是捏了捏她凑到自己面前的脸，看着她的傻笑，嘴角上扬："你最可爱。"

那块刚刚被凯斯·弗雷德送到沈慕卿瓷盘中的鱼肉再度被人叉起，沈慕卿眼明手快，鼓着腮帮子便将这块可怜的鱼肉送到了凯斯·弗雷德的嘴边。

她的脸灿若桃李，粉腮微微鼓动，杏眼含春，勾得人蠢蠢欲动："把你的嘴堵上。"

见氛围缓和了不少，沈慕卿心里也十分开心，她可不想让第一次来做客的德洛丽丝·尼古拉斯感到不适。

幽灵见状，摩拳擦掌，身体一倒，朝着响尾蛇所在的方向靠近了些许，努力压低声音，眸子抬起，朝着女人挑了挑眉头："你在我心里也最可爱。"

响尾蛇："滚。"

幽灵："嘿嘿，好嘞。"

碰了一鼻子灰的幽灵压根不在意，依然笑嘻嘻地坐了回去，也学着凯斯·弗雷德的模样，为响尾蛇挑出鱼肉里的刺。

响尾蛇拒绝了一次，发现幽灵完全不听劝告，依然做着手中的工作后，她也就没再多说，坦然地享受起了他的服务。

"先生，路线昨天我就已经制定好了，路途遥远，我们可以先在法兰克福停留一天，之后再继续前往。"

巴赫·文森振振有词，之后便仔仔细细地将所有的停留点和经过的城市一一道来。

他阐述的内容详细到沈慕卿不禁咋舌，感叹巴赫·文森卓越的能力和事无巨细的工作态度。

一切交代完，巴赫·文森却话锋一转，朝着另一处的响尾蛇和幽灵看去："两位长官，近几天多谢你们的帮助，明天你们就可以离开,继续度过假期,酬金先生已经打到了你们的账户中,最后预祝你们假期愉快。"

在巴赫·文森落下最后一个字时,凯斯·弗雷德便率先拿起了酒杯,对着对面的两人高高举起。

见状,响尾蛇和幽灵瞬间从座椅上站了起来,手里同样举着酒杯,对着这桌晚宴中最为尊贵的男人俯首。

德洛丽丝·尼古拉斯自然也知道规矩,不同于响尾蛇和幽灵与凯斯·弗雷德的雇佣关系,她的身份是客人,所以她没有起身,只是不紧不慢地举起了酒杯:"那我也多谢今晚的款待。"

说完,众人皆是抬起酒杯轻饮而下。

沈慕卿见状也激动得跃跃欲试,抬起酒杯就想要豪气一把,学着电视里的模样一饮而尽。

可她还没将酒杯凑到嘴边,就突然受到了阻力,她皱起秀气的眉头,顺着那只大手找到了罪魁祸首。

凯斯·弗雷德轻轻从她的手中接过了酒杯,在沈慕卿直勾勾的注视之下,缓缓开口:"莎洛特,给夫人倒一杯牛奶。"

"是,先生。"

莎洛特·戴维斯答得极快,沈慕卿还没来得及阻止,她人就已经消失在了餐厅,一下子溜进了后厨里。

沈慕卿对着莎洛特·戴维斯离去的方向望眼欲穿,愣了愣才转过了头,那原本放置在她手边的红酒被凯斯·弗雷德移得远远的,她完全够不着。

她一阵气结,却也不敢发作,只能闷头吃着盘中的鱼。

不让她喝酒,她就吃饭!

吃饭第一名,誓要做一名吃货的沈慕卿突然又有了一个更为伟大的志向,那就是吃空弗雷德家族!

任重而道远啊!

"弗雷德先生,作为 HX 最为可靠的伙伴,感谢这么多年以来的合作,希望下次的任务,你依旧可以信任 HX。"

响尾蛇这话完全不是客套,弗雷德家族从开始到现在的的确确是 HX 最为尊贵的顾客。

这句话虽是故意说的,但其中的意思却不假。

"替我向霍枭和他的夫人问好。"凯斯·弗雷德点了点头,说出了这场晚餐中的最后一句话。

之后是格外正常的用餐,气氛不尴尬,反倒在幽灵的搞怪下多了几分趣味。

用餐过后,沈慕卿站在大门外和德洛丽丝·尼古拉斯道别,并诚挚地向她发出了下一次相聚的邀请。

看着她坐上回家的车,目送那辆车出了庄园之后,沈慕卿才缓缓收回了视线。

转身之际,那本该还有其他人在的正厅此刻就只剩下凯斯·弗雷德一人,而响尾蛇、幽灵、巴赫·文森、莎洛特·戴维斯都消失不见,这栋偌大的别墅中只剩下他们两个人。

他正靠在沙发上,眼睫微微收敛,眯着一双碧眸看着她。

沈慕卿抬步走了进去,身后的大门便瞬间被关上,她就像是进了狼窝一样,没有退路。

"他们人呢?"

沈慕卿下意识地问出这么一句,抬步朝着他走去,眼睛却左右观望着。

"我要去找响尾蛇,今天看到一块布料很适合她,我想为她量一量三围。"话说完,她已经站在了凯斯·弗雷德的面前。

他的大手突然一伸,将她整个人都拉进了怀里。

这个吻似乎顺理成章。

那带着丝丝红酒香气的气息让沈慕卿都有些迷醉,就像是喝醉了一样,脸颊酡红,可爱得像是颗成熟的苹果。

终于寻到一刻喘息,沈慕卿才迷迷糊糊地挣扎,想要逃出凯斯·弗雷德的禁锢。

"怎么了?"

沈慕卿皱着眉头,断断续续地说道:"我……我还要找响尾蛇量三围。"

凯斯·弗雷德此刻都快被气笑了,只能轻轻哄着怀里的女子,亲昵地吻了吻她的嘴角:"乖卿卿,响尾蛇现在有事要忙,没办法过来。"

"什么事?!我怎么不知道?"

这小疯子还要起了威风。

"跟我们一样。"凯斯·弗雷德耐着性子,慢慢哄着怀里的女子。

沈慕卿皓齿轻咬着下唇,突然想到了什么,恍然大悟:"我知道了,响尾蛇和幽灵是一对!"

"没错。"

她总算是不吵着要去找响尾蛇了,凯斯·弗雷德正以为可以好好享受二人世界,她又开口了:"那我去找德洛丽丝!"

"不准!"

凯斯·弗雷德不哄了,立刻扳过女子的脑袋,薄唇压了下去,将沈慕卿还没有说完的话全都堵在了嘴里。

"阿嚏!"

本来准备抱着响尾蛇美滋滋睡一觉的幽灵,不知道自己又哪里惹响尾蛇不痛快了,只能呆坐在响尾蛇房间门口,期盼里面的女人对自己有片刻的怜悯。

响尾蛇突然打了个喷嚏,便将他快要溢出来的睡意吓退。

"我可以进来吗?"这是他第五十四次说这话。

可房间里依旧传来一声闷闷的"滚"。

"那我过一会儿再问问吧。"

幽灵不恼，将头重新靠在了房门上。

第二日，悠悠转醒的沈慕卿从床上起来。

凯斯·弗雷德已经离开，想来是为了回柏林做准备，毕竟他们在慕尼黑待的日子真的很长。

今天，沈慕卿的工作也必须要进行，她麻烦莎洛特·戴维斯等人将昨天已经送到的布料全都搬进了工作室里。

她必须要在返回柏林之前，加班加点地做出一件旗袍，送到一位家族在慕尼黑本地的夫人手里。

这位夫人在今天早上主动通过德洛丽丝·尼古拉斯联络到了沈慕卿，话语间全是对她的旗袍的喜爱，而这位夫人，刚好也要在下周日与她的先生前往东方出席一场晚宴。

据她所说，这场晚宴上有好几个她先生的目标合作对象，身着旗袍参加的话，也许会有不错的效果。

沈慕卿一听，便立刻拍拍胸脯，答应下来这桩生意。

在记录下这位夫人的衣服尺寸之后，她便全身心地投入到了制作之中。

时间虽然紧迫，但她不敢有丝毫的怠慢之心。

她在工作室里忙了一整天，连午饭都没吃，只是堪堪在早餐时囫囵吞枣地塞了几口。

这位夫人年纪较大，沈慕卿便将一系列颜色娇嫩的布料排除，最后在墨绿和莹白之间果断选择了墨绿这韵味十足的颜色。

异域风情十足的外国女郎穿着一身韵味十足的墨绿旗袍出席晚宴，光是想想就觉得十分美好。

沈慕卿的长发全被拢在了脑后，用一支铅笔固定住，只有几缕调皮的碎发从头上滑落。

但这并不影响沈慕卿的工作进度,她只要一钻进去,便会废寝忘食,将时间全都忘在了脑后。

连工作室的门是什么时候被打开,凯斯·弗雷德什么时候站在面前的她都不知道。

直到一团巨大的阴影笼罩下来,她才奇怪地皱了皱眉头。

她缓缓抬起头,疲惫的眼睛直接落进了凯斯·弗雷德的碧眸之中。

"你回来啦?"

沈慕卿开心地笑了起来,即使那张脸上还残留着巨大的疲惫。

凯斯·弗雷德伸手抚在她的脸颊上,轻轻摩挲:"我们不做了,好不好?"

这是第一次,凯斯·弗雷德想要对一件事情半途而废,特别是在看到原本活蹦乱跳的女子突然疲累下来之后。

在凯斯·弗雷德走进别墅时,莎洛特·戴维斯已经将今天所有的事情都仔仔细细地告诉了他。

沈慕卿本就身体娇弱,还承受着这么大的工作强度,凯斯·弗雷德说不心疼是假的。

凯斯·弗雷德说完这句话之后,沈慕卿本来还十分开心的眼中缓缓流露出了不赞同,她抬起手抚摸着他落在自己脸上的手,鼓起腮帮子:"才不要,这件事情是我梦寐以求的。"

她捏了捏他的手背,而后松开了这只大手,越过桌子一把抱住了凯斯·弗雷德的腰,整个人都埋在了他的怀里。

她像小猫一样,软软地蹭了蹭他的胸膛,而后从中抬起了头,仰着脸目光坚定地看着他:"这是我所期盼的事情,之前那么惨淡我依旧坚持了下来,现在你为我提供了这么好的条件,我没有理由不去做它。"

沈慕卿一字一句，在这安静的工作室里，伴随着明亮的灯光，全都说给他听。

小嫣离开，没人愿意听她内心的想法。

现在不同了，她有了凯斯·弗雷德，有了可以随意倾诉的对象。

凯斯·弗雷德一愣，并没有接上沈慕卿的话，只是那双放在她身侧的大手缓缓上移，搂住了怀中的女子，力道轻柔，就像是在对待一件极其珍贵的宝物。

凯斯·弗雷德垂下双眸，牢牢地将沈慕卿锁定，那双碧眸之中完完全全地倒映出女子露齿浅笑的娇俏。

他的眉目柔和，那双攻击性十足的碧眸现在就像是一潭正在微微荡漾的水，他抬手用手指点了点沈慕卿的额头："知道我在商圈里以什么最出名吗？"

沈慕卿微怔，而后脑袋一歪，杏眼眨动："出口？军械出售？"

凯斯·弗雷德眉心微动，而后抿唇一笑，轻轻摇头，回答了这个自己问出的问题："投资。"

他看着沈慕卿好奇的模样，捏了捏她的粉腮："弗雷德家族的产业涉及面很广，我不仅仅带领家族单独去开辟商业新天地，还去大面积地持股，如你所见，格莱斯特家族、尼古拉斯家族都是我的扶持对象。"

沈慕卿一直都知道他有钱，但现在才知道她的男人不是一点点的有钱，是非常有钱！

"所以，今天在你面前，我并不想谦卑。"凯斯·弗雷德微微俯身，凑近沈慕卿，"我想告诉你的是，我的眼光极其毒辣，投资你除了我的私心驱使之外，还因为你自己的优秀。"

此刻的沈慕卿已经完全说不出话，只能定定地看着近在咫尺的男人，瞳孔微微震动。

"甜心，商人从不做亏本生意，你也在我的选择之内。"

突然，沈慕卿只觉自己心脏中有一块地方彻底塌陷。

她的能力在这偌大冷酷的德国里没有得到任何的赏识，甚至因为异国，反倒多了许许多多的讥讽和嘲笑。

她习惯了听小嫣的苦恼，习惯了去安慰别人，却从来没有抚慰过自己。

而今天，突然有人跑来告诉她"我很满意你的才干"，这种认可大过了所有的快乐。

沈慕卿突然明白了，千里马与伯乐之间深深的联系。

"凯斯·弗雷德。"沈慕卿压抑住内心的狂喜，看着这个改变了所有的男人，缓缓开口，"那你呢？你有没有坚定地选择我？"

这问题，问的是她的手艺还是她这个人？

但凯斯·弗雷德知道，不管是她惊艳的手艺，还是她整个人，这两者都被他喜爱着、珍惜着。

于是，男人含着一抹无奈的笑意，碧眸中还有着一丝丝幽怨："这个问题，你还需要再问吗？"

似乎是想让女子那颗惴惴不安的心安定下来，凯斯·弗雷德突然握住了她的手，放在自己的心口处。

"怦怦！怦怦！"是心脏有力跳动的声音，它比平时跳动的速度还要快，也更加灼热。

她的目光顺着自己的手一直转移到了凯斯·弗雷德的脸上，忽然踮起脚，在这个男人的唇瓣上落下一吻。

那股清冽的、克制的、矜贵的、优雅的气息，瞬间通过唇瓣这一媒介尽数传递过来。

凯斯·弗雷德并没有闭眼，他看见女子如同蝶翼一般的睫毛在轻轻颤动，那双手也紧紧地攀住了自己的手臂。

春天到了，主宅后山上的花朵全部绽放开来，满山的姹紫嫣红全都不及女子粉嫩的娇颜夺目。

还没等他反客为主,这一抹柔软的香甜触感便已经离开。

面前的人再度羞涩地钻进了他的怀抱,双手紧紧箍住他的腰,将脸贴在他的心口处。

"我知道答案了!我知道答案了!凯斯·弗雷德,我好开心,我得到了最满意的答案!"

沈慕卿含着泪,突然兴奋地笑了出来,就像是一个得到礼物的孩子,那一刹那的快乐是任何东西都无法替代的。

在一次又一次的试探和验证之下,沈慕卿终于得到了那个坚定不移的答案,这颗极度缺乏安全感的心一次次地被凯斯·弗雷德治愈。

当多年之后两人面对面躺在床上,想起以往的感动,互诉衷肠之时,沈慕卿眨着亮晶晶的眼睛亲吻他的下巴:"我被你治愈了。"

而男人低头吻住她的额头,声音低沉,却让沈慕卿记了一辈子:"是你治愈了我,卿卿。"

"让我在无边的孤独之中有了温暖的安身之所。"

"让我在无尽的冷酷杀戮之中独留了一方安宁。"

"让我这个从出生以来浑身都是诅咒的人,有了去爱一个人的资格。"

凯斯·弗雷德的唇瓣颤抖,却更加用力,感受着相触之地的温暖。

原来经历了无数背叛的他,也能被人坚定地选择。

出版番外 新年风波

春节快到了，柏林街头的多家商铺已经将圣诞节的装饰取下，有的商铺甚至挂上了灯笼、贴上了福字。

在异国他乡感受春节的氛围，证明祖国在国际上的影响力越来越大。沈慕卿牵着墨狄丝·弗雷德走在街上，自然倍感自豪，脸上的笑容从未消失。

"妈妈，爸爸为什么不陪我们逛街？我从今天早上起来就没看见他。"

墨狄丝·弗雷德摇了摇沈慕卿的手，试图将她的注意力从那些红彤彤的装饰拉到自己身上。

"嗯？"沈慕卿低头，摸了摸墨狄丝·弗雷德金黄色的头发，"爸爸公司里有事，你跟妈妈一起逛街，采购春节用的东西不好吗？"

"可……可是爸爸说好了今天让镕哥和我视频的！他耍赖！"纠结了好一会儿，墨狄丝·弗雷德才委屈地抱怨起自己父亲来。

"那妈妈给你买个大大的娃娃行不行？作为补偿！"终于到了商场大门，沈慕卿双眼发光，拉着墨狄丝·弗雷德就往商场里钻。

"可是，我不喜欢娃娃啊……"墨狄丝·弗雷德那张哭丧着的脸更黑了，但也只敢小声呢喃，不敢说得太大声让沈慕卿听见。

沈慕卿特意邀请了德国的朋友们来家中聚会，主要礼品已经准备好了，她还想买些其他东西作为伴手礼。

她特意选择了这家柏林最大的东方商场，就是为了买些家乡特有的东西。

女人逛街时的战斗能力真的很强，她不带停地将整个商场从上到下逛了个遍。

最后，沈慕卿看着地上那一大堆比墨狄丝·弗雷德还大的东西，和墨狄丝·弗雷德对视了一眼后，陷入了沉默。

之后，她默默掏出手机，手指划动，拨通了一个电话。几乎是一瞬间，对方便接了起来。

"卿卿？"凯斯·弗雷德对会议桌上的所有人做了个噤声的动作，安静下来后接着说道，"逛街逛好了吗？"

"逛是逛好了，不过我现在遇到了一点点麻烦，东西买多了。"沈慕卿咬了咬舌尖，有些抱歉地开口。

"没关系，你把位置发过来，我让人去接你。"凯斯·弗雷德说完这句话之后顿了顿，随后话音一转，"我亲自来吧。"

电话挂断后，凯斯·弗雷德拿起桌上的钢笔，巴赫·文森见状立马会意，将手里的文件放在了他面前。

"七个点，这是我最大的让步。"

凯斯·弗雷德潇洒地在纸张最后签上了自己的名字，写完将钢笔扔在桌上，站了起来。

见他签完字，来谈工作的合作伙伴立马喜笑颜开，连连点头："当然当然，七个点我们能接受。"

刚想抬步离开的凯斯·弗雷德又突然回头,朝着在场的所有人道了声贺:"东方春节快乐。"

这下,他才从会议室离开,巴赫·文森紧随其后。

商场离公司不远,巴赫·文森车技不错,没让沈慕卿母女俩等多久,就抵达了大门口。

顺着沈慕卿发来的楼层,凯斯·弗雷德很快就找到了站在三楼大厅中间守着一大堆东西的母女俩。

在看见他后,沈慕卿不禁笑了起来,拉了拉墨狄丝·弗雷德的小手,示意她朝凯斯·弗雷德看去。

这一幕格外平常,凯斯·弗雷德却觉得自己幸福极了,步伐不由自主地加快,终于站在了沈慕卿面前。

"冷不冷?"他第一时间抓起了沈慕卿的手摸了摸。

"你是不是笨蛋?商场里开了空调!"沈慕卿看着近在咫尺的凯斯·弗雷德,望着他那双碧色的眸子,笑得更加灿烂了。

凯斯·弗雷德将被他抓在手里的纤手送到嘴边亲了亲:"嗯,笨蛋爱你。"

沈慕卿的脸还是不可控地红了起来。

两人结婚这么久了,从来都没经历过平淡期,他对她还是如热恋一般,每时每刻都直白地表达爱意。

"镕哥!爸爸,我要镕哥!"被忽略的墨狄丝·弗雷德在氛围逐渐变得浓稠之际,狠狠地拉了两下自己父亲的黑色大衣。

牵在一起的两人齐齐低头,看向了跟洋娃娃一样的小不点墨狄丝·弗雷德。

"我这个星期布置的任务完成了吗?"凯斯·弗雷德脸一黑,冷酷的眸子静静地锁定墨狄丝·弗雷德。

"我……可我就是想要镕哥!"墨狄丝·弗雷德耍赖,直接回避掉自己父亲的问题。

"可以。"凯斯·弗雷德点头,"霍家的孩子正在非洲执行任务,我打电话让响尾蛇明天来接你去非洲。"

墨狄丝·弗雷德:"……"

沈慕卿知道这是凯斯·弗雷德在吓唬小孩,想让墨狄丝·弗雷德知难而退,没想到下一秒这孩子直接号啕大哭起来。

"呜呜,坏人!为什么要把镕哥送到非洲去?我恨你们!"她的目光突然瞄到了停完车从电梯里出来的巴赫·文森,拔腿就朝他跑了过去。

"珠珠!"沈慕卿着急,刚想追上去,就被凯斯·弗雷德抱在了怀里。

"巴赫在那儿。"凯斯·弗雷德一双碧眸越发阴沉,"当初就不该让她去霍家。"

沈慕卿拍了拍他的手,似作安抚:"珠珠还小,长大后成熟些,自然就懂了。"

最后,巴赫·文森联系了商场的管理人,让他们的人把沈慕卿买好的东西送到弗雷德家族的古堡。

晚上,古堡中迎来了许多朋友,这次德洛丽丝·尼古拉斯不是孤身一人,已经结了婚的她把自己先生也带上了。

这个男人就是德洛丽丝·尼古拉斯当初在沈慕卿和凯斯·弗雷德婚礼的晚宴上同他们聊到过的,一直在追求她的凯尔·布鲁斯。

古堡内部被莎洛特·戴维斯精心装饰过,格外有年味,氛围足了,人也齐了,这个年自然过得格外热闹舒心。

晚上,沈慕卿和凯斯·弗雷德躺在一起,居然激动得睡不着觉,凑过去捧着他的脸直接亲了好几口。

"凯斯,我好开心啊!"她的眼睛闪着光,亮晶晶的,"明年一定要把星子、岁岁她们都叫上,更好玩!"

凯斯·弗雷德被她亲蒙了一瞬间，随后翻身做主人，搂着她娇小的身子，灼热的吻落在了她耳畔。

第二天早上，莎洛特·戴维斯居然破天荒地急匆匆跑来敲门。

"先生、夫人！墨狄丝不见了！"

这消息直接把床上正在熟睡的两人给炸醒了，两人齐齐穿好衣服跑了出去。

凯斯·弗雷德吩咐全部用人，将整个古堡翻了个遍都找不到这小妮子。

就在沈慕卿着急得要哭出来时，巴赫·文森突然从地下仓库跑了出来。

"先生，仓库里少了一些东西，除了这些，还发现了小姐的信。"

一听到这儿，沈慕卿和凯斯·弗雷德就都明白了过来。

凯斯·弗雷德接过了巴赫·文森递来的信，在沈慕卿眼前展开。

亲爱的爸爸、妈妈：

当你们看到这封信的时候，我已经和幽灵长官一起坐上了前往非洲的飞机。为了我的榕哥和他心爱的响尾蛇长官，我们只能做出这个决定。请勿挂念珠珠，在确认榕哥没事后，我会尽快回来。

爱你们的珠珠

沈慕卿和凯斯·弗雷德面面相觑，一时无言。

只见凯斯·弗雷德不慌不忙地掏出手机，打了个电话。

挂断电话后，沈慕卿抱着他的手臂问："什么情况？"

凯斯·弗雷德冷笑了一声："直接抓回来，那么喜欢乱跑，把她丢到军营里去。"

这一次,沈慕卿没再为墨狄丝·弗雷德说话,只能在心里默默祈祷:"珠珠,这次你做得太过分了,妈妈救不了你,你自求多福。"